时代的呼唤

1979年后中国西部中长篇报告文学选集

李南山 著

目　录

长　篇

中　篇

附录:有关评论

序：社会主义中国美丽的天空

陈宗立*

《时代的呼唤——1979年后中国西部中长篇报告文学选集》写作的时代背景是：高举邓小平理论伟大旗帜，建设中国特色社会主义。这是中国共产党在新时期的一次极其伟大的历史性转折。

这部著作撰写的是：一种社会主义文化，一种人文精神境界，一种灵魂的呐喊，一种正能量"软实力"。作品既是我们这个时代的真实写照，也是社会主义建设和改革开放的一个缩影。

作品中歌颂的英雄人民无不怀着崇高的理想信念，坚定地走中国特色社会主义道路。通篇字里行间无不闪烁出卓越的"艰苦奋斗"金光闪闪的四个大字。

我和南山同志同为记者。他是我的兄长、老师，是杰出的新闻工作者。记得那年我们一起去柴达木盆地采访，共同写《"状元"与"财神"》。他的采访使我受益匪浅：他采访见闻抓故事；他重视大局抓细节；他精选素材抓灵魂。他说："报告文学是采访的艺术，我们必须深入地采访，精心地写作，写成的作品读者才会喜欢"，又凝重地握住我的手，"有生命力的作品是要用生命来写的"。

---

* 陈宗立：《光明日报》高级记者、《光明日报》甘肃记者站原站长（副厅级），现为中央媒体驻甘肃记者联合会常务会长。

我郑重地推荐《时代的呼唤》这部好书。它的出版问世，能更好地凝聚中国力量，能在社会主义弘扬中国精神的美丽天空，增添一缕希望的闪亮光彩，人民正翘首拭目，热烈期盼。

2014 年 11 月 1 日于兰州

长篇

公仆的职责

引　子

能带走的只有自己的身影，
能留下的只有自己的脚印。

——藏族谚语

1982年10月，黄静波同志来到青海工作，任中共青海省委书记。次年1月代省长，4月，兼任省长。

静波同志于1983年1月某日给他夫人高宗一同志的信中这样写道：

“我志愿来到这青藏高原缺氧的艰苦地区，为祖国的建设，为各民族的幸福而劳动服务，深入到柴达木盆地、牧区帐房调查学习，开阔眼界，增长知识，行期三十二天，行程三千多公里。踏上日月山，爬过橡皮山，高登昆仑山，远望唐古拉，此时此刻，真是心旷神怡，有无限乐趣。谢天谢地！快哉！乐哉！随之诗兴大作，拙作一首奉寄以慰君也！

岁月匆匆计时辰，年迈苍苍西方行。少走西来老归东，老夫而今反其程。阳关道上歌舞升，献身人民慰平生……”

1985年8月，是年静波同志66岁，由于众所周知的缘故，他辞去了青海省省长的职务。他终究热爱这块土地，眷恋这里的各族人民，于是，他和家人一起，又涉足柴达木，第三次登上昆仑山口，归来时，取道甘肃高台，为高台县烈士馆题词：

先烈为解放人民而英勇牺牲壮志贯长虹，
希后人莫忘先烈碧血壮志无私效忠人民。

两年零10个月的时光，对黄静波来说，真是太短暂了，急匆匆一转眼间就流逝了；对青海人民来说，却又仿佛十分地漫长。黄静波的心里装着青海四百万各族人民，他感到为他们所做的事情太少太少；而青海人民的心里却留着黄静波这个形象，在记忆中久久不能消失……

（一）艳艳红果拳拳心

沿着小河向上走，
必能发现山泉；
如果心是近的，
再遥远的路也是短的。
——藏族谚语

西宁直达北京的快车，沿着黄河的支流湟水在不停地奔驰。几个小时前，火车站欢送老省长黄静波，百姓们燃放的那一阵阵春雷滚动般的爆竹声犹在耳边回响。

黄静波打开车窗透一透新鲜空气。

列车减速行驶在湟水大铁桥上。左边数百公尺处，青海土皇帝马步芳时候留下的那座小吊桥已残破不堪，只有桥墩犹存。跨越过铁桥不远就是甘肃境地了。黄静波真的要离开青海了么……

向西极目眺望，贪婪地眺望，远些，再远些……上有青天一方，下面是许许多多褐黄色的山头，它们躬身伏腰，聚合在那条金色的飘带的两旁。它们在吮吸着黄河母亲甜美的乳汁。它们在呼唤着什么？它们埋头沉思着什么？……

黄河在巴颜喀拉山由涓涓雪水汇集，千曲万转，百折不回，奔腾入海。在青海省境内，西起贵德县多隆沟，东至民和县练草沟那一段，全长250公里。在这个狭长弯曲的河谷里，有20万亩尚未开发利用的宜农荒地，其中，集中成片、面积在千亩以上，便于大规模开发利用的就有20多块，共有6万亩的土地啊！在这些荒坡上栽种果树，若干年以后，在收获的季节，那红艳艳的果子，青海鼎鼎有名的"三红"苹果，我们打进国际市场的"拳头"产品，吃在嘴里真是甜到了心里呀！黄静波好像自己已是种植苹果的行家了，只要有人讨教，他准会滔滔不绝地介绍：这些地区的年日照时数为2 600—2 900小时，日照强，光质好，紫外线光波多，光能资源丰富，有利于果树进行光合作用和营养物质的积累，能促进果实提早成熟和提高蛋白质、维生素、果糖的含量等。

1984年8月，应青海省人民政府邀请，以委员长田泽吉郎为团长的日本国日中友好议员联盟农业合作特别委员会代表团对青海进行了访问考察。他们涉足黄河两岸的循化县红旗乡和化隆县甘都乡，对果树的生长、发育、品种、品质表现了很大的兴趣。他们认为，在那里建设现代化果园是很有前途的。田泽吉郎说："我很喜欢果树，我们家乡有很多果树，日本有的品种，黄河两岸差不多都有……"他们对大面积宜果荒地未开发利用感到遗憾、惋惜。几位外国朋友对这一片得天时地利的土地叹息不已，作为青海省省长的黄静波岂能熟视无睹，其实，他早是胸有成竹的。

那还是在1982年10月间，黄静波刚从广东调到青海。黄河两岸高高的白杨已泛黄，初雪消融后大地散发的芬芳从满地的树叶的缝隙间蒸腾四溢。此时，正是苹果上市的季节，有人就传出新来的省长喜欢吃苹果的趣事。

黄静波有这一“嗜好”，大概是胜利公园招待所（那时黄尚未搬进省府宿舍，临时住在招待所里）的服务员们透露的。说来也觉得奇怪，因为每当服务员给他打扫房间时，黄静波的办公桌上总是放着几个苹果。

其实，黄静波并不特别喜爱吃苹果。他从来没有想到过饭后或者在哪个适当的时间里，吃点可口的新鲜苹果，以促进身体健康。而黄静波到了青海，确实养成了一天要看好几回青海苹果的习惯。

红灿灿像拳头一般大的苹果呀，真是逗人心爱。黄静波工作之余，在房间里踱步思考问题时，喜欢把它轻轻拿到手里，放到鼻子底下，深深地嗅几下……这种苹果，青海当地叫“三红”苹果（红星、红冠、红元帅），尾部长着五个小小疙瘩，这不是五颗星吗？……是的，是红五星呀！

又有人说，新来的省长有一种诗人的雅兴。他房间里的茶几上，摆着一个精巧的碟子，上面放着一个特大的“三红”苹果，房间里面散发着一种诱人的芬香，这是一种别具风格的艺术摆设。人们记忆犹新：在十年动乱的岁月里，某省城街道曾出现过这么一张大字报，内容是揭露批判这个省的领导人“生活腐朽，贪图享乐”，省长竟在自己官邸的厕所里，别出心裁地放一大筐苹果，以香气抵制粪臭。大字报无限上纲，用当年慈禧在颐和园的什么堂里，那万、寿、无、疆四个大铜鼎中，盛放各种进贡鲜苹果来作对比，批判身为共产党员的省府头面人物，和慈禧一样云云。诚然，大字报上披露的事情，是真是假无从查对，也没有人去核实。当时，人们看过一笑而已，但这轻轻的一笑，毕竟不是褒意而是辛酸的嘲笑。而现在，黄静波房间里碟子中那个“三红”苹果，表皮已经慢慢起皱萎缩，香气已经渐渐消失，再放下去可能要变质腐烂发臭了，服务员准备把它扔掉，而黄静波在一旁却认真地说，我不是告诉过你，这个苹果不能丢掉，再等几天，我自己来收拾。

黄静波乍到青海，就结识了省社队企业管理局负责多种经营的郭增武同志，这位中年农艺师，在青海算得上是一位“果子通”了。黄静波仔细听过他的汇报，通过他窥见了黄河两岸的一个“三红”世界。黄静波告诉郭增武，他在广东工作时，曾吃过美国的“蛇果”苹果，一元人民币一个，价钱很贵，但销路仍很广。黄静波指着碟子中的那个青海苹果说：现在我吃了我们青海的“三红”，从色、香、味三个方面评比，有过之而无不及。唯果形、保鲜、包装不如人家，我们要动脑筋改进。原来，他不让服务员取掉这个即将腐烂的苹果，为的是要精确地计算“三红”苹果自然保鲜的确切时间。要是青海省今后“三红”苹果大发展，运不到国外就已经腐烂，还哪能成为换回外汇的“拳头”产品？“豆渣”产品人家是不会要的。

1983 年 1 月 14 日，青海省省、州（地区）、县、社四级干部会议在政府大礼堂开幕了。这是黄静波第一次和全省的领导干部见面。大家鼓起了掌，目不转睛地看着这位神采奕奕的新任省长迈着轻捷的步子走上主席台。哟，陪着省长上主席台的还有秘书，手里拎着一只篮，篮子里五颜六色的装些什么呢？苹果、大蒜、辣椒、枸杞、虫草、毛丝鼠皮，还有闪闪发亮的石头……黄静波给同志们送“见面礼”来了。

黄省长首先从篮子里拿起一个红艳艳的苹果，把它举得高高的：“这种苹果大家都吃过吧，青海人叫它‘三红’，黄河两岸六个县都有，把它运到香港，好价钱呀！……”

黄静波真是像数家珍似地把篮子里的东西一件一件拿将出来，展示给同志们看，一样一样地详细讲解它的珍贵价值。青海有这些个名贵的土特产、畜产品，得天独厚的动物资源，钾盐、铅、锌、金、银、铜、水晶、石油等丰富的矿藏，在礼堂里坐着的人们，由于工作岗位、职责的不同，不可能样样亲眼见过或者亲手摸过，但一般的大家是早有耳闻的。今天，新省长在“四干会”上办起了这个不算多么新鲜的小型展览会，它似乎充满魔力，耐人寻味。黄静波艺术家般地把这块 72 万平方公里的神秘土地，一幅美丽的图画，勾画得更加清楚，更加美丽，使人可信。

“生在福中不知福，生在宝地不识宝，那是可悲的”。黄静波说：“有人讲青海是个穷地方。依我看，我们是烂皮袄里裹珍珠，表面穷，内里可富得很哩。我们有东西呵！某些方面，我们还是个大财主哩！”“不错，就整体而言，我们青海的穷困与落后，在全国是数得上的。生产上，打到国际市场上的王牌没有几张。我们至今还摘不掉挂在身上的那块‘三五牌’！（指每年向中央要五亿元人民币补助、五亿斤粮食和五亿元商品）。每年总产值抵不上江苏的常州市！外贸额赶不上广州的一个县……”

一连串的惊叹号从省长的言语中迸出，化成一连串的问号在干部们的脑海里叠印。大礼堂一片寂静，人们好似屏住了呼吸，连大气也没有出一声，但一双双眼睛，都与往常不同，发出炯炯的光……

青海省“四干会”刚刚结束，1 月 22 日，黄静波一行 7 人，携带那些“展览品”到祖国南大门——广东省，去办另一个“展览会”了。

曾在广东省担任过副省长的黄静波，此时竟成了做买卖的“推销员”。他和同志们一起，日日夜夜，接待来自各方的主顾，不厌其烦地向参观的人们讲解宣传，和其他人比起来，稍稍有所不同的是，他讲解的内容，有时离题甚远，或者说，他经常借题发挥，他要讲整个青海：青海的地理环境，青海的山水湖泊，青海的各族人民，青海的过去和现在，青海的未来……呵！他要借此良机，消除过去人们对这块神秘土地的误解，他不愧是一个政治鼓动家，他有时甚至像是在进行演说，使人确信我们朱老总曾在 20 世纪 50 年代视察青海时，留下的题词：“青海是祖国一个十分可爱的地方。”

据随行的郭增武同志后来汇报：这次他们去广东进行经济贸易交流活动，历时一个多月，接触省、市、县（区）、计委、经委、外经委、商业、外贸、展销中心、旅游服务部门、大宾馆、酒家以及港澳商户……计百余次，黄省长告诉他们，要目光四射，脑子灵活。他们的一只手插进了深圳蛇口特区，因为那里贴进香港，外商、华侨、港澳同胞往来多，那是一个国际贸易的窗口；他们的另一只手伸向了珠海市，那是到澳门的必由之路。他们在石景山旅游中心，大肆活动了一番，因为这个具有国际水平的旅游中心每年可招徕国外游客110万之多。郭增武眉飞色舞地充当青海土特产、轻工产品的“说客”，把自己的心也说得热乎乎的。这位“果子通”汇报时，当然先谈“三红”苹果：“哈哈，我们走到哪里就红到哪里，香到哪里！”“唉——”郭增武在谈到人家对“三红”苹果的需求量时叹了一口长气，“光广州市友谊食品公司一家的需要量就吓人，从苹果上市11月起到来年2月止，每月需要三到五火车皮，合计60—100万斤，总共要……可我们眼下到哪里去弄这么多的‘三红’哩？”

问谁要？问省长黄静波要吗？黄省长来到青海，“单枪匹马”，“赤手空拳”，“两袖清风”——当然没有。不过，我们会有的，很快就有的，人民会给我们的，黄河两岸那一片片金灿灿的希望的土地会给我们的……

黄静波回省后，迫不及待地来到了这片希望的土地上。他站在循化县苏志村的果园里……高原十二月的风是刺骨的，黄静波习惯地没有戴皮帽，顶着风，迈着有力的步伐，向一个目标走去。铺满褐黄色枯叶的山坡，发出沙沙的音响。一条闪亮的黄色飘带就在黄静波的眼前，那是千古黄河！它在起伏喘息奔腾不已！

黄静波走到3棵连在一起的18年的老果树下，一位60岁开外的撒拉族农民韩哈尼双手握住了黄省长的一只手。

苏志村这个不太大的果园共有324亩地，年产苹果91万斤。这里没有建立果园之前种植小麦，亩产470斤左右。实行粮果间作后，粮食减产为每亩450斤，可是经济收入却大大增加了。

韩哈尼高兴地告诉黄省长：“这3棵18年的老树，今年共摘果子3 800斤！”

黄静波又问：“明年果子是不是会受影响？”

韩哈尼看了看老树上椭圆形、肥大、褐色的花芽，笑着说：“有影响，影响也不会太大，估计明年每棵至少可以结900斤。”

黄静波出神的眼睛对整个粮果间作的果园环视了一周，连连点头："好呀，好极了！"

黄省长几次来到这黄河两岸的宜果地区，他是带着一个问题来的，是为寻找这个问题的答案来的。自从黄静波率领政府工作人员在广州等地举办那个特殊的"展览会"回来以后，黄省长对发展"三红"苹果生产这件事，大声疾呼，昼夜奔忙，抓得甚紧。可是下面的行动，不像想象的那么顺利。有同志担心，青海省地域虽然辽阔，但农业区也仅仅是东部黄河、湟水两岸那一巴掌的地方。你要大力发展果树生产，势必与发展粮食相抵触，这分明是以果代粮嘛！自党的十一届三中全会以来，党强调实事求是的路线，对不分东南西北，不管高山浅滩，一律"以粮为纲"的作法进行了否定。这在道理上谁都清楚明白，但是在实践中要真正做到自觉，实在不易啊！当今有那么三种类型的干部：第一种，不说(包括宣传)不干；第二种，光说不干；第三种，既说又干。诚然，这第三种类型的同志为数确实不少，但，他们中间的不少人，要干但不知道怎么干。黄静波同志无疑是属于第三种类型的干部。但他自己认为比别人也高明不到哪里，对怎么个干法，开始也是心中无数的。"必须迈开双脚到老百姓中间去！"黄静波自己对自己这样说。

现在，黄静波和乡村干部、果农们在一个炕头上，用一支原子笔在一张白纸上划算着。在土地革命时代，黄静波也曾和众多的贫苦农民，在相似的环境中，搞"忆苦思甜"，启发贫雇农向地主作坚决的斗争，让老百姓翻身得解放。如今，80年代，黄静波是在用经济观点指导农民搞社会主义商品生产。他和大家一起算了一笔谁一听就懂的账："粮果间作后，苏志村1983年每亩土地平均产果子2 260斤，粮食450斤(在没有栽果树前，粮食产量每亩也不过470多斤)，果子每斤以2角计，得利400多元。这样，经济效益就提高了七八倍之多。既种粮食又栽果树，高低结合，空中发展，它的结构怎样最为理想？逐年产量的变化幅度又将是怎样？黄静波在群众中寻找到了答案。

黄静波在离开苏志这个典型村的当晚，给随行人员郭增武布置了一个任务：让郭把苏志的情况再作一番详细调查。过了半个月，郭增武拿了调查报告去见黄省长时，不料黄静波竟皱起了眉头，认为材料还不够详尽。郭增武再下苏志，再一次将调查报告送到黄的手中。黄静波让郭增武坐下，要郭把材料中未能写进去的东西，一一地再汇报一遍，一面通知秘书，把这件事作为一件大事记在工作日记中。

黄静波就这个典型材料和海东专署、农业区其他几县的领导又交换了一次意见。作了如下决定：关于发展“三红”苹果的工作，要求各县领导每年向他亲自作一次汇报……

打这以后，青海高原优良品种苹果大有后来居上之势，商品基地的生产也初步形成了系统。对黄河、湟水两岸宜果荒山荒坡的开发利用，不但列入了县委工作的议事日程，更重要的是进入了老百姓的心里。仅循化一个县，1984 年就搞了 18 台小型抽水站，浇灌荒地 6 000 亩，栽种了果树；海东四个县设想到 1990 年栽果树 19 万亩……

不发展无矛盾，求发展找矛盾；解决一个又一个新的矛盾，工作就不断更新前进。黄静波在开拓高原“三红”大好形势下，兴奋激动，这时却夹杂了一种忐忑不安的情绪，他有点心神不定，坐立不安了。这种不安，是它接到一封来信后引起的。

省农科院园艺研究室有位从事果品研究的专家叫王剑涛，在“文化大革命”之前，就著有《青海省的果树资源》等著作，在省内乃至全国颇有点名气。王剑涛爱果如命，30 年为果奔忙在青海黄河两岸。如今一位省长也如此热衷这个事业，使王剑涛异常感动。老王是省园艺学会的理事长，在农林及科技界有广泛的交往，信息是很灵通的，加之有心钻研，所以，黄省长有关“三红”的一言一语，一举一动，他几乎全部掌握。黄静波在大搞调查研究的时候，着重点是如何根据具体情况，贯彻执行三中全会以来党的方针路线，排除“左”的干扰。王剑涛也在做调查研究，他是在果树生长的科学规律上用力气的。

“三红”在大发展，大家争先恐后从外省滥引苗子。良种引了进来，不适应高原地区的品种也引进来了。什么吉丁虫呀，食心虫呀，美洲白蛾呀……大量混进青海，侵袭这一片新的果树群。更为重要的是，“三红”的生长需要异花授粉（种植“三红”时，必须适当培植授粉公树——另外的品种进行间隔生产），一片地里全栽了“三红”那就不会结果子了。

王剑涛就此问题简单扼要地提出了个人的建议，用不加修饰的文字写了一封信给黄静波省长。黄省长将信连连看了两遍。第二天，在信上批示：这个建议很好。我想面见王剑涛一次。

黄省长要见王剑涛，农林厅几次打电话通知农科院，而王剑涛一直在各处奔跑，接不上头，王剑涛回来后多次和省长秘书联系，而黄静波不是在开会便是到基层去了，难以约定会面的确切时间。王剑涛等不及了。有一天中午，他径直闯进了黄省长的宿舍。王剑涛选定午饭的时间去找省长，是从旁人处了解了他的工作生活规律，才决定这样做的。

那天中午一点整，王剑涛小心翼翼地按了一下黄省长家的门铃。杨水生秘书出来了，告诉他说，省长在家。王剑涛心里一乐。秘书又说，静波同志刚开会回来，还没有吃午饭。王剑涛十分尴尬，在过道里犹豫许久，表示改日再来。这时，黄省长闻声从房间里走出，从上到下打量了一下这位不速之客，习惯地伸出了一只手。“我叫王剑涛”。“唔，老青海，苹果专家。老王呀，很对不起，我早应该去找你了”。黄静波让秘书沏了一杯茶，两人促膝攀谈了起来。

黄静波没有打断王剑涛重复书信中已经叙述过的那些问题和建议（这些事黄省长早已有所布置，问题也正在妥善解决之中），这时，孙女来催促爷爷快去吃饭。黄省长生气了：“你没看见客人在这儿吗？我肚子不饿。”这不是一桩生活小事，这样做是对客人的不礼貌，小孙女还不懂这个道理。

王剑涛中断了自己的谈话，请省长先去用餐。黄静波却笑呵呵地给王剑涛出了一个继续谈话的题目，请这位专家谈谈青海生产苹果的历史。老王激动了起来：

青海这个地方，自古不产苹果。1956 年，当时农林厅厅长郝仲升同志出差路过宁夏，宁夏的同志招待老郝吃了一顿饭，饭后送上一盘苹果，郝厅长吃着味美的苹果，问是哪里运来的，宁夏同志告诉老郝，是他们这两年试种的。郝仲升很有感触，说："我还以为你们宁夏种不出这玩意儿呢……"宁夏能干，为什么青海就不能试试呢？回到西宁，郝厅长就把他的部下——西北农学院园艺系毕业的王剑涛找来，让王担任果树调查组的组长，并下了一个硬任务："青海人要吃自己的苹果！给你王剑涛压这副担子！"

郝仲升同志帮助王剑涛搭起了一个工作班子。王剑涛带领十员干将，对东部农业区所有的山川进行了一次全面的踏勘！呵，不摸不知道，一摸真是宝！原来青海黄河、湟水两岸，气候温和，雨水集中，日照强烈，昼夜温差大，夜雨多于昼雨。这一片片宝地能不结苹果吗？王剑涛信心百倍了。1957 年春天，他亲自到东北、河北、山东去引苗，坐着卡车押运回青海第一车苹果"接穗"。

青海没有嫁接苹果的砧木。可楸子、海棠果木不是到处都有吗？王剑涛在县里办起了栽种苹果的培训班，用楸子、海棠作砧木给农民们做苹果嫁接示范……

王剑涛滔滔不绝地告诉黄省长："推广种植苹果，当时还要同封建迷信作斗争，偏僻山村的老百姓，从未听说过这个新鲜东西……很可能还有坏人造谣，说红果要招灾了。"

黄静波用敬佩的目光看着面前的这位种植青海苹果的老开拓者，咧开了嘴巴哈哈大笑起来。

这时，已经是两点钟了。老王急着要走，好让省长快去吃饭。省长送到大门口，握着他的手说："剑涛同志，我想你一定愿意和我交朋友，作为朋友你就随时可以到我家里来，我有机会也一定到你家去。不过，老朋友，下次来时，你可别忘了带那样东西。"

那样什么东西？王剑涛明白，省长指的是：自己刚才在叙述发展

“三红”存在问题时，说漏的那句话“……还有一个不成熟的设想”，当时黄没有追问下文，只是频频点头。但是，黄省长却牢牢地记住了。

对王剑涛来说，这一句话包含着十分丰富的内容。王剑涛要用更多的时间去思考，去调查研究。这东西他不能轻易抛将出去，需要足够的时间，因为这是要对青海人民负责任的。现在倒好，被省长抓住了。在回去的路上，王剑涛心里沉甸甸的，但他的步履十分轻捷……

整整过了一年，王剑涛带了“那样东西”去找黄静波汇报。

“黄省长，东西我带来了。请……”王剑涛双手把那份关于成立开发公司迅速发展果树商品生产和提高经济效益的建议初稿，送到了省长手里。

“好，好，好！”黄静波连说了三个好字。

“……今年一月我们拉运一些苹果到深圳展销，深受深圳人民的欢迎，大家说，可以与美国、加拿大苹果相媲美，甚至味道超过美国的‘蛇果’。1 月 22 日，《深圳特区报》发表‘青海高原苹果后来居上’的评论。农牧渔业部部长何康同志在参观青海高原苹果之后说，‘这样的苹果可以出口了’……”

“好！”黄静波已翻开了手中那一叠稿纸，贪婪地看着。口中喃喃地说：“老王，关于苹果的保鲜问题……”

“青海的‘三红’皮很厚，保鲜有天然的优势。最近，我们在牙藏试验果园里，准备进行气调及保鲜剂处理……今年九十月的果子，可以保存到明年七月份，色、香、味都不会变的……”

“好！”黄静波略微停顿了一下，突然提出了一个与苹果无关的事，问道：“老王，你的组织问题解决了没有？听说你们那儿知识分子入党难，是不是？”

“黄省长，最近我已经被批准加入了中国共产党。我要继续接受党组织和群众对我的考验。”

黄静波伸出手去，热烈地握住了王剑涛的手……

“……我们建议在这次改革中，成立一个能促进果品商品生产迅速发展，有实效的开发公司，采取行政、生产、加工、贸易、供应、流通、教学、有关果品生产的外事等一条龙，产供销一体化，从头到脚一竿子插到底的工作体系，这个开发公司在党和政府的领导下……”

黄静波指着王剑涛草拟的那份《青海省哈特开发公司章程（草案）》问：“这个开发公司的名称叫哈特，哈特是什么意思？”

王剑涛解释道：“哈特是英语的译音，Heart，中文是心的意思。”

“心？唔，是心的意思。”黄静波指了指自己的胸口，意味深长地这样说。

艳艳红果呵，拳拳赤子的心……

黄静波和王剑涛这一次的谈话时间很长。有时，他俩默默无言对坐着。他俩又在思索些什么呢？一个老布尔什维克和刚刚加入共产党的老知识分子的心是相通的。“此处无声胜有声”，他们是在各自的心里举行新的宣誓，他们在改革的大道上，准备来一个新的冲刺！

（二）啊，神树

泉水喷出来，
沙石压不住；
牧草发芽时，
土块压不住。

——藏族谚语

省长办公室的墙壁上，挂着一张世界大地图。黄静波像一位要出征的将军一样，伫立在它的跟前。他的目光从整个五大洲四大洋，慢慢地集中到了亚洲的中国，又逐渐聚集在中国西部的青海省。最后，举起放大镜对准了青海省西部的柴达木盆地这个地方……

柴达木盆地，历来有祖国的聚宝盆之称。那里有全国闻名的察尔汗钾盐场，冷湖油田，锡铁山铅锌矿，茫崖石棉矿，柴旦硼砂厂……还有诸多的矿产沉睡在这个宝盆之中，待我们去开发。找矿需要人，开矿更需要人。人必须吃饭，还要衣、住、行、玩……人还要培育自己的第二代，为了第二代的成长，又必须有托儿所、学校……哦，洋洋大观呀，那里现今已建立起好几个城市了。黄静波看到地图上那些新建城市的名称，兴奋之余，却又产生了一些忧虑。原来，新中国成立以后，我们对这块缺氧、气候恶劣、交通不便，但宝藏极多的高原地域的开发，采取的是"移民"的作法，提倡崇高的献身"扎根"精神。在当时的情况下，这当然有可取之处。但现在该怎样办呀？是不是可以参考国外那种"雇佣"式的方法，在边远荒芜地区，集中强壮的"生产力"（工作人员不带妻儿老少）突击式地进行工作，实行轮换制，开发那儿的资源（当然仍应当提倡艰苦奋斗，崇高的献身精神），以避免拖上"包袱"。想到这儿，黄静波不觉有一种沉重感。他自言自语道，可是，根据眼前的具体状况，不管采用哪种方式进行开发，柴达木盆地里那几块得天独厚的绿洲，是无论如何也不能忽视的。黄静波省长在用心思索着这些问题……

"八百里瀚海"之中，有一小片绿洲叫希里沟（蒙古语：大草甸），黑黝黝的土地虽还没有泛青，都兰河河面上的坚冰已经开始消融了；象征着聚居在这里的蒙、藏、回、汉、土、撒拉、哈萨克七个民族团结兴旺的一棵树（人们称之谓"神树"），它的根部深处已吮吸到了从铜普山淌下的清泉水，挺拔的树干，像巨臂一样伸向四面八方的树枝，生机勃勃，春意盎然。

黄静波来到青海那年，正是乌兰县农村普遍实行生产责任制的第一个年头。

1982 年春节刚过，庄户人就忙腾开了，积极备耕，人欢马叫，热气腾腾。

希里沟有一个西庄大队，一百来户人家，第八生产队队长韩进孝，此时正在队部院子里，召开一个由全队 19 户家长参加的紧急会议，商量队里 26 亩小麦地、6.5 亩豌豆地（指标为 22 275 斤）究竟由谁来承包的问题。这样的会议在春节之前已经开过一次，由于没有人承包，扯来扯去，所以拖到今天。这一次却非“拍板”不可。

20 来个庄稼汉，面对这个切身大事，是得细细盘算一番。有的不停地抽烟，有的低头沉思，有的交头接耳，你看着我，我瞧着你，“冷场”了 20 多分钟，竟没有一个人说话。

“队长，700 斤怎么样？要是这个数，我豁出来包了！”终于有人发言了，他鼓足了勇气，报了这个数。

“每亩 710 斤，我承包。”

韩进孝再一次斩钉截铁地申明，亩产 800 斤，一斤也不能少，会场又一次出现“冷场”。

此时，有两位农民同时举起了拳头，他俩嬉皮笑脸地说：

“800 斤，好！我包！”

“社会主义的新农民嘛，这点觉悟还是应该有的！我包啦！”

会场上发出了一阵笑声。

原来说话的人是庄子里出名的两个懒汉，干活喜欢“大呼隆”，靠嘴皮子挣工分。他们这不是要存心捣乱吗？好端端的土地，真的给他俩包了，秋后完不成指标，赔了产，还得照样向队里伸手要救济。这位 36 岁，精明强干的撒拉族庄户人，眯起眼睛，心头顿时升起了一股怒火，他伸过手去，把举在面前的那两只拳头压了下去。

“嘻嘻，800 斤没人敢干吧？”

话音里明显地带着刺儿。

“有人包吗？吭声呀！”

“砰”地一声，韩进孝的手掌有力地击在桌子上，“这片地，秋后交 22 275 斤粮食。我韩进孝包啦！”

柴达木三月的夜晚是寒冷的。韩进孝躺在女人用干牛粪煨热的土炕上，翻来覆去睡不着觉。这个具有初中文化程度，务农时间亦不算短的生产队长，想到那年引进小麦良种“高原 338”，在同样土质的地里，经过精耕细作，秋后一亩竟打下了 1 100 多斤小麦，他的眼睛忽地闪了一下光。“高原338”良种是乌兰县科委副主任“王科学”给的。“王科学”教我韩进孝如何科学种田，这回我再去向他求教求教，一亩地不打下千把斤，我韩进孝的头朝地，“倒栽葱”走路。

王春玉，浙江省温岭县人，1954年浙江黄岩农校毕业时，他响应党的号召，分配到青海省农科院工作。1956年省农科院筹建柴达木农业实验站，他积极报名参加。从此以后，王春玉就在“八百里瀚海”之中奋臂“游泳”，足迹几乎踏遍了戈壁沙漠的每一块绿洲：格尔木、香日德、赛什克、希里沟……

现在，王春玉那双长满老茧的手，紧紧握住韩进孝紫黑色粗糙的手，操起带浙江口音的青海话，“阿么了，阿么了”（怎么回事），问个不停。韩进孝凑近王春玉的耳朵（王自小得过中耳炎，有点耳背），如此这般地叙说了一番，王春玉连连点头，满口应允在科学技术上帮助韩进孝夺得高产。末了，王春玉提议：现在就到那块地里去看看。

在田头，他们转游了半天，双方决定签订“农业技术承包合同”。王春玉当场提出了8条承包农业技术措施，订立了奖赔规定。

翌日，天蒙蒙亮，韩进孝就带着妻子到这块责任田干开了。经过平整土地，改修塄坎，旮旮旯旯加在一起，26亩土地变成了28亩。多两亩就多两亩吧，反正土地是公家的，谁也拿不走。王春玉此时也赶来了。白纸黑字的合同已经写好。韩进孝看到“承包指标”一栏中写道：“队里联产承包指标为22 275斤，以此为基数增加35%，即总产为30 000斤。”他用手背揉了揉眼睛，生怕自己看错了。王春玉拍了拍韩进孝的肩膀：“放心吧，达不到我来赔。”韩进孝感激得说不出话来，心里确实像吃了一颗“定心丸”。

韩进孝蹲在由他临时盖起的那座小土屋的门口，望着责任田，放声唱起了青海“花儿”（一种山歌）。歌声悠扬，划破了寂静的夜空。

为了确保35亩地的高产，他每天守在这块地里精心侍弄，起早摸黑，实在困了，就裹着老羊皮袄打一个盹，迷糊一会儿。他在田边地角还栽了一些树苗，乘着月光，培培土，浇点水。

麦苗破土，慢慢地长高了。人们却听不到韩进孝的“花儿”了，他和妻子在地里拼命地拔草。

当初，韩进孝承包了这片土地，曾引起不少人的议论。现在，“关心”这块“责任田”加“科学田”的人越来越多。一个尖嗓子的老农给韩进孝的那块地下了这样一段评语：

“麦子一半，菜籽一半，这是杂种的高产田呀！科学种田实在‘好’哩！”

这样的刺心话，先是传到韩进孝女人的耳朵里。这个庄户妇女还辨不清此话的真正含义，眼看油菜疯长，担心秋后的收成“一半”该要赔哩！往后的生活怎么过呀！想到这里，她不免要埋怨丈夫几句。

韩进孝倒是听懂了这些风凉话带的是什么刺。他又清楚地知道，这 20 多亩麦地，去年没有承包时，种的是油菜，收割的时候“大呼隆”，马马虎虎，菜籽没有收尽，翻到地里，今年才长成这个“杂种”样。吃“大锅饭”，真是害死人哪！

“光埋怨顶屁用！”王春玉对韩进孝说。

“老王，你来得正好！你看这可阿么办?!”韩进孝像找到了“救星”。

这一天，王春玉和韩进孝又忙开了。

王春玉决定用“24D 丁脂除草剂”灭除油菜苗，于是，他连夜赶往赛什克取回除草剂。老韩则半夜敲门，到处借电动喷雾器……第二天天一亮，两人就在地里干了起来。几天后，油菜苗渐渐枯萎了，最后全部都死了，韩进孝女人心里那块石头终于落了地，“胡达保佑，免去了我韩家一场大灾难呐！”

眼看韩进孝这片责任田的麦子，长势喜人，丰收在望，过路人都要回头看上两眼。根据王春玉的意见，破除陈规，浇了一遍“麦黄水”后，就开镰收割了。上场打碾装包的时候，韩进孝接受了好心人的建议，不在自家八队的场上打，而是借用邻近五队的一块空麦场，这样做可以避免有人怀疑产量不实，虚报成绩。五队负责人一口答应了韩进孝这个请求。

打碾场上,190 多斤的麻袋包,一天一天往上摞,快堆成小山啦!清点一下数字,已有 200 多个麻袋。没有打碾完的麦子还有着哩。围观的人们,不由得倒抽了一口气。韩进孝今年要中“粮食状元”啦!那个王春玉简直是个“活财神”嘛!

也有一些人,摸着饱鼓鼓的“338”麦粒,既吃惊,又嫉妒,嘴巴一撇,自言自语起来:“这哪是小麦呀?分明是外国青稞嘛,打这么多的外国青稞,粮站也不会收的。人不好吃,喂牲口还差不多。”

“338”小麦是否好吃,暂且不说,最使韩进孝和王春玉着急恼火的是,五队突然通知老韩,打碾场明天他们要派用场,再不借用了。事也凑巧,正好那天县上通知王春玉和韩进孝,要他俩带上这次承包地的总产数字,到省上去参加一个农业技术经验座谈会。联想起麦子快要发青时,韩进孝竟发现有人深夜将马蹄用绳索绊住,放在麦地里“马踏青苗”。唉,这些得了“红眼病”的人,不是明明在暗中使绊子吗?粮食打不完,确切的总产数字搞不出来,你“状元”休想中榜!

平时温文尔雅的农艺师王春玉,这时也冒火了。“拿 40 元一天的租金,租下这块打碾场。”打碾终于胜利结束了。两磅过秤,又反复丈量了土地,最后正式宣布的数字是:28.63 亩麦地,平均亩产 1 328.65 斤;豌豆地面积 6.5 亩,亩产 483.8 斤;粮食总产达到了 41 183.8 斤。

在撒拉人中有这样的传说:从前中亚撒马尔罕地方,有尕勒莽、阿合莽兄弟两人,在伊斯兰教门中很有威望,因受到国王的忌恨和诬陷,就率领 18 个族人,牵了一匹白骆驼,驮着故乡的水、土和《古兰经》,离开了撒马尔罕向东进发,去寻找新的乐土。后来又有 45 个同情者随后跟来。经天山南路和北路,历尽千辛万苦,两路人马终于在现在的青海循化境内巧遇了。众人喜出望外,试量了这里的水土,其重量与所带的水土完全相同。大家便决定住下来。这天是明洪武三年(公元 1370 年)五月十三日。

滔滔黄河岸边的循化是块乐土。但在天下乌鸦一般黑的旧社会,哪有穷人安宁康乐的日子过?“西海土皇帝”马步芳,让这里的百姓交纳各种税：人头税、马头税、羊头税，连炊事免不了的烟筒，也要收烟筒税。

听说，柴达木有片乐土叫希里沟，是个好地方。淳朴勤劳的撒拉人，有的就拉起了毛驴，弃家步行，沿途乞讨数十天，往新的乐土迁来。撒拉人来到这里。在铜普山上挖来了一棵野山杨树，种植在这块乐土上。神树呀神树！撒拉人的祖先早就这样说，这是团结兴旺的象征。

铜普山下的那一棵“神树”，此时显得分外有神采！1982 年 11 月，黄静波风尘仆仆喘着粗气，踏上了希里沟这片“乐土”。省长急于要听取责任制后“重点户”、“专业户”的发展情况。他听完县上的汇报后，用红笔在自己的笔记本上韩进孝的名字下，重重地划了一道杠杠。“同志们，我们到西庄大队去看看韩进孝”。

大家陪着黄静波省长往西庄走去。事先安排韩进孝在大队办公室向省长汇报。黄省长执意亲自上韩家。王春玉示意韩先回家，把那间土房拾掇拾掇，好接待省长。为了腾出时间，在场的领导故意让省长先到办公室稍事休息，不料黄省长心急火燎，不愿多呆，径直来到了韩家。土屋满是扫洒扬起的灰尘。黄省长哈哈大笑，和“粮食状元”拉开了家常。

在问到韩进孝如何劳动致富的时候，老韩讲起了农艺师王春玉同志。黄静波马上想见王春玉，在旁的王春玉立即插话：“我就是王春玉。是不是现在就向省长汇报？”

黄省长一挥手把王春玉的话头堵住：“现在谈不完，今天晚上八点钟，请你到招待所来，我们交个朋友，好好地详细谈。”

黄省长从那一次长谈以后，就交上了这个普通农艺师朋友。

黄省长真心实意地和韩进孝、王春玉交朋友，这件事传遍了“神树”附近的家家户户。韩进孝成为全国闻名的勤劳致富的万元“冒尖户”，不用多说，大家都知道因为他找到了一个“活财神”王春玉。

1983 年春耕以前，这里形成了一股请“财神热”。

乌兰县科委、县农业技术推广站、各公社农科站的大门口，农民们络绎不绝。王春玉的家更是被踏破门槛，早上天不亮就有人在等着他起床，深更半夜还有人敲他家的门。

王春玉站在田头，检查承包户科技实施情况。他一面作技术示范，一面浅显地讲科学道理。庄户人出神地听着、看着，生怕有一点遗漏。附近的农民们也都凑上前来，围成了“人墙”，都想能沾上一点“财神”的灵气！这确实是在田头办农业科技培训班了。

韩进孝在劳动致富的道路上奔驰向前。他逢人便说，黄省长告诉他：一个翅膀不能飞，两个翅膀才能飞。这一双“翅膀”就是党的联产责任制政策和科学种田。王春玉则深深体会到，过去盛行吃“大锅饭”的时候，送科学到农田是何等的困难！现在出现了农户渴求科学的热潮！正是黄省长说的：政策是生命！科技是生产力！农艺师和农民相结合才有真正广阔的天地！

1983 年，希里沟这块乐土，无疑又给已经“起飞”的辛勤劳动者以丰硕的果实。

10 月 17 日，北京某报在头版显著地位刊登了这样一则新闻：《农艺师王春玉送科学进农户》，其中有这样的内容：

“和王春玉签订技术承包合同的三户农民每家产粮超过 4 万斤。韩进孝家，两个劳力，承包 41.19 亩粮田，前不久，进行了严格的验收核算，结果是：产粮 43 340 斤。”

啊呀呀！这可真是山沟里飞出了金凤凰。

“呸！尕拉鸡插上几根彩色羽毛也能冒充金凤凰哩！”

“麦捆子还在场上放着，不知个准数呢，就往报上吹！轻飘飘的想抓个耳朵。”

“韩进孝少报亩数，虚报产量，‘状元’是骗来的！”

“王春玉尾巴翘上了天，原来也是靠的这一手呀！”

报纸上公布的数字白纸黑字写着，那一麻袋一麻袋粮食，的确放在场上没有验收，况且有的麦穗还正在打碾。吹牛皮这不是铁证如山吗?

其实,真相是这样:当记者来采访时,粮食正在打碾,经各方有关人士反复估算,搞了一个估产数字,记者回去后又打来了电话催问核实,见报的时候“估产”两个字没有了。

一刹时,满城风雨。

韩进孝场上装粮的麻袋,一夜间被刀子割破五条;县上接连收到了4封匿名信,告发“状元”和“财神”。更奇怪的是,一束“乌兰红”麦穗,竟把王春玉打得简直抬不起头来。

1981年,王春玉在农民马生秀自留地“高原338”麦田中发现了一株长势拔萃的,有五个分蘖的麦穗,收了357粒麦子。次年,他将这些种子用稀播办法繁殖,收种子近20斤。1983年,再作培育,收了1 280斤。这种饱满的麦粒,青黄略带红色,故名“乌兰(蒙古语,红色的意思)红”。

公社办公室的墙上,挂着一束青黄带红色的麦穗。这是一位“有心人”专挑一些生长最差的苗株作为展览的,旁边特意用大字写着:“王春玉的乌兰红”。

王春玉20岁那年,从江南水乡来到高原戈壁,立志要在这“第二故乡”干一番事业。他的“雄心”也并不大,即使在那个“大跃进”的年代,也从未喊过一声“要把柴达木改变成小江南”一类的口号,他只是做着一种极为普通的事情。例如:他利用回家探亲的机会,带一些温岭的长腿白菜种子来,小心翼翼地埋在柴达木这块土地里,期待着能生长出像温岭一样的蔬菜来,结果失败了;有一回,他带来一些田菁(绿肥)试种,结果也没有成功。唉,这些江南的蔬菜绿草娇气得很,在这里真难存活呀!可王春玉这个浙江人的心却深深地在这儿扎下了根。他暗下决心,选育适应柴达木气候、土壤的小麦新品种。阳光下的土地块块香。当王春玉发现那株壮实多蘖的麦穗,似乎透发着红隐隐的颜色时,他脱口叫出乌兰红。

白天,王春玉仍能沉浸在“请财神”这种欢快的气氛之中,暂时忘却那些流言蜚语和冷嘲热讽,但到了夜深人静的时候,他的思绪难免随着黑夜陷入痛苦的深渊里去。

王春玉经常独坐长夜不眠。他妻子挖空心思想出各种办法劝慰他,怎么也不能奏效。最后,这个文化程度不高的妇女指着室内挂满墙壁的奖状,竟大骂了起来:你吹牛?你吹牛?80年代吹牛得的奖状是假的,那70年代也是骗来的不成,60年代,50年代也靠吹牛皮?!王春玉这个“骗子”竟骗了人民30年。

王春玉随着妻子的话音,认真地扫视了一番墙上悬挂的奖状(共10多张),各种奖状上盖的,有单位的大印,有县政府的大印,有州上的大印,有的印章里面还有一个天安门城楼的图案。

王春玉再往旁边看去,有一个镜框里放着一张放大照片。他久久望着,痛苦逝去,心里更加充实。

这天晚上,王春玉睡得很香,他还做了一个甜滋滋的美梦。

一位身材魁梧的蒙古族领导——海西蒙古族藏族哈萨克族自治州州长高尼同志到乌兰县来了。他为了“吹牛”这件事,亲自坐镇调查,检查验收“状元”田的产量。

验收是异常严肃认真的。那些热心人,患“红眼病”的人,幸灾乐祸的人,“衷心拥护”三中全会路线的人,还有尚持怀疑态度的人……他们的眼睛都盯在这决定命运的“磅秤”上了。“状元”田里产出的粮食,总数字能有半点差错吗?当然不能。

验收完毕了。

王春玉回到家来,妻子急切地问:“韩进孝……到底打了多少粮食?”

王春玉沉下了脸,竟没有回答。

这下可把妻子吓坏了:“多少呀?你说话呀!”妻子的声音也变了。

“报上登的是多少?”

“43 354斤,你自己不是也背得滚瓜烂熟吗?还问我?”

王春玉抬头凝视墙上那张照片,下巴颏微微地抖动,还是没有发出声来，眼眶里的热泪渐渐涌出，最后禁不住嚎啕恸哭起来。

妻子打从和王春玉结婚至今，30 年了，从未见过这个书呆子这样伤心。天哪！莫不是大祸真的临头了！

从泣声中，王春玉喷射出了一句话："韩进孝家今年打了 43 941.9 斤。"

王春玉家墙上挂的那张照片，是两个人在促膝谈心。一个是王春玉，从他脸部的表情和炯炯有神的目光可以看出，他在滔滔不绝地倾吐——一个新天地里全部新鲜愉快的遭遇。另一位是个长者，他在沉思——用他深邃的思维在勾划柴达木新农村的蓝图，他把想象的焦点，对准荒漠中这一小块一小块的绿洲与"聚宝盆"的进一步开发的关系上。他就是去年第一次到这儿来的黄静波。

王春玉从抽屉里拿出了一叠信件。那是他与省长相识后，黄静波给他的多次回信。王春玉用手背擦了擦模糊的眼睛，一封一封阅读了起来。

他的脑海翻腾着……

有一次，王春玉到省上开会，黄静波去宾馆找他，他不在，省长竟等了 40 分钟。这使王春玉非常感动。

黄省长见到王春玉，问起在希里沟种绿色草原豌豆的事。王回答："明年，我们想大面积种。"黄静波惊讶地说："同志，你比我清楚，这种豌豆是青海的拳头产品。今年能做的事为什么要拖到明年？同志，明年还有明年呀！"

面对这样的领导，王春玉的心能不激动吗？

王春玉紧紧地握住手中的笔，急速地给黄省长写信。他开门见山地写道：1984 年，我要在乌兰县搞出十个"韩进孝"来……

韩进孝富了！他新盖了一座砖木结构，带阳台的"工"字形小"洋房"。房内大小沙发、立柜书橱应有尽有。小院内养着花白牛大小 9 头。他有了一部大型拖拉机，一辆"青海湖"牌大卡车。他变成"六机部"的"部长"了：收音机、录音机、缝纫机、彩色电视机、电子计算机，最近,他家里还安装了一部电话机。

农村里的富有者,在旧社会往往和吝啬两字联系在一起。新社会可截然不同,韩进孝连续两年中“状元”,他决心摆开场面,宴请乡亲一番。这件事早在1982年有人讽刺他种的小麦良种是外国青稞时,就暗暗决定了。

丰盛的饭菜毕,韩进孝别出心裁地请大家吃“拉条”(即拉面)。

韩进孝问:“拉条味道阿么个?”

大家嚼得津津有味,异口同声地赞美拉条实在好!

韩进孝笑嘻嘻地说:拉条是用“高原338”面粉做的。有人说外国青稞只能喂牲口,这不是胡说八道吗?

1985年8月,黄静波同志又长途跋涉到了柴达木盆地,他是去向那里的同志辞别的。到了希里沟,见到韩进孝,这个质朴的新型农民有千言万语要向老省长诉说,话未出口,一股辛酸的热泪却止不住地从眼眶涌出。韩进孝要说些什么呢?

啊——!不管雪暴沙蚀,不论风吹雨打,铜普山下那棵神树总是年年发青……

(三)王子出世及其他

泥土是鲜花的母亲,
劳动是财富的父亲。

——藏族谚语

神话故事中的白岱国国王宾窘扎巴年迈无嗣,王后格登桑姆终日祈望神灵赐子,父母求子的虔诚感动了上天,大梵天王委派鹤仙率众仙女送子。在香云飘绕一派吉祥的笙歌声中,王子智美更登降生了。

藏族神话舞剧《智美更登》,把人们引进了神奇、清新、优美的神化仙境之中……

青海省民族歌舞剧团根据同名传统藏戏改编的《智美更登》在青海公演之后，黄静波省长抓住这个“王子”让他走遍了大半个中国，从银川到北京，由上海到广州，西北东南，一片赞美：“这是一束纯真瑰丽的民族艺术之花”，“是继《丝路花雨》以后我国剧坛上推出的又一台好舞剧！”

你要开拓青海，你要宣传青海，你说青海是祖国一个十分可爱的地方，你就得拿出点货真价实的东西来！黄静波抓“王子”，就是要“王子”起这个作用……

那么，《智美更登》究竟是怎样诞生的呢？这里可以讲出一段又一段生动的故事来——

黄南藏族自治州同仁县的上空飘着絮絮白雪，广场上人群挤得水泄不通，这里正在演出古老的藏戏《智美更登》。当智美更登受难放逐到僻乡的时候，台下藏族观众纷纷向台上抛掷钱、物，表示接济；当演到王子舍己为人，献出自己的双眼时，全场被其高尚情操所感动，甚至有人匍匐在地，磕头不止……席秉伊、才哇（藏族）、齐美德（蒙古族）这几位多年搞舞蹈的行家，此时也挤在人群中看热闹。小席心想：冰天雪地，观众都快变成冻僵了的“白雪人”了，而看戏的劲头竟达到如此狂热的程度，这究竟是什么原因？看来，这个生动的佛经故事（智美更登，藏语，意为无私、无垢，一切为大众）的确有它的群众性哩。他们的脑海里顿时闪掠了一阵创作舞剧《智美更登》的冲动……

黄省长在各种会议上，曾不止一次对青海的文艺工作者大声疾呼：“青海有着丰富的地下宝藏，它同时也是精神文明宝藏的富矿区！有志有识之士们，在这里定能大有作为……”

《智美更登》开场后不久，有一段“嬉戏舞”，引人入胜，使观众耳目一新，那是由四个金头娃娃表演的别具一格的群舞，国王见到这一群天真活泼的顽童的嬉戏，也不由自主地手舞足蹈起来……“金头娃娃”舞是从何而来的呢？有一次塔尔寺灯节，省歌舞团的创作人员赶去参加盛会观看“跳神”，有一只“小鹿”跳得特别引人注目，他们就拜这位“小鹿”为师，学习“小鹿”嬉戏的舞蹈动作，加工后应用到了“嬉戏舞”之中。起初，设计者把面具由小鹿换成娃娃，后来从寺院佛像的着色得到启示，将面具娃娃的头全部涂成金色。一般菩萨都戴有耳环，他们又夸张地让金头娃娃戴上大的耳环，这一段“嬉戏舞”就这样绘声绘色、活灵活现地搬上舞台了。舞台数分钟的“金头娃娃”舞的创作尚且如此，那全剧中千姿百态、五彩缤纷的组舞，诸如轻盈飘逸的仙女舞、端庄神奇的敬神舞，凄凉悲壮的苦难舞、豪情奔放的哈乡人舞，明快纯朴的小动物舞等，在“富矿区”里又是怎样踏勘进行创作的呢？他们跑遍了青海藏族地区的所有“歌舞的故乡”：多次到夏河的拉卜楞寺，湟中的塔尔寺，乐都的瞿坛寺，参观搜集藏族壁画、泥塑、堆绣、酥油花，深入到同仁、循化、互助等县参加赛歌、赛舞会，和当地少数民族群众和声唱歌，撩袖跳舞，“根”深深地扎进了这片肥沃的土壤中间……

作曲家施观林的眼圈里竟涌出了止不住的热泪。这事发生在黄静波省长对创作人员讲话的一次座谈会上。黄静波端直地站在会议室里（主持人不时地请省长坐下，黄出自对知识分子的礼貌，屡次谢绝），这次座谈，黄静波的长篇报告达3小时之多。黄讲着讲着，不由自主地也激动了起来：“……山东有位老画家今年70多岁了，他给青海省政府写了一封信，表示在他还没有死去之前，要抓紧时间到青海来，他要在长江、黄河源头进行写生画画，这样，他即使死了也瞑目九泉了。”

施观林1963年从南京艺术学院作曲系毕业后就到了青海，对《智美更登》的音乐创作，几乎动用了全部20多年的生活积累。一谈起在风雪高原的“采风”生活，施观林这个“乐痴”就手舞足蹈地哼起青海“花儿”，藏族“拉依”，土族、撒拉族山歌。黄省长说青海是精神财富的“富矿区”，这话一点不假。青海人称歌舞的故乡，“花儿”的海洋。音乐“矿藏”异常丰富，就待大家去开掘，音乐工作者生活工作在这样的“富矿区”，真是其乐无穷。施观林尝到了这种甜头。

施观林和金保林(《智美更登》的另一位作曲者兼指挥)跑遍了青海草原,准备去西藏深入体验生活,路过成都,一天在住地院内转悠,忽然听到一阵优美的唢呐声从民委招待所传来。那藏族韵味十足,古香四溢的旋律,一下吸引住了施观林,他如获珍宝,就在泥地坐下,掏出香烟,在一片烟纸上速记起来,一边连忙招呼同伴金保林,不料金已不再身边,施观林心急火燎,嘴里直咕噜:"这老金是怎么搞的,跑到什么地方去了? 太可惜,太可惜。"原来金保林也被唢呐声所吸引,径直奔民委招待所而去。施观林朝着发出音响的地方继续寻"根",踏进招待所,金保林大声呼喊:"快来,快来!"他已经和藏族歌手益西加措攀谈上了。老施才明白方才的美妙乐曲,是在播放四川阿坝藏区的民歌录音。

《智美更登》序曲一开头,声音悠扬浑厚,庄严肃穆,有着独特的浓郁藏族韵味……这确实是与"乐痴"和益西加措的巧遇有关。

黄静波又一次看完《智美更登》后,已经深夜了。这一夜他几乎没有入眠。这出戏的舞台美术要大大修改加工。他设想得很具体……

"阿卡"(和尚)出身的舞美设计那拉塔(藏族)当然十分尊重省长的意见。他必须精益求精,一丝不苟……

广东省有位舞美专家看了《智美更登》后激动地说:"《智》剧舞很多地方对戏剧的发展和色彩给予了很大的帮助。全部设计有浓郁的地方特点,有很大的创造。形式也很美,不是生活的照搬而是突破,服装布景、颜色,对比强烈,很有力度,带着古代的特点,这是一幅很成功的'变化运动中的绘画'。"

走进那拉塔的家,那各种大小五颜六色的画板把你包围住了。好像踏入了古老神幻的白岱王国里。那拉塔在为"王子"的打扮发愁,他该披上一条什么样的云肩才好呢? 王子服装的基色经过那拉塔精心选择采用了黄色,配以红色的云肩显得特别和谐、鲜艳、美观,与庄重、尊敬的王子身分很是配贴,从多情活泼的智美更登性格出发也是必要的。演出后,大家都认为很好,但有个别同志对王子是否带云肩提出疑问。

那拉塔为此三次深入寺院调查访问。有一次，他冒着大风雪来到隆务寺。推门进得寺院，却被一位寺僧阻拦，不让参观照相，那拉塔对那位寺僧仔细端详，认出了原来他就是少年时代的邻居和同伴。那拉塔喜出望外："你不记得吗？我13岁时在这里当过'阿卡'，你就住在我的隔壁。"那位寺僧也回想起了当年的情景，热情地拉着那拉塔进寺内参观。在走过旧居的时候，那拉塔笑呵呵地说："过去寺院有这样的规矩，每逢'索训'节日（藏语：每月最崇高的诵经朝拜的日子）清晨，我们小阿卡都要在自己的家门口，用木炭灰在地上画画的，不画还要受罚。我喜欢画画，你家门口的'莲花座'还是我帮你画的哩。"那拉塔在隆务寺内整整调查了一天。这回，小时候那位邻居帮了他一个大忙，落实了王子云肩的最后设计。

"小杨，今天黄省长又来看戏了。"后台有人提醒王子的扮演者杨向东。

杨向东心中有数。黄省长不止一次鼓励这位年轻的舞蹈家。在主演智美更登时，要把握人物的气质，特别要演出王子成长的过程，最好要拿出一些绝招来……

杨向东，在东海之滨青岛长大，来到青海高原已有16个春秋。他13岁进入歌舞剧团，勤学苦练，几乎天天早晨5点钟起床练功，下乡或出外演出，在帐篷、草滩上，在旅馆的过道里，也从不例外。1976年，在一次练功时，因用劲过猛，右腿跟腱完全断裂，人们以为从此小杨将告别艺坛，却不知杨向东以非凡的毅力，忍着病痛苦练。由于连接断去腿跟腱，神经变得短缩僵硬，这就迫使小杨加倍去锻炼。两年后杨向东奇迹般地重新登上了舞台。那时，他的舞蹈艺术已经有了相当的水平，逐步进入自己编舞、自己表演的阶段。1980年10月，全国少数民族文艺会演开幕。在那次盛会上，杨向东初露锋芒，由他创作并演出的独舞《雪山雄鹰》获得了优秀节目奖。回省后，他不断加工改进，3年后出访土耳其等4国，在突尼斯举行的第十二届迦太基国际民间艺术联欢节上，《雪山雄鹰》被誉为"艺术节最好的节目"，杨向东获男演员特别奖。

《智美更登》进入高潮“舍己为众”的第四幕，王子与洪水搏斗，杨向东一变前几场智美更登多情温柔的性格，施展了绝招，“虎跳”（一种难度极大的舞蹈动作）紧接“拉拉提”转圈进行 12 次，犹如人在洪涛漩涡之中涌上跌下翻扑滚打，生动优美，凸显了王子的刚毅勇敢。黄省长看到这里，举起双手，使劲鼓掌……

有人说，黄静波是个“戏迷”。这话不假，早在 20 世纪 60 年代初，他担任陕西省副省长的时候，为了实践“戏剧改革”还登台客串演出过京剧哩。为此，曾受到有些同志的批评：“一位政府高级官员，登台唱戏，成何体统！”当时，静波同志心里很是纳闷，为什么做了副省长就不能登台演演戏呢？后来，他也想通了，原来演戏是需要时间的，而时间对他来说是十分有限的，人民需要自己用更多的时间，去为他们服务，这证明党性还不够纯呀！黄静波同志自己给自己“无限上纲”。从此，他再没有演过戏。

现在，他的认识水平真正提高了。作为省人民政府的一把手，他时时在操劳如何为这个省的“四化”建设出谋献策。他一手抓物质文明，一手抓精神文明。他经常出入剧院，台下鼓掌，登台与编剧、导演、演员们握手，有时还要大发议论，绝不是一种所谓“戏迷”的下意识活动。他是有意识的，被一种强烈激荡的意识支配着。

黄省长曾经得到过这样的信息：某流亡集团在国外拼凑了一个“藏戏演出团”在东南亚一带大肆活动，胡说什么古老的藏戏在中国已经灭迹。黄静波听到这种别有用心的造谣，异常气愤。他心里像塞了一颗炸弹。他来青海上任不久，巧逢青海省进行自编节目的大会演，在那次百花盛开、琳琅满目的会演中，绽开了两朵藏族艺术之花——根据传统藏戏《诺桑王子》改编的大型藏戏《意乐仙女》和根据藏族民间史诗《格萨尔王传》改编的藏族歌舞剧《霍岭之战》。黄静波在台下看着看着，心里埋着的那颗“炸弹”爆炸了。他这一回长时间热烈的鼓掌，是带着一种政治家鼓动性的浓厚色彩。

黄静波"开戒"了。在设在某机关的临时排演厅里,他为《意乐仙女》剧中一位演员不厌其烦地做起示范动作,一个"前腿弓"漂亮的舞把式。他还以"老前辈"的身分告诉演员,此时此刻,眼神应该如何运用……

事情是这样的。会演大会结束以后,青海省委、省人民政府决定由黄南藏族自治州文工团《意乐仙女》剧组与海南藏族自治州文工团《霍岭之战》剧组组成青海省藏族艺术团,赴兄弟省、市作访问演出,进行艺术交流,增进民族间的往来与友谊,扩大藏族艺术在国内外的影响。藏族艺术演出团赴八省(市)访问演出,在我国戏剧界引起了强烈反响。《意乐仙女》要到香港去演出了。临行前的一个晚上,晚饭过后,黄静波告诉秘书,他要到《意乐仙女》剧组去看联排。秘书说:"省长带病(这几天黄患感冒)开了一天的会,医生叮咛让你休息,你刚吃了药……"黄静波已经跨出门口,回头笑嘻嘻地对小杨说:"我不是去工作,是去看戏,看戏不是休息吗?"

黄静波就这样突然出现在《意乐仙女》剧组的排演厅里。

深夜一点过了,黄静波还在比划着手势和剧组的同志们说戏,他额头上沁着汗珠,看来浑身正在发汗,这决不是羚羊解毒丸这类药物的功效。黄静波找到了最好的"休息"方式,起到了治愈感冒的真正作用。

有同志告诉在旁的一位新闻记者说:"你不是要采访'仙女下凡'的新闻吗?今晚,你目击现场,我替你把通讯的标题也想好了,叫做——《省长当导演》。"

(四)黄河东流去……

日月,这是天空的光彩,
森林,这是山岭的光彩,
人民,这是祖国的光彩。

——藏族谚语

1985 年 7 月 25 日，青海省第六届人民代表大会第三次会议隆重开幕了。

黄静波省长作了题为《努力开拓，锐意改革，振兴青海》的政府工作报告。黄静波在讲台上，代表们的目光，凝聚在一个固定点上。省长虽然看不清楚同志们的眼睛，但他却看到了整整一个青海……

数天后，黄静波同志作为省长，任期未满，但根据组织决定，向人民代表大会提交了一份辞呈。辞呈经过大会主席团讨论，被批准了。

这次人民代表大会，在选出了宋瑞祥新省长后闭幕了。黄静波同志在会上又一次讲话：

“不久，我将要离开可爱的青海了，无论到什么地方，干什么工作，我仍将关心青海建设事业的发展，仍愿意为青海各族人民服务！当青海各族人民的一个‘公仆’。”

公仆啊……人们的脑海里浮现出一个可敬的人的叠印：

黄静波笔直地站立着，他是在给同志们作报告。黄省长作再长的演讲，自始至终总是这样，这是他对听众的尊敬；

黄静波经常作着“金鸡独立”的姿势，左脚换成右脚，一站就是半个小时，他是个“好斗者”吗？他的身骨曾被摧残致伤，趁看电视休息的空隙，进行体育锻炼，这是对病魔的挑战；

那是在史无前例的日子里。黄静波在一间阴暗潮湿的‘囚室’里，一双目光如电的眼睛，射向“来审者”！

20 世纪 50 年代就出任中华人民共和国粮食部副部长，60 年代初在陕西省当副省长的黄静波，渴求提高自己的理论水平，要求中央给予深造马列理论的机会，组织同意了，让他去中央党校学习。1962—1965 年的 3 年间，黄静波孜孜不倦，埋头钻研马、恩、列、斯、毛的经典著作。结业后，1965 年 10 月到辽宁抚顺露天煤矿安排当个副矿长。“共产党的官能上能下嘛！”这位 1934 年在边区绥德家乡加入中国共产党的“泥腿子娃”，过去搞土地革命一直和农民打交道。他在清涧的时候，被庄稼人选举当了县长。这是边区实行民主选举的第一个县长。1941 年，在大生产运动中，他受到毛泽东同志题词奖励（毛泽东同志的题词是："坚决执行党的路线，赠黄静波同志"）。作为奖状的那方土漂布，后来很少有人知晓，直到史无前例的"文化大革命"期间，"红卫兵"抄家，翻箱倒柜发现后才传扬出去。黄静波到了煤矿，一头就扎在工人群众之中了。抚顺的地是黑的，天是蓝的；粗壮的汉子脸是黑的，心是透明的。我们的党旗是由一个榔头和一把镰刀组成，黄静波此刻真正理解了这个深刻的内涵。

1966 年的一二月间，有两个报告材料送到了黄副矿长的手中。材料中引证了林彪的两段反动谬论。黄静波皱起眉头，略加思索，就在"毛泽东思想是当代马克思列宁主义的顶峰"一段话后，加了自己的按语："毛主席的思想不仅当代还在发展，而且在今后漫长的历史岁月里还要不断地发展。顶峰就是说不发展了，这是不对的。"在另一段"毛主席的话……一句顶一万句"的旁边，另写了一段："毛主席的话是广义的，不是狭义的，所以不能以数量来计算解释的。一句顶一万句的理论，是限定毛主席思想的数度，这是错误的。"

压在黄静波办公桌破玻璃板底下的这两份报告材料，一夜之间，不翼而飞了！黄静波被拳头举得高高的人们拖着投进了"隔离室"……

坐牢十年有余，经历了 800 多场"喷气式"的大会的批斗。起先，皮鞭、铁棒、谩骂代替对他的审讯，黄静波咬紧牙关蔑视着，无语而对；数年后，几十次数百回的"温和说理"代替了野兽般的凌辱……

"三反分子黄静波，你难道真的死不悔改吗？……只要你认个错，我们就可以放你，你就可以自由！"说话的人已经有气无力了。

黄静波每次都重复着自己心里铁铸了的那段话："我没有错！我没有反对毛泽东思想！你们好好去读读马列的书，读读毛主席的书，你们会明白的。"

这是一个真正的共产党员！他铁骨铮铮。有时，牢内传来某某人自杀的消息，黄静波听后自忖："自杀我不干，要么枪毙！"他要千方百计地活！他有高血压、冠心病等旧疾。他要活！每天坚持做自己“创造”的按摩气功术！

对黄静波的看管是十分严格的。每天实行轮流值班制。看管人员中有三位老工人房公介、刘×、宋学仁，见到黄副矿长受如此折磨，心里万分难过。房老头不顾一切，经常暗中给黄静波送饺子、送饼子。当看到黄静波这几年在牢内，头发竟一根也没有白，精神还是那么好，他放心了。房老大爷在临终前告诉他的孙女说：“我死了后，你一定要去看看黄爷爷……”1984 年，房公介的孙女真的去看黄省长了。房公介已经不在人世。当讲到老人生前说的那些话时，黄静波情不自禁地掉下了眼泪。

1985 年 8 月 11 曰，黄静波同志暂时离开西宁。他要到柴达木去转转，他还要攀登一次海拔 4 850 米的昆仑山……

西宁市政府办公室卞劼生主任来信送七绝两首：

送客无须折柳歌，
黄河一曲万人和。
静台中夜思新政，
波涌心河允吟哦！

一片丹心奈老何，
路凭开拓挥金戈，
平生能遂黎民意，
安度晚年乐趣多！

杨水生秘书这一次没有陪同黄静波同志一起去海西州。他要在办公室里清理省长的公文材料，作一次认真的移交（不久，他也将离开这个工作岗位任新职去了)。小杨阅读着刚送来的七绝,发现这是一首藏头诗,每句的开头字连起来是:送、黄、静、波、一、路、平、安,这引起了他万端的思绪……

杨水生同志是 1983 年 6 月 10 日起任黄省长秘书的。来到黄身边的前一天,有同志曾告诫小杨,给黄省长当秘书,要从思想上打破一般人的工作、休息的时间概念。小杨讲了一个有关黄的生活小故事:有一个星期天,省长照例 6 点起床,8 点半起到深夜 10 点多接连不断接待人民群众的来访,12 点钟,省长拖着疲惫的身子去洗澡,好长好长时间不出澡间,秘书有点着急(因为黄患有高血压),推门进去,看见黄闭着眼睛,像是在浴缸里睡着了。其实,省长并没有睡,他还在思考明天的工作。第二天,要下乡,省长坐在汽车里,秘书感觉静波同志的头靠到了自己的肩上,省长这时真的是熟睡了,不时地发出了很大的鼾声。

小杨在任秘书期间,亲眼目睹几乎天天有人要亲自见黄省长。为了照顾省长的工作和休息,有关部门和工作人员对来访者实行劝阻。有一次,小杨推说省长不在,黄静波知道后,发了一顿脾气。黄认为我们共产党人要处处体察下情,现在他们走上门来,我们却拒之门外,岂有此理!来访者提出的问题,不一定都能解决,但见一见面,谈几句话,对他们也是一种安慰。打那回后,省长给小杨下了一道命令:“信访处不接待,你都要接待,人家没吃饭,我们也不能吃饭!”(此后,据不完全统计,1984 年一年中,杨处理人民来信 2 100 多件,其中黄亲自阅批处理的近 600 件)

一封群众来信交到了杨水生同志的手中。写这封信的是太原四中教师刘文钦(台眷),她请求政府为自己的弟弟刘敬钦彻底平反,作妥善的安排。而且刘文钦趁放暑假的时候,专程来到了西宁。杨秘书感到此错案关系重大,当晚汇报了黄省长。3 天后,黄省长亲自接见了刘文钦同志。黄静波对案情作了一番调查后,让秘书通知省信访室、西宁市委(劳动局)、省劳动人事厅、市城东区法院、省侨办、省台湾同胞接待室等单位(还有刘文钦同志),派一位负责同志次日中午一时整在他宿舍的办公室开会。

第二天上午,省长出席了一个重要会议,回到家里已经12点过了。黄静波嫌家里的人饭做得晚了(省委曾将前任领导的专用老厨师配给他家做饭菜,黄一天也没用,让老师傅回省委招待所餐厅去发挥专长),自己动手煮了面条。家里的人立即拿出每天必备的"基本菜",一碟红辣子,一碗酸白菜,省长在面条里加了些盐,拌了些酱油和醋,吃了两大碗,就到办公室等着。一点整会议开始了。首先有关各方领导根据事实、政策,人人表态,先定性——这是错案,予以彻底平反;然后,由各职能单位去处理平反后的具体工作,公安部门落实报户口的事,人事部门拨职工指标,劳动局安排就业等问题……会议散后,黄静波又亲自打了个电话给西宁市市长刘枫同志,告诉详情,让其督促执行。一桩错案就这样处理解决了。当刘文钦偕同弟弟刘敬钦到香港探亲,和阔别30多年的老母亲会面时,刘文钦掉着泪说:"我两次见到了那位黄省长,他的确是人民的公仆。"母亲不解地问女儿:"什么叫人民的公仆?""我们共产党提倡全心全意为人民服务,平等待人,做了大官,还是一个普普通通的老百姓。"

杨水生急匆匆收拾文件材料,分门别类进行整理。电话铃声不断地干扰着他的工作。这些电话多半是询问黄省长何日启程离青,向老省长问候的;还有一些是要找黄静波同志反映情况的。小杨工作到半夜,电话铃声竟也伴随到了半夜……

黄静波是8月22日夜里回到西宁的。杨秘书在一本蓝皮的笔记本上继续记录着黄每天的工作摘要(笔记本从1983年6月10日启用,记录到1985年9月18日),最后那天他写得很简单:"9.18,退火车票(天水——宝鸡塌方),整理行装,会见来访者。"杨水生随手翻了一下用了两年多的笔记本,他要寻找一下自己跟随黄静波同志一起在青海这块可爱的土地上踏过的足迹。笔记本中间那一页:

五月二日,星期三

7:00—9:50　　看钾肥厂、察尔汉盐田

10:00—13:20　　看锡铁山

14:30—17:00　　回格尔木市

17:00—19:00　　谈话(血压110/160)

20:00—22:40　　对格尔木干部谈话

23:00—24:00　　到孙治武家看望

小杨又从头到尾翻起了笔记本,黄的工作日程几乎天天是这样满满地安排着。难怪同志们说,黄静波同志在青海虽只任职两年半,实际上却工作了相当于五年的时间!

杨水生同志看了一下手表,已是晚间10点半了,他感到困倦,打了一个呵欠。此刻,隔壁房间里,比他年龄大近一倍的黄静波同志还在静听着一位来访者声调激昂的陈述。静波同志要不是因为铁路塌方,就已经离开这里啦。唉,你这位来访的同志也真是……小杨心里有点怨烦,但耳边仿佛响起了什么,他想起了省长说过的一句话:"一个共产党员不和群众在一起,就不叫共产党员!"这话是对小杨说的,也是黄静波经常告诫自己的啊!

尾　声

美好的回忆是一种享受。因为,你确曾在"回忆国"里播种过金子。

西宁——北京的快车经过一天一夜的行程,已经离开了西安。再见吧,大西北!黄河东流已进入三门峡,明天黎明,北京紫禁城将又会出现在自己的眼前……

黄静波正在出神地阅读一份《青海科技报》。这张小报有不少篇幅是联系青海实际讲科学的。看这种报纸能从中吸取不少营养,省长

的兴趣至今不减。夫人高宗一从黄静波手中拿过报纸:“老黄,你也该歇息一下咯。”黄静波这才摘下眼镜,合上双眼。他的嘴角挂起了丝丝笑纹。他又在想着什么……

1951年7月,一位戎马倥偬的将军率领进藏独立支队,要在荒无人烟的世界屋脊上踏出一条路来……这位筑路将军,被人们尊称为“青藏公路之父”,他的名字叫慕生忠。慕生忠是黄静波的老战友。

在青海省第六届人民代表大会第三次会议即将召开的前夕,黄静波怀着老一辈向新一代交班的满腔热情,在西宁火车站迎接一位勘探服上尘沙犹存的地质工程师,省委新班子领导人之一,46岁的宋瑞祥同志。这时他想起了修筑公路的慕生忠。他亲热地拉着宋的手,肩并肩地一起照了相,又和他谈话:“青海有一项重大的项目——曹家堡飞机场……设计机场跑道长3公里,宽190米,须填平四条山沟,铲平十几座土山头,挖填土石计约1 800万方。机场建成投入使用后,图—154、波音767等大型客机可昼夜起降,这对开发青海省,加强与外界联系,传递信息,搞活经济,具有十分重要的意义。”说到这里,黄静波仰望长空,似在期求引来吉祥的“大雁”……

同志呵,亲爱的同志!让我们共同祝愿鸿雁降福人间,给青海插上劲健的双翅,翱翔腾飞!

后　记

1985年12月18日,黄静波在北京。他不当省长已经有四个月了,但有一桩至关重要的事情,他一直牵挂着。他要给中央民委写一封信……

杨静仁部长:

为了开发建设青海,就需要从各个方面来宣传介绍青海,才能改变一些人对青海的错误看法，吸引人们向往青海，热爱青海，参与青海的建设。正是这个缘故，在我于一九八三年春至一九八五年秋任省长主政期间拟定拍摄《格萨尔王》电视连续剧，把在国内国外有影响的藏族英雄格萨尔王搬上屏幕。原来计划于一九八五年完成拍摄，因为准备工作进展缓慢，所以，在我任职主政期是难以完成，只好留给现在的省政府来继续完成。因为这件事是青海四百万各族人民的大事，所以我虽然因为年龄到限，于今年八月离开青海省政府的工作，但仍愿意为青海省各族人民的这件大事服务。故而，我给您写这封信，并随信送上青海省电视台的报告，恳请您给予指导和经济上的支助，使其成功，切切至盼。

耑致

敬礼！

黄静波（盖章）

一九八五年十二月十八日

于首都北京城

杨静仁同志于20日即在黄的信上批示：

江平、任英同志：此事重要，请尽可能予以支持。并请文化部、广播电视部鼎力支援。

《格萨尔王》电视连续剧的拍摄筹备工作，现在正加紧步伐进行。青海人民议论的中心，已远远不是藏族英雄格萨尔王本身，至于大家想的那就更多更深……

铸 盐 魂

近一个世纪以前，西方几个探险家来到察尔汗这个没有泥土，没有绿荫，更没有生命的干涸大盐湖上。在一个没有月亮的风暴之夜，他们点燃的篝火被刮灭了。他们心中那盏希望之灯也彻底熄灭了。惶惶然向全世界宣称：察尔汗简直是地球的第二个月亮。

公元1992年6月29日，青海省委、省政府正式批准成立“格尔木昆仑经济开发区”，在昆仑山上挂起了一盏永不熄灭的“神灯”。“神灯”把察尔汗照得明光闪亮。一批又一批的外国人来到察尔汗，在一

柴达木盐湖

个月儿跌落在碧湖里的宁静夜晚，他们在天堂“西湖”旁游逛，他们向全世界宣称：察尔汗确实是地球上的第二个月亮，因为在那儿他们看到了现实中的“月宫宝盒”。

(一) 大 湖 狂 澜

盐湖里有两只眼睛

地球造山运动，使得青藏高原隆起。巍巍昆仑山屹立在世界屋脊，与之遥相呼应的祁连山脉，冰峰闪耀着日月的光辉。两条山脉怀抱着一个柴达木盆地。南缘低洼处，有个堪称世界最高的察尔汗大盐湖。这个总面积 5 856 平方公里的干涸盐湖，中央仅留两汪碧波，大的叫达布逊湖，小的叫霍布逊湖。随着亘古昆仑雪水的冲洗，丰富的矿物质积聚在这个偌大的盆底里；经过亿万年狂风烈日的耕耘，整个察尔汗已是一望无际的盐积平原，这片土地寸草不长，但那里点点白色盐花绽开，遍地铺满了白花花的“银两”！而达布逊和霍布逊真像两只眼睛，放射出不同的光彩，瞪大的那只在发怒，它怨恨世人竟不光临如此宝地；小眼睛却在微笑，它诱惑人们快去摘取那里取之不尽的财宝。

茫茫察尔汗大盐壳下，汇集了约有 600 亿吨以氯化物为主的近代盐类化学矿藏，除了大量的钾以外，还伴生有镁、钠、锂、碘、铯、铷等，估计有 12 万亿元的财富，其上，有一座小小工厂叫青海钾肥厂，每年生产钾肥只有 2—3 万吨。

600 亿和 2—3 万，犹似大象和小蚂蚁，小蚂蚁何时能吞掉大象呢？中国极缺钾肥，目前探明的储量的 97%，又偏偏集中在西部这个自然条件恶劣、交通不便的柴达木盆地里。8 亿农民需要钾肥。庄稼缺了这东西，“腰杆子”就挺不直。粮食是命根子呀！为此，国家不得不从国外进口大量钾肥，每年竟要花去外汇上亿元。

李义杰坐在颠簸昏闷的越野小汽车里。由于戈壁荒漠骤起的那一阵风暴，迫使小车紧闭车窗，不留丝毫缝隙。李义杰闭上眼睛，脑海里浮起了上述那张察尔汗图……青海黎明化工厂副厂长被调任青海钾肥厂厂长，今天，他走马上任了。

接到调任的正式通知，那是在三天之前。温存的妻子说："咱结婚后，很少在一起生活，现今好容易凑到一起，黎明厂离省城不远，两个顽皮的小孩刚上中学，你李义杰也总得为这个家分一点心吧。"

李义杰没能满足妻子的愿望。

妻子对自己的丈夫不会长期留在黎明厂，似乎早有预感，这个在任何情况下都不"安分守己"的血性男子，像一头野牛，不知疲倦，不畏艰险，不停息地在前进的道路上冲撞。他主持、参与过40多个科研项目，多次获得省"科技成果奖"，还获得过"全国优秀质量管理工作者"的证书。

黎明化工厂副厂长是副处级干部，而青海钾肥厂厂长是正厅级干部，从副处到正厅连升三级呀！有不少人在背后议论：李义杰是官迷了心窍。妻子为此感到不平。李义杰却毫不介意，直言不讳，面露三分骄傲的神色："生当作人杰，死亦为鬼雄！""连升三级确实不低，担子越重越好！"

刚刚上任的青海钾肥厂厂长李义杰，一屁股坐在那滚烫坚硬的盐土上，他要好好看看古盐湖的外貌，细细体察一下它的内涵。李义杰狠抠了一把土，盐花从他的指缝中流出，他神色凝重，蓦地，胸中升腾起了一团不可遏制的烈火。

人生的道路上，只能留下一两个脚印

板结的盐湖的躯体是坚实的，任凭八九级大风不断吹打，也吹不动它一丝半毫；它的上空经常是无云的蓝天，紫外线强烈地照射着。李义杰扬着柴达木朔风烈日造就的干黑瘦黄的脸庞，提了一个鼓鼓囊囊的皮包，在首都三里河公共汽车站候车人群中焦急地张望。

"哟，李义杰，是你？"一位西装革履的中年知识分子和他打招呼。

"老同学——"李义杰伸出手去握住了他清华大学同班同学的手，

热烈地摇晃着。

“……你毕业后不是到青海黎明化工厂去了？现在……”

“现在，我又到柴达木的察尔汗钾肥厂了。”

“察尔汗？”老同学听到柴达木察尔汗这个陌生的地名，立即和“劳改”两个字联系在一起了。他仔细端详着李义杰身上的劳动服和胡子拉茬焦虑的脸，他的手下意识地迅速从李义杰的手中抽出。

“离开黎明厂之前，领导上摆着三四个地方让我挑，青岛、烟台、西宁……唉，这也叫自找苦吃呀，是我自己不好……”

不等李义杰说完，老同学竟认定李是犯了什么错误，清华的高材生竟蜕变成了犯罪分子，他到北京来，或许是保外就医，“听说咱校那个造反‘司令’也在柴达木劳改”。

“判了15年有期徒刑。”

“你呢？”

“我？哈哈哈哈，我的罪重，是无期。”

公共汽车来了，对话被迫中止。李义杰挤上车，一只手抓住吊环，另一只手还使劲地向老同学摇着，老同学没有和他挥手告别，只用奇异的目光盯着远去的汽车。他在思索——李义杰在学校时曾说过一句话：在人生的道路上，一个人也只能留下一两个较深的脚印。

柴达木到北京，行程3 000多公里，这在欧洲已经穿越了好几个国家了。我们中国大啊！这一点李义杰并不介意，然而在北京（1985年一年来了五次），他要跑的单位实在太多了：化工部，司（局）、处……；国家计委，司（局）、处……；物资总局，司、处……；国家科委……；地质矿产部……；国家设备成套总公司……；铁道部……；等等。众多的门要他推，众多的台阶他要上，李义杰是个急性子，他想跳跃，然而万万不能。有许多时候，在一个台阶上要停留很长很长时间，弄得哭笑不得。唉，谁让你李义杰揽了这么个大企业呢？

李义杰理直气壮地对某单位某员说：“我要找部长。”

“找部长？你有什么事？”

一看李的大皮包，倒引起了某员的警惕：中国自改革开放搞活以来，不是也出现了不少的“皮包公司”？

“同志，你究竟有什么事？”

“简单地说，就是关于青海钾肥厂第一期工程列入国家‘七五’计划重点项目的事，一系列的事呀。”

那位“员”没有听清这是怎么回事，手往天花板一指：“噢，请到×楼××处接洽。”

李义杰“噔噔噔”地更上一层楼，推门进××处，由于主管的某员正巧不在，一位同志十分客气地让李厂长在沙发上坐下，还给沏了一杯茶，李义杰一直等到下班，不见该员返回，这半天就算白白过去了。

国家计委重点项目三局有位老处长叫吕健，他过去曾到过青海察尔汗盐湖，对情况略知一二，吕被李的“苦求”所感动，李被吕的“热心”所鼓舞，两人怀着一个共同的追求，八次往返于化工部、国家计委之间……

化工部秦仲达部长召集十几位司(局)长开会，让李义杰汇报情况。

青海钾肥厂争项目是有年头了。1975 年曾经被列入计划，还说 1978 年建成，结果未实现。后来又推迟到 1982 年、1985 年……整整 10 年徘徊，花去了国家 5 623 万元投资。遥远的柴达木呀，上项目的条件实在太差了！这一点秦部长是清楚的。现在，各位部、司(局)长们，面对这位一腔热血，有胆识，出口成理的中年人，不能不重新考虑问题。改革的春风，使得理智的决策者更加理智。那次会议以后，青海钾肥厂第一期工程真正地被列为重点建设项目，中央决定先投资××万元，作为基建开工的准备，到 1986 年 5 月 1 日，视准备工作进展情况，再决定是否正式开工。对这样慎重、灵活、留有余地的决策，李义杰十分理解，也非常满意。

李厂长心里那块石头落地了，浑身轻松，回青海前那天晌午，他漫步在天安门广场上，望着那高高矗立的人民英雄纪念碑，想起了那天老同学误认他是人民的罪人这件事来……

大推土机将盐盖掀起

几架大型推土机，无情地将盐盖掀起，一层一层往更深的部位推去，推出了一部老盐湖人悲壮的历史——

啊，一具尸体！

由于盐卤的特殊作用，尸体完整未腐，一身蓝色的中山装，一双破旧的解放球鞋。这是20世纪50年代初，第一批进柴达木的地质勘探队员的典型风貌，柴达木——祖国的聚宝盆，这一美名，第一次是从他们的嘴里喊出来的。是无尽的财宝让你流连忘返？还是由于什么更实际的原因，把你埋没在宝藏之中，与之拥抱长眠呢？唔，骆驼走散了，或者，是迷了路？……迎面驶来长长一列火车，这是真正的“沙漠之舟”。它“呜呜”地吼叫着，代替了对那位静静躺在盐湖上的英雄的哀悼。

1958年7月，一辆敞篷大卡车载了7个人和1顶大帐篷，开进了这块天上无飞鸟、地上不长草的无边际的无生命区。随后，五千“盲流”(大多是外省农民)有组织地拥进了察尔汗。大跃进的年代，农业也要大放“卫星”，大家熟知，种庄稼缺不了钾肥，庄稼汉干这个活，个个心甘情愿，人人心里乐滋滋的，真是豁出了命在干哪！那时，这里的饮水和粮食都要从几十公里以外的地方去拉，仅有的3辆破汽车，不停地奔驰，勉强维持着5 000人的生命。

拓荒人竟忘记了“洗脸”，脸盆都用作取钾盐的工具了，一日两餐，只要能填饱肚子就行，人手一把铁锨，打饭时还可兼作盛菜的“碗碟”。

一顶单布帐篷，住48个人，大家滚作一团，用相互的体温抵御冬夜零下30 ℃的严寒。从10公里以外的地方去背光卤石，麻袋不够用，拿出自家的被单、衣服代替，沉重的包袱压得人透不过气来。夏天，盆地是“火炉”，人们顶着烈日干风，挣扎拼搏，其热比冷也好受不了多少。

时代前进了,察尔汗彻底醒来的日子到了。

1985 年 10 月,青海省人民政府和中央化工部在察尔汗联合召开了青海钾肥厂一期工程建设现场办公会议。签发了一个会议纪要:从 1986 年 5 月 1 日盐田西光卤石池开始灌卤晒制钠盐板即为正式开工期。人造大盐田(西光卤石池),面积近 10 平方公里,近两倍于杭州的西子湖。察尔汗人要在干涸的盐积平原上筑"西湖",建造未来的又一个"天堂"了。1985 年 9 月到 1986 年 5 月 1 日是建筑"西湖"的期限,如果不能按期完成,一期工程就不能全面开工!那么,"天堂"或许变成了瀚海中的海市蜃楼。由此,"西湖"成了钾肥厂的生命之湖。

施工 3 个月过去了。

一个致命的新闻像一发重磅炮弹落到了盐田上:中标承包的施工队伍,在筑"西湖"中,遇到无法克服的困难,无力按合同控制工期完成,愿意赔偿由此带来的全部经济损失。

天哪!这简直是要了李义杰的命啦!

李义杰受到了上下左右猛烈的围攻。

被冷讽热嘲指责包围的李义杰,竟三天没有好好饮食,三夜没有踏实合眼,他的嘴巴裂开了几道大口子,眼皮浮肿,带着血丝的眼睛,放射出一种异常可怕的光彩……

"李义杰呀李义杰,你压根儿是一个小小七品芝麻官,交了鸿运才连升三级,屁大的本事怎能管得了偌大一个察尔汗'王国'。现在,吃不了兜着走吧。"不少人在笑话他。

李义杰暗自发怒了:"我不是扶着帽子,而是端着帽子来的!"

李义杰开始慢慢清醒过来:"困难使弱者躺倒,使强者挺立!""与其躺倒死路一条,不如铤而走'险'!"

有同志劝厂长,做一点自我批评,重打锣鼓另开张,重新招标,换一个队伍干,给自己找个台阶,也不失他李义杰好汉本色。李义杰坚决地摇了摇头。

当代企业家要有政治家的眼光、哲学家的思维、实干家的作风。

李义杰一头扎进群众中间,他和大家一起充分分析了自己厂特有的土生土长的正反经验,干部职工的素质——主人翁思想,以及机械设备的水平。经过三次紧急会议,终于带领全队人马冲出困境,踏上了一条充满希望之路——厂党委毅然决定"自力更生",自己组织力量,来完成这项拖了期的工程。

这是一次新的风险,一次更大的风险,李义杰没有来得及去思索选择这样一条道路去冒险,一旦摔下来将是怎样的后果。这位强者经过极其周密的部署之后,站到了行列最前头,大喝一声:"只许成功,不许失败!"

寂静的察尔汗沸腾了!

……

沸腾的东方古盐湖

在那紧要关头,挺身而出的是工程处夏同昶处长,他率领 120 条汉子,像猛虎下山,扑向了盐田修建工地,党委把此项工程命名为"青年工程"。

10 年前夏同昶被察尔汗这无比辉煌的事业所诱惑,从青海大通矿务局开拓队来到钾肥厂,全身心扑在察尔汗湖上搞盐田池板强度试验和盐田工艺试验,成了知名度甚高的盐田工艺专家。整个察尔汗几乎所有的角落,都有他的脚印,夏同昶十年辛苦(用他自己的话说:也是十年欢乐),他的生命,他的价值,不可分割地全部融合在察尔汗的内核之中了。

"我不搞这 10 平方公里盐田,谁来搞呀?"

"夏同昶是个盐田精。"大家都赞同由他来牵头。

人们不会忘记,夏同昶在一个可怕的夜晚,在达布逊湖死里逃生的故事:

有一次,领导让夏同昶牵头土法上马搞一个小化工厂,找了不少设计单位,都遭碰壁,老夏横下一条心:"你们怕苦不肯来搞,这些蓝图老子自己来画!”那一天,天气晴朗,夏同昶驱车直奔达布逊,他们以车代房,在北岸扎下宿营点。长年在室内搞化验的石树坤同志早就被达布逊富有的资源所吸引,这次再三要求非要亲自涉足湖心,老夏允诺了。两人吃饱喝足,手挎着手,轻装过湖而去。他俩专心致志地工作,不知不觉天色已经昏暗。石树坤是个细高个子,涉水有利,唯高度近视,夏同昶虽然目光闪亮,但个子很矮。在返回宿营地时湖水高涨,已经没过了夏同昶的胸脯,夏因熟悉地形不以为然,走着走着,突然石树坤倒在老夏的肩上,老石由于晕湖,再也不能行走了。无奈,他们只得相依站在湖中休息,过了一个时辰,湖水由灰蓝色变成了黑色,茫茫天空伸手不见五指,夏同昶睁大眼睛,向北远望,为何不见宿营汽车的车灯?(他深信,此时,同伴司机一定会打开车灯照明指路)啊,迷路了。在达布逊湖里当“站长”(站着等天明),有升级当“副师”(浮尸)的可能。夏同昶定了定神,安慰石树坤不要害怕,问老石腿上功夫怎样,老石摸不清是怎么回事。老夏说,湖水由西向东,我们可以凭腿感觉水的阻力不同来辨别方向,我熟悉这一带湖底溶洞分布情况,你闭着眼睛靠在我肩上,我们一步一步挪,不信挪不到岸上去!司机焦急地寻找了他俩一夜,以为出了意外,黎明,发现有两人在湖边盐渍地上蠕动,原来是他们正向汽车方向爬行……

这里,竟又重演了 20 世纪 50 年代初次创业时的场景:

夜晚,工地一片漆黑。劳动大军像蚂蚁一样在蠕动。几架挖土机,它们微弱的马达声被狂风的尖叫声淹没,像是不存在一样。严寒,滴水成冰的严寒呀,机器熄火稍久就再难发动起来,而劳动者心里的火永不会熄灭。他们用机器不灭火,人员轮流转的办法干下去。这个鬼地段,连坚实一点的盐土疙瘩也没有,无法垒“盐房”,无奈,用旧铁皮做避风桶,七八个人爬进去暂且合上眼,养一养神……

李义杰在工地现场办公。

论劳动,这个戴金丝边眼镜的中等个文弱书生,可谓“手无缚鸡之力”。但是,他懂得,领导和群众时刻在一起,将会使群众有一个坚强的靠山，群众心里更加明白，此时为什么要这样去干，确信在从事一项伟大的事业，干劲永存。李义杰裹了一件已经褪了颜色的军用旧皮大衣（他没有时间，顾不上去领劳防用品），在群众之中，和大家一起吃冰饭，生篝火，俨然是老八路的一位将军。

夜幕中，李义杰看到远方有 3 个影子在移动。3 个小姑娘因为放工误了班车，在步行返回宿营地的途中迷路了。李厂长急步跑去，看她们整个脖子都结了冰霜，一边走一边哭泣的模样，心里辛酸，眼圈也红了。

挖掘机手刘圣荣也迷路了：

一个零下 30 ℃严寒的夜晚，由于送饭车抛锚，无法开进盐田，刘圣荣只得到距工作点一公里以外的临时食堂去就餐。刚捧上饭碗，天色突然变暗，黑色飞云铺天盖地压来，不好！风暴要来了，他丢下饭碗，抓了几个馒头，拔腿奔回工作点，谁知，夜幕竟霎时降落，咆哮怒吼的大风，挡住了他的去路。刘圣荣匍匐在盐渍地上，一点点地挪动身子，摸黑在方圆十几公里的盐田里，寻找他那台挖掘机。他迷路了，大风稍缓，刘圣荣深一脚浅一脚，一会儿东一会儿西地跋涉，陷进了盐卤的泥浆中，一双鞋子早被泥浆夺走，他光着的脚像刀割一样疼痛，强咬着牙，忍耐着、挣扎着。挖掘机找到了，刘圣荣终于脱离了险境。

刘圣荣的双脚，由于冰冻和卤水的磨蚀，已经麻木，两条腿也红肿了。他扶住挖掘机，用机车水箱中带着冰珠的淡水，冲洗仍在淌血的双脚，用擦机车的棉纱包上，神情从容自若，不一会，刘圣荣哼着小曲，一头钻进了驾驶室，机车很快发动起来，“轰隆隆，轰隆隆”，古盐湖翻腾着，发出了和狂风同样的吼叫……

东方古盐湖上出现了奇迹！姑娘们围着漂亮的纱巾，面对神幻般的“西湖”，笑逐颜开。

游“西湖”联欢会选择在“五一”“生命之湖”筑成后不久的端阳佳

节举行。“西湖”真奇妙，由于高钠卤水和阳光的作用，湖水色泽变幻莫测，昨天呈淡红色，今天却变成了橘黄色。现在，两只漂亮的大汽艇在嫩绿色的碧波中荡漾。谁说只有中国东海之滨的西湖美？祖国西部的“西湖”胜江南！

(二) 盐湖之魂

到昆仑山去取一块大石头

李义杰在盐田工程竣工剪彩典礼大会上说：“10平方公里大盐田的胜利完工，意味着一期工程按期准备就绪，正式开工投产的战斗才算真正打响！任务更加光荣艰巨！我们领导班子集体立一条‘军令状’。如果到期不能保质保量完成预期投资计划这铁的任务，我们集体就地免职，削职为民，工资降三级，不调离盐湖！”(他没有忘了连升三级这件事)

参加典礼的中央某部领导同志悄悄地对这位政治鼓动家说：“你为什么要说连降三级呢？不能说点吉利话，争取连升三级不更好吗？”李义杰笑了，心想：我李义杰正在这个企业里提倡这样的厂风：除了个人的名利不争外，什么样的东西都要去争，争上乘，争一流！人往高处走，没有这么点精神是办不成什么事的。李义杰想腾飞，他十分清楚自己的起飞点在什么水平线上。起先他想方设法要摆脱压在身上的各种包袱，后来很快又心甘情愿把这些包袱统统背上。这里的干部职工来自五湖四海，“文化大革命”又留下了复杂的局面。虽然经过了近10年的拨乱反正，但这里的“山头”依然林立，大小冤假错案近百起，这些都必须用大力气去解决，这些工作与振兴企业息息相关。这位企业家为解决复杂的遗留问题确实花费了很大力气，搞得精疲力竭、焦头烂额。李义杰乍到钾肥厂，看到食堂的墙上用粉笔写着一条小字报“钾肥厂你究竟在干什么？”这给了他很大的启示。这里从表面看，人心思散，人心思走，但实质上，人们还是想干的，否则，小字报的作者们为何要问钾肥厂“究竟在干什么”？关键是要给群众指明希望，使大家有个实在的盼头。青海钾肥厂正式列入国家建设的重点，而且后来列入配套必保项目，材料物资源源而来，察尔汗真的上了马，有了光明的目标，大家奔目标去奋斗，心底一片光明。而察尔汗也只能依靠干——实实在在地干、真正干出成绩，才能影响投资决策者的信心和决心。现在，偌大的一个“西湖”真的出现在眼前了，结束了察尔汗10年徘徊不前、越争投资窟窿越大的可怕局面。

副厂长刘安玉同志是个“老盐湖”，30年磨难，使他坚信“艰苦奋斗”是察尔汗创业之宝。他大会小会逢人就讲，有时讲得自己热泪盈眶。他经常对一些年轻干部讲厂长王子平同志的艰苦勤俭的工作作风（他自己也保持着这种优良的传统）。那个高高胖胖满头花白头发的子平同志，60岁那年主动向组织请求，从省重工业厅副厅长的位子上挪动下来，扎进这不毛之地察尔汗。老王没有自己的办公室，只要不开会就在工地上，上午出差回来，下午准到工地去。在工地上看到一个螺丝钉，他准会把它捡起来往口袋里塞。老王爱喝点闷酒，晚饭间，总揣个小瓶瓶，独自在伙房的小案板上品尝，炊事员想给领导添盘菜，王厂长总是摇摇手。偶尔，老伴从西宁给他捎些鸡蛋来，王子平让伙房代做个炒鸡蛋：“劳驾，给多放点葱，以后总算钱。”

李义杰也大讲“艰苦奋斗”。他明了听讲的对象大多数没有50年代创业的经历，要“忆苦”还隔着一层皮；实话说，当今察尔汗的条件，改善不大，思“甜”也无从思起。李义杰紧紧抓住了开拓者共有的特性——崇高的民族自豪感、英雄的荣誉感这一精神支柱，点燃了人们心头的火花。他庄严地给“老盐湖”颁发“盐湖开拓者，钾肥奠基人”荣誉证书，他没有滔滔不绝地发表议论，而手捧荣誉证书的“盐湖不老人”个个热泪滚滚，感动不已。

李义杰从那次老同学误认为他是“劳改犯”起，特别注意自己的穿着。现在，他西装笔挺、领带飘摇，和青年们谈笑风生了：

“察尔汗钾肥厂的前途是极其光明的，我们在这里继承‘老盐湖’

开创的事业，也是非常光荣的，我们就是要在这样一个艰苦的环境里，用我们的双手来创造钾肥厂的明天，创造现代化的企业和现代化的生活——不低于著名大城市的水平。我们还要造就自己的盐湖专家，到那时候，我要给大家提提包，送大家上飞机，让我们的盐湖专家到全世界去讲学。”

盐田光卤石池筑成灌卤，李义杰建议青年们自己动手，到昆仑山上去取一块大石头来，刻上英雄的青年突击队名字，让纪念碑高高地永远矗立在五光十色的美丽的“西湖”旁。青年们乐意去做，不过打算把时间推迟到自动“水采船”进湖，开始工作以后。

李义杰跑到正在新建的选矿厂的工地上，仔细检查工程进度和质量，他对施工承包单位负责人说：将来你们把厂房建成后，我给你们在房基上镶一块大理石，用金字刻上贵公司的大名。负责人对李义杰这样的厚待，开始十分中意，旋即，在对方狡黠的目光中，察觉到它的严肃性，心里狠狠地咒骂李义杰是“人精”。

魂中之魂

高效率、快节奏、勇拼搏。这九字厂魂，集中到一个字，就是干，干中国特色社会主义。干，意味着奉献；奉献，意味着牺牲。青海钾肥厂党委副书记郭真同志的离去，迫使人们去思索这一严肃的、含有哲理的人生价值问题。李义杰意味深长地说：现在搞改革、开放、搞活，特别需要发扬奉献精神，我们的社会主义企业领导人，被人称为改革家，根本一点是他们具有奉献精神这根崇高的思想支柱。否则，和西方的资本家有什么区别呢？

共产党员的党性是厂魂的“魂中之魂”。

李义杰在去约旦考察期间，郭真同志的腰椎病发作了。同志们见老郭两手托腰，一拐一歪地上班，劝他到格尔木医院去检查，郭真乐呵呵地解释：“我这个腰是以前下矿井时受的外伤，老毛病了，天气不好就作一阵子怪，挺一挺也就过去了，没啥没啥。”

老郭经常在工地现场办公，后来连走路也十分困难，被迫在办公室里办公。大夫见状多次提出，必须到大医院拍片诊断，他执意不肯，坚持按摩按摩就行。最后强制他不要上班，郭真大发了一顿脾气：班长不在，现在是我当家，工程这样紧张，你们究竟想干什么？过几天，老郭自称腰病有了“好转”，举了个小榔头又上工地。他发现有一根水泥柱质量不符合规格，大声道：“你给我敲掉重新干！”施工的同志承认柱子有点毛病，同意明天一早返工。老郭吼了起来：“我让你现在返工！”“郭副书记，现在快接近下班了，叫他们来，时间来不及了。”“不行！下班了也不行！”

工人们被重新叫回到现场，郭真挺着腰站着“监工”，直到那根水泥柱子重新牢固地竖立起来为止。郭真高兴了：“同志们呀，干事就要这样才行。”

郭真的病情日趋严重，腰痛得日夜不能成眠。当李义杰回国时，老郭已经不能起床，他坚持着用床边的那架电话指挥工程建设。李义杰返厂，郭真振作精神：“你回来了就好。看你满脸风尘，连家还没有回吧。这次不同往常出差，是出国，不能连轴转，按规定办事，休息三天再上班。”

郭真被担架抬着送上救护车，转省城医院诊治，这是党组织的决定。

对组织的任何决定，老共产党员郭真是从不违背的。1986年，李义杰向中央化工部“求援”，请求上级派一位强将到青钾来，化工部选中了全国化工战线的劳动模范，刚刚按期建成投产的内蒙炭窑口硫铁矿的党委书记兼矿长郭真。郭真“战马未下鞍”，接到调令立即到化工部报到。

李义杰和郭真见面谈了一次话。老李心想这位年已半百的老同志，突然调到海拔高、气候恶劣、生活和工作条件都十分差的柴达木，会不会安心工作？郭真看出了李义杰的心思，爽朗地对李说：“你把我的老伴、女儿、儿子都调去。咱明天就走，你给我转关系去。”

李义杰护送着自己的战友到了北京。因为青海省医院从 X 光照片上发现病人的腰椎骨中间有明显的阴影,必须转院治疗。

郭真想组织上让自己协助李义杰工作,而今反而拖累了他,痛苦的脸上浮现出十分歉意的神色,“老李,你赶紧回去吧,我这儿都安排好了,放心回察尔汗,你明天就走。至于病,我不信它治不好,大不了去掉几节腰椎骨,装个钢筋,我会很快回到你身边来的”。

李义杰刚才已经在郭真的病卡上最后一个空格里看到“晚期骨癌”四个可怕的字样。此刻,他竭力避免和老郭那渴望继续工作的眼光相碰,转过脸,低声说:“我明天就走。”

组织上对郭真的病十分关切,采取了各种手段进行抢救,请来了全国最有名的专家教授会诊。郭真同志几乎每次都这样说:“给我腰上裹一个钢圈,我可以回去的,三四月是厂里大忙时节呀！我请求回厂!”

李义杰在察尔汗接到从北京发来的电报:郭真一反常态要求李义杰火速到北京去,这是郭真同志生命垂危在弥留之际向组织提出的唯一“个人”请求。

宏大事业的两个知己,竟然就这样真的要分手了。李义杰含着泪往北京赶。

这天,郭真一大早换上一身整洁的中山装,让老伴给他把脸刮得精光,他咬了咬牙,勉强把身子撑起,靠在病床上。他自言自语地说:“有点精神了。”一分钟一分钟地计算着李义杰何时能来到他的面前。

李义杰赶到医院,在病房门前戛然止步,整了一整自己的衣领,轻轻地推开了房门。

李义杰模糊的眼睛第一眼看到的是那身有四个口袋的中山装,一下子扑过去双手抱住了郭真的肩膀。

两个共产党员张了张颤动的嘴,却都说不出话来,噙不住的热泪涌出,低声抽泣起来……

郭真挥一挥手,示意让守护在身旁的妻子离开,他们要进行党内的谈话。

郭真异常动情地说:“书记同志,你白白地信任我一场,我却给大家带来了这么多的麻烦,我对不起钾肥厂,对不起化工部,对不起党呀!如果我能回去,哪怕再帮你一个月也好,可现在万万不可能了。咱们兄弟一场,相识太晚,分别太早……你怎么老成这个样了?我初次见到你时,不是这个样的,我心里不好受,要千万千万注意身体……”

郭真语调平稳,断断续续地说:“……班子要团结……走现代化道路要坚定……艰苦奋斗的作风不能丢……工程要加快,质量要搞好……咱那个地方条件太艰苦,要想尽办法关心群众生活……我工作中有很多毛病,我来不及更改,只能由班长负责了……”

郭真哭了:“我实在舍不得离开盐湖,离开大家……离开你……”

郭真的眼睛似睁似闭:“我走了以后,不要开追悼会。将我的尸体献给医院。不能让子女提任何要求。一定要照办,我拜托了。否则就玷污了我这个共产党员的称号……”

郭真微微合上嘴巴,额头沁出了豆大的汗珠,他再也无力说话了,他也不能再说话了。

(三) 浪 涛 起 伏

生命湖畔

李义杰要调化工部去了,来接替他的是刘万宁同志。

生命湖筑成了,湖心投进了神奇的采矿船,湖畔矗立起现代化的第二选矿厂,提前整整一年完成了艰难的青海钾肥厂一期工程基建任务,这对李义杰来说是一种骄傲;现在,刘万宁眯缝着眼,往远处扫视了一番闪烁着嫩绿色光泽的湖水,水天相接处那新颖的厂房犹似永不消失的“海市蜃楼”。青钾厂快步越过了一个峻险的山头,已来到了新的分水岭,当务之急是使这家中国唯一的、最大的钾肥企业,如何快速运转起来,试生产——正常生产——高效生产。一种紧迫和危机感,使得老刘心头突然沉重，但同时油然而生的强烈的自豪感，让他心情更加激动，在眉间透露出几分喜悦。

刘万宁上任后碰到的第一个问题，竟是由他本身的到来带来的。这里大凡国营企业，它的第一把“铁交椅”，传统上是由党组织委派的。现在来了一个“外来的和尚”，“青钾厂难道就没有能挑得起这副担子的人了吗?”有些领导干部这样议论着，个别的竟想撂挑子躺下了。

“一朝天子一朝臣”。不少干部由于第一把手的调换，在静静观望，考虑着自己今后的出路。“新官上任三把火”。职工们期待新官迅速拿出新招数烧旺三把火，似乎这样才过瘾。

怎么办? 拿出什么招数? 刘万宁面对生命湖苦苦思索。最后，他决定避开各种干扰，把人们的注意力集中到一个焦点上——“五一”一期工程试车! 提出“一切为了试车，一切围绕试车，一切突出试车!”要求所有干部、职工在试车中经受考验。

察尔汗盐湖又一次沸腾起来。1989 年 5 月 1 日，上午 10 时，兼试车总指挥的刘万宁陪同设计、施工单位的代表登上主席台。试车常务总指挥李凤元与老刘微微点头示意，接着提高嗓门宣布:“经过整整 3 年的艰苦奋战，国家‘七五’重点建设项目——青海钾肥厂一期工程现在开始投料试车!”然而，料想不到的事，就在这时候发生——

人们焦急地等待着，盼望着，却不见矿料从原矿仓的投料口中出来。指挥长王恒栋快步走上前去，只见那漏斗状的投料口被矿料篷得严严实实，尽管电机飞速运转，压在矿料下面的喂料螺旋依然难以启动。

试车被迫宣告停止。

人们的情绪从喜悦的高峰陡然跌进了困惑的谷底。目光渐渐集中投向刘万宁这个新来的厂长……

船，从彼岸驶来

生命湖里的船，乘风破浪……

青海钾肥厂第一期工程采用世界先进的水采工艺，关键的设备之一就是采矿船。中国技术进口总公司与美国汉森公司签订光卤石采收设备进口合同，为青钾引进两艘目前世界上最先进的采矿船。汉森公司根据察尔汗的实际和我方的要求规格，着手建造，那是在 1985 年 5 月里。1987 年 10 月，采矿船由 80 节车厢载运安然无损抵达湖区。几辆庞大吊车挥舞着力大无比的臂膀，排成长龙的大卡车来回运载，1 700 吨水采船零部件及时转到了安装现场。

据说，这样的船目前世界上只有 6 艘，我们买了 2 艘，船体长 38 米，身宽 9 米，全部是电脑程序控制。水下采矿，自动调节航速、光卤石浓度，为了“吃饱”行驶就快，反之则慢。引进这两艘现代化的水采船附加赠送洋洋 180 万字的英文版《水采船操作维修说明书》，计 10 大本，还有 300 余张英文图纸，50 余万字的其他资料。

厂党委事先经过反复研究，抽调 8 名年轻的大学毕业生为骨干，由工人(土专家)、技术人员，组成“攻坚队”。这是一支中国式的知识分子队伍。他们的任务是，用最短的时间，摸清宝船的性能，掌握宝船的科技，驾驭宝船的行驶。这是一群“牛犊”，“初生牛犊不怕虎”！其实，这是一群“猛虎”，猛虎下山，恨不得一口把宝船吞到肚里消化掉！真是“一万年太久，只争朝夕”。

美国的技术人员上船，三五个“有心人”尾随在后，你摸摸这个，他碰碰那个。甲板上还有几个，探头探脑，盯住操作室里将要发生的一切。蓝色眼睛的洋专家发火了，他让翻译人员请这些人出去。自己买的船不让上，“有心人”心里憋了一肚子的气。但，细细想来，“虎视眈眈”总不是对待国际友人应有的态度。于是他们另辟新径，目标对准岸边那只大“集装箱”(装运水采船零部件的空集装箱，现在是洋专家的岸边办公室)，“有心人”满脸堆笑，趁休息的时间，找机会和洋专家搭讪聊天，谁知那只大铁箱，竟是“保险箱”，通常是“铁将军”把门的。

翻译人员张生顺(原科研所副所长)，态度和蔼，善于外交，很快成了美国专家的好朋友，他是一个精干细心的年轻人，张生顺从每位洋专家的护照中,明悉每人的出生日子,于是主动为他们做生日,开舞会,什么感恩节、母亲节、圣诞节,统统由他来负责操办,嘻嘻哈哈,热热闹闹,好似兄弟姐妹一样。张生顺趁工作之便,见缝插针,把"有心人"要问的技术问题,逐一从洋专家嘴中一点一滴掏出来,休息时,小张开起了碰头会,张生顺替代洋专家给大家解答那只洋船上的科技疑难问题……

1989 年春夏之交,北京骤起的那场"风波",丝毫没有吹动察尔汗似镜的春水,但从大洋彼岸不时传来的电波,却扰乱了美国汉森公司那些专家的心。

水采船面临搁浅的危险……

1989 年 6 月 2 日,美国驻我国大使馆给在青海钾肥厂的美方工作人员来电:迅速撤离察尔汗,回国。

美方专家接到这份电报没有理睬。他们认为在青海很安全,没有感到有什么"威胁",便继续工作不回国。

6 月 4 日,美国汉森公司给他们的属员来电,按政府令,火速回国!

领队卡西米特先生考虑再三,慑于老板的威力,才被迫决定撤离盐湖,向我方正式提出了这个要求。

双方签过字的协议书上明明写得清楚:美方专家调试好水采船,培训好我方操作人员,才能交船回国。现在,单方面突然提出要撤走,我方必然据理力争……

美方:把船暂且封存起来,以后回来再执行协议规定,不然,请在交接验收换文上签字,中方可随意使用采矿船,出了毛病,美方不再负责。

你什么时候回来?只有天知道!暂且封存两艘采矿船搁浅在湖里,不等于一堆废铁?青海钾肥厂一期工程生产,一天也等不得呀!

如果同意就此交接验收,我方在"换文"上签字,将要担当极大的风险,水采船能顺利运转采矿,那还好说,如若不能,后果就不堪设想……

那时，第一把手刘万宁出差在北京，这一严重问题将由主管这方面工作的习子安同志来抉择。

党委一班人紧急开会研究；工程技术人员紧急开会讨论；水采船第一线工作人员紧急开会献策；同时，长途电话紧急向北京请示。

习子安，新中国培育的第一代大学毕业生，化工专家。1986 年他从化工部调青钾任副厂长，当时，盛行“孔雀东南飞”，而习子安年逾半百，怀着一颗为党、为祖国、为中国钾肥工业的崛起贡献聪明才智的雄心，偏向西北这个没有绿荫的千里盐滩飞来。早在 20 世纪 80 年代初，他随化工部钾盐考察团考察美国、约旦等国归来，就竭力争取青海钾肥厂一期工程变旱采为水采。水采船呀水采船，习子安调来青海钾肥厂，澎湃的心潮，几乎天天在拍击着他心中的这条“船”。

作为水采船引进项目中方经理的习子安，此刻正在电话机旁等待着北京的通话(化工部的电话多次接不上，刘万宁可找到了)，他的脑海里仍在不断地反复思忖着，有关水采船方方面面的实际情况。

有一桩事是不会忘怀的……

那还是在水采船安装初期，美方要求在贴近盐田的岸边，先修筑一条 150 米长的铁路，船分 12 大块平放在铁轨上，焊接成形，然后再放入水中继续安装。修筑 150 米铁路，本是区区小事，但美方要求其水平精确度出奇的苛刻。我方拿了这个规格，跑了多次铁路建筑部门，均遭拒绝，不愿承担。当时的总调度室主任夏同昶，反复琢磨图纸，“别吓唬人，没那么玄”，他约请了几位技术熟练的工人，连日商量，决心自己试着干。一个星期六的傍晚，美国专家下班回招待所，他们就肩扛人抬，昼夜大干了起来，星期天又加了一天的班。星期一专家上班来，惊奇地见到 150 米铁轨已经铺好，用仪器横量竖测……洋专家拍着老夏的肩膀，连声说：“OK，OK!”夏同昶心中暗道：“我们中国知识分子，从来就不服这种佯(洋)。”

习子安在给北京打长途电话请示之前，曾多次找第一线的同志们，习副厂长要摸到这个“底”后，才能作出自己的抉择，向刘万宁提出自己的意见。“底”——谈判桌上坚实的基础。

同志们的回答是一致的：“请领导放心，我们保证在美国专家撤出盐湖后，三天内让水采船行动起来！”

有个个头1.85米的中年东北大汉叫孙绍德，他20岁那年参军到新疆，1979年转业到青海，在一家核工业企业干电工，1988年调到青海钾肥厂。他十分高兴能分配到生命湖里那条船上担任电气维修工。当时，面对美国专家的保守态度（不让看图纸，不让看电气线路图），老孙气得直咬牙。他憋着一肚子“决不能让外国人小瞧咱中国人”的闷气，全心扑在这洋设备上，发了疯似地钻研起来。青海钾肥厂仅有一本黄皮的书：《青海钾肥厂光卤石采收设备维修》，被视作“天书”一般，老孙每天晚上深更半夜阅读不已。白天上班，全凭偷看死记，船舱里操作台上，哪个指示灯闪烁，哪个部件在启动，老孙记在脑袋里。晚上再从脑袋里翻腾出来，背记在小本子上。仅有初中文化程度的孙绍德，6个月内，将采矿船上上千个外文符号熟记在心，竟无一失误。“你不是不让我老孙摸碰那条船吗？我家里有一只无形模拟船，晚上可以随意地摆弄它。”

习子安在和第一线工作同志开会的时候，虽然没有听到孙绍德发什么言，老孙仍和往常一样紧闭着嘴不吭声，可是，从那张被盐田强烈紫外线照射特有的黝黑脸庞上，从那发出的眼神中，老习已完全明白，这位老兵想干出些什么新的业绩来。洋专家要走了，“土专家”将冲锋陷阵，大显神通！北京的长途电话接通了。刘万宁和习子安通了一次真正的“长话”。他俩的语调，起初十分激昂，然后，俩人都异常地平静。刘万宁最后说：“老习，签，这个字一定要签。风险我们担，责任我们负。争取在换文上说清楚没有搞完，留上这个尾巴。”

同在一条船上

最后一次谈判签字仪式举行了。习子安面带笑容，从容不迫地在中方代表席上坐定，而特别引起大家注目的，却是那位美方代表一个极小的动作细节，他把一只小手提箱轻轻地放到谈判桌上。

那只小箱子里放有一样至关重要的东西，缺了它，整个船就不能动弹。

那位高个子、戴眼镜的美国公司现场经理，万万没有想到，刁子安这位中国化工专家兼企业家能这样“轻率”地在换文上签字。而想到自己谈判前匆忙决定，将水采船上的程序控制器（一个像拇指般大小的黑色保密块）拆卸下来，放进自己的小手提箱内，以达到封闭水采船的目的，他断定要启动世界科技一流水平的采矿船，至少在目前，缺了美国的力量是不可能的。何况，中国的官员“明哲保身”，过惯了“社会主义集体负责”的安稳日子，谁愿担这样大的风险？没想到，自己的这个推理，这次却碰壁了。面前的这位刁子安，竟愿意冒这个险！想到这一层，美方经理那双蓝色的眼睛失去了原有的光泽。他见刁子安如此从容镇定，提笔签字，只能勉强微笑，但丝毫也不能掩饰他那内心的窘态。

无意义的动作来一次复原。美国专家悄悄地再将程序控制器——保密块重新装到水采船上。

崇尚礼义的中国人设宴欢送美国客人，希望他们及早返回察尔汗。

重感情的美国专家，在分手时有的竟热泪盈眶……

十万火急——必须在最短时间内译完 180 万字的《说明》和 50 余万字的资料、100 余张图纸，好让眼前两个洋庞然大物，变成“国产货”。这里总共仅有 5 位翻译人员。“五虎将”在半年多的时间里，几乎没有好好吃过一顿饭，睡上一宿安稳觉。不分昼夜连轴转，困了趴在办公桌上打个盹，饿了啃上几口馍馍充饥。为了精确译出某个技术术语，他们翻阅了多部外文辞典，查找了十几种甚至几十种外文资料。就这样译一点、用一点，在半年时间里，把高质量的全部译文送到操作和维修人员手中。

液压泵马达跳闸和线路主触头烧毁，虽因电网电压不稳造成，但和马达全压启动引起的电压起伏较大有关。孙绍德起了大胆改进这洋设备的念头。他和曹世伟同志一起，经过深思熟虑，正式提出改进液压马达启动装置的建议。这是青钾人在“神圣”的水采船中，首次进行对进口设备消化、吸收、改进的创举。接着，又提出取消变压器，直接由220伏电源供电的新设想，此项改进再获成功。

孙绍德、曹世伟还有杜联贺，对水采船电气系统的改进，越搞越精，对号称水采船航行打矿“指路人”的两个导航塔供电设置，也动了一次极其大胆和成功的“手术”。

仅这三项革新，每年可节约两三万美元的外汇开支，实现了自己说的：“我们既能引进这个洋设备，就一定能驾驭这个洋设备”的诺言。

当美国汉森公司的斯特拉卡先生带着专家，再次来到这碧波荡漾的盐田时，他们望着正在10平方公里“西湖”上欢快工作的水采船，大为惊讶。莫非中国人是从别的国家请来了高明的专家，才把水采船调试得这样好？刁子安还是那样的满脸春风，“这完全靠我们自己培养起来的工程技术人员调试开动的。”斯特拉卡先生和他的同事们连声赞叹：“中国人了不起！改革开放了不起！”

有位名叫凯恩·马顿的美国青年技术人员，踏上东方古盐湖不久，就直率地向张生顺提出：他向往着伟大的中国很久很久，愿意到中国来帮助搞建设。这次如愿了，还希望在东方找一位中国姑娘作为终身伴侣。

张生顺表示理解，对马顿说：“你得自己找。”马顿说：“中国有句名言，有志者事竟成。那我自己找。”

仅3个月的时间，马顿和我们一位翻译人员星娟姑娘相爱了。同在一条船上的人为他俩在格尔木市举行了隆重的婚礼。

洪的洗礼

世界屋脊上窜动着一股印度洋的巨大暖流，昆仑山冰川快速融化，天空连降暴雨，从11万平方公里面积上猛扑下来的山洪，以每秒760立方米的流量，直灌入达布逊湖，一夜间积水面积由350平方公里猛增到1 100平方公里。

那天凌晨，采矿车间主任王双喜被怒吼的风声从睡梦中惊醒。他急忙抓起电话，向泵站询问。线路已断，王双喜知事不妙，披上外衣直奔盐田。站上堤坝北望，黑乎乎一片看不清楚，狂怒的惊涛已拍击着一号大坝。原来，平时广阔的盐漠，此时已变成一片汪洋。

1号、2号泵站已经淹没，5.3公里输卤渠道全被吞噬，洪水正疯狂地向10平方公里盐田扑来。倘若这片淡水窜入生命湖，那就彻底毁坏青钾厂目前的全部矿源，一期工程将成泡影！东面不远的青藏铁路瞬间就会瘫痪！

总厂旋即成立了抗洪抢险指挥部，厂长和党委书记担任正副指挥。全厂总动员：保住一号大坝！保住二选厂！保住铁路线！干部、工人、学生、家属齐上阵，组成了数千名抗洪大军，达布逊湖展开了一场史无前例的人与大自然的殊死搏斗！

400多斤重的砂石放下水去，不一会儿就被洪水冲走，人们不顾一切冲进齐胸深的洪水漩涡；近百辆汽车、推土机、挖掘机昼夜不停，人们不分昼夜，穿梭盐堤；8万条麻袋被装满砂土抛投水中，筑成了一条新的“长城”。

刘万宁此时不得不从紧张的二选厂“试车”工作中拔出身来，把主要的精力投入到抗洪抢险中去。刘万宁恨自己没有“分身的魔术”，可以“一分为二”，独立生存、各自工作。一俟抗洪险情稍有缓和，他又转身将视线和工作重点返回到二选厂去。刘万宁离开抗洪前线时，对王双喜同志说：“给你一个我宿舍的电话号码，随叫随到。”

隆冬腊月，察尔汗又刮起了沙暴，3米之内见不到人影，沙暴中心能将汽车刮翻。半年鏖战在抗洪最前线的王双喜积劳成疾，正躺在湖区医院输液，“可怕的沙暴是不是会危及新坝?”王双喜自己拔下针头，径自奔向盐田。

啊！沙暴还没有造成很大损坏，但大坝已被 3 米多高的洪峰冲决，1 米、2 米……8 米，决口越冲越大……

王双喜急得在坝头上顿足，40 好几的硬汉子，竟哇哇号啕起来。紧接，几十名抗洪突击队员赶来，竟也跟着放声大哭。

王双喜："不爱护爹妈给的身子，也得爱护国家给的财物啊！"他正准备跳决口，以身挡洪。

老共产党员时天荣擦一擦眼泪，大喊一声："哭顶个屁！"说着，"扑通"一声抢先跳进决口。随后，吴留宏、王双喜、鲍富华、常铭海、胡宽民、刘启模、吴圣均，8 名共产党员像 8 根"擎天柱"，堵住决口，几十名职工连接下水，排除万难，取得了抢险的成功！

近 200 个日日夜夜和大家一样，没有睡过一个安稳觉的刘万宁，在洗净了浑身的泥泞盐渍，和这一群"献了青春献终身，献了终身献子孙"的两代盐湖人一起分享保卫察尔汗的胜利喜悦。同时，他深深地思索着，物质变精神、精神变物质这一伟大真谛。"人是要有点精神的"，一个企业也应该有自己的精神……

（四）一 帆 风 顺

心潮

体现青钾一期工程生产力的关键部位仍在第二选矿厂。自那天试车受阻后（投料口不下矿，群众称之得了"食道癌"），刘万宁召开指挥部紧急会议，决定改用人工加料，强行通过第一关，以求全面暴露问题，不影响整体试生产预定日期，不料第二关在溶矿工艺问题上又被卡住了。由于变旱采为水采在中国尚属首次，设计没有考虑到达布逊湖光卤石粒状的特殊性，以致溶化时间从原设计的 40 分钟，拖延竟长达 1 小时 20 分钟之久。唉，我们可怜的新生儿患上严重消化不良症啦。到了第三道工序"浮选"就更严重了，由于"肠梗塞"，矿水到处四溢，加大水泵也无济于事，车间变成了水塘，职工们在齐腿深的卤水中操作，真是苦不堪言。

试车改改停停、停停改改，久攻不下。生产部门指责设计部门应该负责，设计部门认为是生产部门管理上存在的问题所致。国家重点建设项目青钾第一期工程步入了一个“怪圈”。全国要钾肥！部里急，省里急，青海钾肥厂更急！刘万宁承受着压顶之灾。

刘万宁哭了。

深秋的某一天。马不停蹄的刘万宁从外地出差急匆匆路过西宁，回到家里。急促叩敲家门，很久没人来开门，老刘这才想起老伴前些日子因患腕管综合症，住医院动手术，可能……门终于开了，开门的是老刘的女儿。老伴多年来患此疾症，手指不能弯曲，如再不开刀做手术，后果是严重的。谁作主？老刘不在，由他的女儿代办了签字手续。出院后在家边门诊边休养，现在刚刚拆线，手仍不能动弹，生活不能自理。女儿见爸爸回家，难免要埋怨诉苦一番：“爸，我也是国家干部，我是请了假，在家服侍妈妈的。”当老刘得知老伴多年的顽疾，这次手术成功，心里非常高兴。但看到老伴憔悴的脸，强颜欢笑的神态，胸腔里又像塞进了一块铅。他佯装轻松，对女儿说：“谁叫你爸爸是中国最大的、世界也有名的青海钾肥厂的厂长呢？好了，难为你们娘俩了。湖区工作这么紧张，过不了几天，我是一定要回厂的。”

其实，刘万宁在家一天也没有呆。在西宁还有诸多有关二期工程的问题，要向省里汇报请示，同方方面面联系周旋。

临走时，老刘怀着对老伴和女儿的十分歉意，只简单地说了声“再见”，便跨出了家门。老伴唤道：“感冒药带了没有？”（刘万宁这几天患感冒）“带了。”“你呀，真是的，老大人了，冷热还要别人操心，你还穿着凉鞋上湖区？”刘万宁转回房间换上了一双沾着盐花的布鞋，一眼又瞥见老伴胸前那双包扎着纱布上下颤动的僵硬的手，脸庞上流淌着止不住的滴滴泪水，老刘心里一阵辛酸，“我绝不是一个不管家庭的负心汉，实在是那儿的工作太……”他呜呜地哭了。

李海廷，1973 年毕业于天津大学化工专业系，因车祸致使他坐骨神经严重损伤，他出任青海钾肥厂副厂长曾兼二选厂厂长，这是察尔汗出了名的实干猛将，他不幸遭车祸，刘万宁非常痛心，一提起这件事，老刘就会眼泪汪汪。呵，李海廷不顾医生的劝阻，从西宁赶到达布逊湖来了，拄着拐杖日夜坚守在第二选矿厂"试车"第一线。开会、指挥、协调、检查工作，一天要干 14 个小时，甚至连轴转，在车间呆久了，坐骨神经疼痛难忍，扶着铁管就地歇一歇，接着再干。

杨华胜，也是从基层提拔起来的一位主管人事等工作的副厂长。一次，在二选厂工作的女儿来格尔木看杨华胜老两口，刚走到家门口，就被他堵在了门外。那天，格尔木刮着大风，杨华胜没让女儿进家门，劈头就问："二选厂正在大忙，你怎么回来了？"女儿说："我请了假，听说我妈从西宁上来，我来看看。""不行，你给我马上回去！"女儿撒娇地说："明天一早回，还不行？"杨华胜发了脾气："我要你现在就回去！"说着找了一辆下湖区的便车，将女儿送回了二选厂。

供销部门积极倡导"挖掘潜力，加强管理，现场办公，送货上门"的原则，保证一期工程建设，试车、整改工作所必需的数万吨钢材、设备零部件、木料、油料、燃煤等物资供应，厂劳动模范王谷杞同志（人们亲切地称这位 50 多岁的副厂长叫老王头）主动向组织提出：我王谷杞下湖区蹲点，理顺供销存在的问题，切实把供销工作整顿管理好，保证一年不回家。有同志见了王谷杞立下的这份"军令状"，暗自好笑，他不是早已把心扎在了湖区，湖区就是他的家，还用他保证什么呀。

从一根根钢筋水泥柱的竖立，到整个厂房、机器设备的建成安装，10 平方公里"西湖"坚硬的盐田池板的晒制筑成，两艘水采船的组装，摇着小红旗亲自指挥洋船下湖；直到试生产前的职工组织培训……二选厂厂长王恒栋，熬过多少不眠之夜，付出了多少心血汗水，闪烁着金光的达布逊湖可以为之作证。在"五一"试车一开始，投料口不下矿，急得王恒栋眼睛都红了。此后，"新生儿"所患的种种"疾病"就像统统生在他自己身上一样痛苦难受，但他心中有数，他有百倍信心，积极"求医治疗"，千方百计，身体力行，使"新生儿"恢复健康。王恒栋忘记了一切，王恒栋所做的一切全部集中在这个“生命”的焦点上了。

在试车至今的一段艰苦漫长的日子里，来自上下左右的指责埋怨与日俱增，刘万宁有时感到委屈：试车没能一次成功，大大小小修改了100来项原来的设计呀！二选厂共有正式工人500多人，其中上班不到半年的学徒工多达100人，没毕业的自培技校学生100人，这样一支队伍，素质的提高要有充分的过程。但刘万宁更为自己周围的战友们感到自豪：李凤元同志年近花甲，连续“挑灯夜战”，刘传福以现场为家，长期顶在一线上，胡子长得像“马克思”了，他说：“试车不成功，我不刮胡子。”还有可敬的老知识分子窦昌华总工程师等，同志们都把自己的生命和察尔汗的事业融化在一起了。

有这么多的好战友，这么多无私无怨、吃苦耐劳、默默奉献的职工，刘万宁还有什么委屈呢？他打消了在北京开会时找领导“诉苦”的念头，在记满了各种方案的笔记本上，即兴写下了这样一首诗：

待到来年九月八，
全国企坛开我花，
盐湖精神传四海，
白钾皑皑盖中华。

背水一战

经过3个战役的试车，设计上存在的问题已暴露无遗，在怪圈里艰苦的“顶牛”战，花了1 300万元的重新投资，基本上医治了那些致命的“毛病”，应该不失时机，跳一跳把果子摘下来了。

那一年入冬(每年约有3个月滴水成冰的日子工厂停产)，变往常冬闲为冬忙，全厂上下大办“学习班”，像过筛子一样，人人都进行了一次有针对性的培训。还请来了部队军人督阵，对青年职工额外增搞了一个多月的军事训练，真是“加强纪律性，革命无不胜”。对此，有人十分吃惊：这位老犟头原来搞的竟是这么一套子，但也无可非议，因为：

“清政、肃纪、夯基、治本”的治厂方针,是职工们举手赞同的。

这里还存在过一些十分怪诞的事:两个分厂争卖氯化钾,在买主面前彼此竞相压价,相互造谣中伤,我仓库里积压的材料、物资,即使你十万火急紧缺,也休想调动一丝一毫;如今改革了,不能平均吃“老公”了,你单位给职工发煤气灶液化气瓶,我单位里送大牛皮箱加新型压水壶,这叫“蜻蜓吃尾巴”,理所应得“自吃自”,吃得大家胃口越来越大,左顾右盼沸沸扬扬,一不顺心就骂娘……

刘万宁带领一班人,认真剖析了上述不正常现象,认为这是地地道道的打内耗,封建割据,诸侯相争,必须改变!青海钾肥厂是一个统一整体,在当前必须实行“四个统一”(财务统一、销售统一、物资统一、运输统一),必须强化管理,进行彻底改革。

在这场新与旧、先进与落后的争斗中,刘万宁头上飞来了不少不小的帽子,老刘毫不在乎(认准一条:只要是发展生产力,该统则统,该放则放),昂首阔步勇往直前,在完成了“四个统一”后,他认为对二选厂的重点“进攻”可以开始了。

党委会议反复议论,如何打好这一仗,谁去湖区挂帅?委员们争着要上,认为让刘万宁出马,风险太大。刘万宁语重心长地说服大家:“现在已经没有退路了,背水一战,出路只有这一条。”会议从下午两时开到次日黎明,最后决定由刘万宁挂帅去第二选矿厂,另派副书记张裔炯兼任二选厂党委书记。李凤元同志(已任党委书记)留守格尔木总厂。

刘万宁和张裔炯动员了总厂半数以上的干部,志愿无期限下基层,立下军令状:“不获全胜,决不收兵!”火速搬上行李、办公桌、图章用具、打字机等物,浩浩荡荡下到了那个人造西湖畔的第二选矿厂。此举,有人称之为:将军端着冲锋枪上阵,而刘万宁心想,自己是抬着棺木出征的。

全国优秀青年干部张裔炯刚从共青团青海省委副书记的岗位上调到盐湖工作不久,和刘万宁一见如故,工作配合默契,情同手足,原因是这两位共产党人是怀着一个共同的追求，心甘情愿来到这个自然条件异常艰苦的地方的。人生追求是何等的丰富，金钱、官位、爱情……在人生“实用手册”上，醒目易见，比比皆是。而刘万宁、张裔炯等辈要开掘和追求的东西，是深层次的，是内涵的，是崇高的：“人生如没有理想，不能叫生活，而只能叫活着。”

刘万宁提倡的“扎根盐湖、艰苦创业、瞄准世界、争创一流”十六字企业精神，张裔炯倍加赞赏。有人对这十六字的前八个字，不感兴趣，认为这是不合潮流的提法，起不了刺激鼓舞人心的作用，张裔炯认为这既切中了中国西部的实际，也是精神支柱的中坚。弘扬爱国主义、艰苦创业有它的地域、历史原因。西部腹地是一个独特的地区。这里的有志者一代一代献身创业，充满着强烈浓厚的环境氛围，不可避免地影响着人们的思维，这个优良传统与生俱来、一脉相承，绝对没有根绝，正因为地域的艰苦培育出爱国主义、艰苦创业的精神财富，金钱的魅力就显得那样的苍白和无能。人们更加渴望寻觅高贵的精神寄托，而这种寄托，组织应该而且必须充分地给予尊重和满足。

数以百计的“家访”活动开始了，川流不息，紧张非凡。

战地黑板报一日数换，简报犹似新闻号外，广播喇叭声阵阵催战，共青团员的挑战书、共产党员的决心书、老职工还有科技人员的倡议书……形成了“红海洋”。

战地指挥部 24 小时值班，指挥人员经常和衣而睡，干部上一线跟班同吃同劳动；设计部门和厂的技术人员把关在设备的每个关键部位，控制每个技术指标，测定每个技术数据；机械维修人员带着工具，盯着每台设备，随时进行检查、解决问题；管理人员实行现场技术管理，班前班后跟班宣传、讲解，督促贯彻各项规章制度；行政干部下伙房，送饭菜上岗位；家属自动组织起来，深夜送姜汤、绿豆汤上一线；公安处人员全服上岗值勤警卫；全体职工挂牌上班互相监督……好一派热气腾腾、秩序井然、高效快速的大生产景象！

这里，实行车间主任招标民主投票选举，承包制岗位结构工资、三级工资浮动加奖金，根据试车考核指标当场兑现。

兄弟单位支援队伍来了——

仅第一选矿厂一家，每天在指挥部待命，多的时候就有 20 多人，行政处敲锣打鼓送来了清油大米；工程处、汽车队的大型机械和车辆排成了长队，工程处还送来了 2 万元现金，给一线有功将士增发奖金……这些是搞了“四个统一”后的结果。

坐镇在格尔木总厂大楼里的老李头，无时无刻不在注视着生命湖畔发生的一切，当一张张捷报频传，最后“背水一战”取得全面胜利，一期工程项项指标实实在在都达到了国家验收标准的时候，他坐不住了（在这大战期间，李凤元曾多次下湖区去，老职工掉着眼泪由衷地告诉老李，他们真正体味到了什么叫大跃进了，老李听到“大跃进”这个熟悉的词问道：“大家干得怎么样?”老职工笑着回答：“痛快，痛快极了，我们的收入比以前大大提高，我们是企业的主人，我在为自己干，我们累死也甘心呀。”李凤元喃喃自语：“好，好！工作总是要有人干的，在中国唯一的钾肥基地干，而且苦出了头，我们是值得的。”）。李凤元领着一大群活泼可爱的少先队员，吹着号，敲着鼓，来到五光十色的“西湖”边上，给功臣们献上一朵朵大红花。李凤元这样做，用心是良苦的，他要让孩子们纯洁无邪的心田里，扎进永不凋零的“盐花”的颗颗种子。

按照第二选矿厂指挥部的规定，在大战期间，每天主动向化工部矿山局汇报一次战况。那天，矿山局局长李义杰一上班就主动拿起电话和遥远的察尔汗通话。

李义杰：“是万宁吗？唔，我已经听出来了，你的声音有些沙哑。”

刘万宁：“可不是，老工人都说，我们是在搞大跃进呀，察尔汗气候干燥，我们干的又是没有水分的活，大家嗓子冒火，有的同志眼睛都熬红了。”

李义杰：“我的眼睛最近也红了。”

刘万宁：“我知道，你是个人精，爱熬夜。”

李义杰："这一阵子我看了你们的书面汇报，你们战功赫赫……我眼红了。"

刘万宁和李义杰长时间在电话里大笑……

老刘向老李汇报了他们在这次"背水一战"中运用"三位一体"的工作方法，即在经济工作中，改革、管理、思想政治一起上和物质、精神文明一起抓的问题，李义杰十分重视青海钾肥厂的这一新鲜经验，他俩要约个时间，面对面长谈细议。

北京现时正是早晨八九点钟，而西部的察尔汗是刚刚红日喷薄，李义杰和刘万宁这两位老"黎明"，同样从心里领略到了阳光的辉煌。

一帆风顺，"上帝"保佑

青海钾肥厂第三届职工代表大会以全票通过"扎根盐湖、艰苦创业、瞄准世界、争创一流"十六字青钾企业精神，一个中国式的社会主义大企业的独特形象，从西部走向大千世界市场。

1992年1月23日，以中国化工部潘连生副部长为首的访问团来到以色列。随团访问考察的刘万宁从世界上最高的察尔汗盐湖，来到了海平面以下世界最低的死海，墨绿色的海水在他眼前飘荡，刘万宁可以亲身体验一下它的"深浅"了。

世界著名的死海，它的含钾量是1%，呵，我们的察尔汗含钾量高达百分之二到三，青钾一期工程仅用达布逊一处的卤水，并把选炼完钾的卤水，送到霍布逊湖贮存起来（内含多种稀土元素），待后开采利用。自家的珍藏，老刘是清清楚楚的。现在，他把目光瞄准在死海工厂对死海资源的综合利用上。

钾肥产出的副产品——氯碱——制溴——高纯氧化镁——磷酸——酸磷肥——氯化钾——硫酸钾——盐酸——磷肥……

死海工厂的化学总产值竟占以色列全国总产值的40%，足见它在整个国民经济中的地位和重要性，难怪他们的国家首脑，遇到某些经济上的问题，要和这里的企业主通气商量。刘万宁就此又一次想到李义杰在心中勾画的那张“东方盐湖公司”的蓝图。抓机遇，创条件，进一步解放思想，横向联合，尽快搞成一个科研、生产、设计、基建、贸易相结合，有内在联系的经济实体，一个庞大的共同利益体。

中国访问团还没有离开以色列，《美国化工周刊》就向全世界透露了一则消息：中国将与以色列合资，共同兴建青海钾肥厂第二期工程，该厂年产钾肥可达 100 万吨。

这样，我国将跻身世界年产百万吨以上钾肥的六大国先进行列。

刘万宁回国后，又全身心扑向盐湖。他踏上采矿船的船头，风浪很紧，卤水飞溅，洒透了船员们的衣裤，硬梆梆的，个个像穿上了铁甲银盔的将军，他风趣地叫了一声“将军们”，向大家问好，不一会，自己的衣裤也全被卤水浇湿，老刘头自己也成了“将军”。

豪华型采矿船的驾驶室内。年轻的船长在电脑控制台上轻轻地按了一下其中的一个电钮，唔，开船了。船儿自动吸取光卤石，又通过浮管自动输送进了岸边的第二选矿厂；选矿厂里每个部位早已被人们驯服，乖乖地奉出一袋又一袋的“农中之宝”，堆成了大山啦！

第二期工程的主战场是在无边的别勒滩上，那里将要建造 44 平方公里的特大盐田，和现在 10 平方公里的“西湖”连成一片，蔚为壮观。高于现在那水采船工作量近 3 倍的 3 条巨型采矿船，将在人造“大海”中启航……

“呜”，船儿向彼岸急驶……

大家问“将军”：“第二期工程进展如何？”

刘万宁的思路被打断，愣了一会，回答道：“一帆风顺，‘上帝’保佑。”

“上帝”指的是什么，大家不言自喻。

刘万宁望着高高的昆仑山，心里暗暗地说：我们青海钾肥厂的身后，有这样一座大山靠着、支撑着，事业的兴旺发达是势所必然的。

1993 年 7 月 18 日上午，中国西部格尔木上空，有一架“银鹰”在轻盈翱翔……

俯瞰大地：崛起的昆仑巍巍屹立，缭绕其间的云雾，延伸到无际的远方，阳光照耀，呈现出一派青色，大山幻变成了有生命的活体，峰顶团团冰雪，闪烁着神一般慧眼的光彩。呵，一条巨龙腾飞在万里晴空之中……

“银鹰”载着中共中央总书记、国家主席江泽民，也载着党中央、国务院对盐湖资源开发的关注，对青海钾肥厂建设和盐湖人的关怀问候。“银鹰”稳稳地降落在格尔木西部机场上。

连日来，盐湖人期盼江总书记视察的时刻，终于到来了！——世界最高的盐湖察尔汗沸腾了。

江泽民总书记抵格后，在随行的中央军委委员、总政治部主任于永波，中央办公厅主任曾庆红，国家计委副主任甘子玉，农业部部长刘江和中央政策研究室副主任腾文生、国家经贸委副主任俞晓松及青海省委书记尹克升、省长田成平的陪同下，于当天上午来到钾肥厂招待所。

总书记满面春风、神采奕奕，此行他身穿紫色夹克衫，显得分外平易近人。

听取了刘万宁厂长关于盐湖开发、青海发展建设和盐湖人艰苦创业振兴中国钾肥工业及二期工程汇报后，在热烈的掌声中，总书记发表了重要讲话。他说：“首先，通过你们向战斗在盐湖上的全体干部、职工及家属问好。这个地方很艰苦，‘南昆仑、北祁连，八百里瀚海无人烟’，你们从天津、江苏、四川等全国各地来到这里，生活、工作等方面条件同内地相比都很艰苦。”

“……你们在这里正在完成一个非常艰巨的、光荣的，而且对我们整个国民经济具有举足轻重作用的事业……我看，你们青海这个地方，必须要解放思想，当然还要加上一条实事求是。”

“……今天我听你们说了，我很高兴。因为我们农业需要钾肥太多了。你们这里已经有了一个很好的基础，良好的开端……”

江总书记10多分钟的讲话，全场爆发了五六次掌声。

农业部部长刘江在汇报会上插话道：“缺钾是我国农业的主要矛

盾,特别是江南的稻田施用钾肥可增产百分之十几。”

江泽民还对国家计委副主任甘子玉说:“甘主任回去要对钾肥二期工程加加油。”甘副主任回答说:“计委对二期工程很重视,我回去后马上催办。”

汇报中,刘厂长谈及一大批知识分子把青春年华奉献给盐湖开发事业,特意提到窦昌华总工程师时,总书记关切地问窦总是哪里人、哪个学院毕业的,窦总站起来一一作了回答。江泽民称赞窦昌华30余载献身盐湖不简单。

下午,江总书记不辞辛苦又驱车65公里,跨过举世闻名的万丈盐桥,来到湖区一线进行视察,登上采矿船,深入“生命湖”。

“总书记好!”“欢迎总书记!”

“同志们好!同志们好!”洪亮的声音飘落在湖区上空。

在采矿船甲板上,一位省里领导向总书记讲道:“这里缺乏基本生存条件,非常艰苦。第一没有一点淡水,第二没有一棵草,但多年来仍有不少大学毕业生自愿来这里工作,许多老工人是自己献身盐湖,儿子、孙子今天也干在盐湖。”刘万宁厂长接着说:“知识分子感到在这里有事业、有干头、有精神支柱。我们感到在这里工作和生活,精神支柱很重要,所以我们一直倡导和弘扬‘扎根盐湖、艰苦创业、瞄准世界、争创一流’的企业精神。”

江总书记:“我是基层出来的,我能理解。”他频频点头,表示赞赏。

上岸前,总书记极目远眺这被盐湖人称为“生命湖”的大盐田,感叹地说:“这里的水和天仿佛是一个颜色,都连在一起了,秋水共长天一色。”“这里是蓝蓝的天空白云飘,白云下面船儿跑。”

4时30分许,江泽民总书记在一片“请总书记再次来盐湖视察”的欢呼声中,向群众长时间地挥手致意,驱车离别了青海钾肥厂依依不舍的职工同志们。

总书记离开青海前给青海钾肥厂题了词:艰苦奋斗铸盐魂、改革开放创新业。

中篇

“比格云室”的情丝

澳大利亚人工降雨专家爱德华·凯思·比格博士，应青海省省长黄静波和青海省气象局的邀请前来青海进行讲学活动，本文所写的仅仅是暂短的数天里发生的事情……

1986年夏，作者与澳大利亚著名气象学家爱德华·凯思·比格博士去青岛湖鸟岛，途经日月山留影于日月亭畔

……我知道你们大家都为我感到非常难过，也许以为这一课不会再讲了。但我需要把课讲完。考虑人工影响天气的问题可以使我暂时忘却上星期的可怕事件。你们的同情给了我力量。遗憾的是，我的出色的翻译酆大雄先生受了重伤，让我们大家祝愿他早日恢复健康。

人们屏息着呼吸，会议室里的空气像凝固了一般。前几天刚刚熟悉了的清秀红润的脸庞，此时竟变了个模样，但他那双深邃的灰眼睛，却仍然充满坚毅和执著。好像仅仅在这个时候大家才强烈地感觉到，他有一种学者应有的严峻和深挚。

比格讲完了上述那段话后，半晌没有出声，他改变了前几课讲学时站立的习惯，端直地坐了下来，此时他受伤的腿在剧烈作痛。今天他要讲的题目是:《对青海地区人工降水工作的建议》。一阵翻取笔记本的窸窣声划破了持久的静谧，比格微微抖动着嘴唇，他的目光却投向窗外无边的天空……

他是在观测青藏高原上空莫测的风云，然后借此来阐述马上要论讲的对青海地区人工降水的独特见解？还是他又仿佛见到了那天早晨，他和夫人罗宾女士(一位研究野生鸟类的专家)在越野汽车快要接近举世闻名的鸟岛时，天空出现的七只大雁呢？

那天，同车陪同比格夫妇去鸟岛，免遭不幸的姚公棨，今天代替酆大雄充当他的讲学翻译。姚对气象专业不甚熟悉，比格博士为此重新拟写讲稿，预先给姚公棨详细解释讲稿中的重点内容。昨天夜深了，比格是在医院的病室里这样做的。他的肉体受了创伤，好像完全忘却了;他的精神遭到了一生中最大的挫伤，他是在痛苦地克制着。此时，姚公棨的眼睛盯住比格的嘴边一眨也不眨，他在等待着……

青海省政府外事翻译郝绥生曾在 1983 年 5 月随青海省考察访问团赴澳。在悉尼，著名的人工降雨专家比格接受了来青海讲学的邀请。愉快的往事此刻又在她脑海中浮现。6 月 25 日比格夫妇到达西宁后，每当比格讲学的时候，她就陪同比格夫人罗宾女士走街串巷游览古城西宁。罗宾那双充满生命力的眼睛，借助望远镜时刻在捕捉天空飞来的小生命，每当她见到一只鸟儿时，就总要情不自禁地欢呼："我的鸟，我的鸟！……"那天，当罗宾看到在一幢楼房的阳台上插着一杆小小的红旗，有个天真活泼的孩子正展开双手迎接几只向红旗飞来的白鸽时，她的兴趣更浓厚了，罗宾微笑的眼睛透露出的神情，简直是一首诗……中国呵，这片神奇的土地，到处散发着纯真的美的气质。现在，比格博士又在讲课了，小郝应该做些什么呢？罗宾女士，您现在又在哪里呀……郝绥生刚刚帮助比格向澳大利亚悉尼等地给比格的儿女们挂了4个国际长途电话的号，默默地坐在比格的旁边……

4天以前，即6月28日发生那桩可怕的事情的那一天早晨——

一辆载有比格和罗宾以及陪同的中国气象专家、工作人员鄞大雄、尹道声、姚公棨、王礼泉的越野车，在西宁去青海湖的公路上飞驰……呵，不知梦境中神游过多少回的鸟类王国，今天真的要涉足光临了！比格1985年4月22日给青海省气象局局长代加洗的信中提出要求，他说："澳大利亚—中国委员会已经批准我前往西宁，并将为我提供到北京的路费……同时请您在给我的邀请信中也把我的夫人包括在内(当然自费)，以便她能办理签证伴我同行。她是一个鸟类专家，希望在华期间能有机会对鸟类作些观察。"比格的要求被接受了。现在，越野车就在青海湖边向着鸟岛奔驰，比格为了收取这个特定环境大气中的粒子，进行测量研究，曾几次停车。罗宾却心急如焚，因为耽误一分钟，就意味着她在鸟岛和鸟儿为伴的时间减少一分钟。比格是最理解妻子的心情的，在途中他的眼睛也不时地注视着天空。每当发现飞鸟，他就提醒罗宾，罗宾就在笔记本上，把它的名称、形状、颜色认真地记录下来。罗宾当年供职鸟类研究单位时，曾对全澳大利亚的鸟类分布，以数百平方公里为单位，逐块进行品种、数量的普查，跑遍了澳洲大陆，哪怕最偏僻荒凉的地方也不放过。现在，她是在中国西部著名的青海湖畔，比格要帮助妻子一丝不苟、毫无遗漏地完成她的工作。比格在悉尼时,曾对邀请他前来讲学的青海代表团团长黄静波省长说:“科学是没有国界的。”罗宾也曾经获悉过这样的信息:中国的鸟岛上不止一次发现过带着外国环志的鸟儿,而青海湖鸟岛上的鸟,每当秋后孵育了她们的下一代后,就越过高高的喜马拉雅山,飞往印度或者更远更远的地方。鸟类是人类的朋友呵!我罗宾难道不就是一只鸟?哦,现在真的马上就要飞落到这块可爱的小小王国的净土上了。

7只大雁排列成整齐的队伍飞来!这是鸟岛的“主人”派出迎宾先遣队来迎接不远万里而来的澳大利亚朋友啦!罗宾和凯思不约而同地欢呼:大雁、大雁,七只大雁!细心的罗宾也许想到这7只大雁中有一只是丧偶的孤雁。它落在后面,显得那么孤单。也许见到大雁的欢欣,使她什么也没有来得及想……

汽车加快速度,好像这“鸟类王国”的精英给这辆现代化的活动体插上了一对翅膀,飞吧,飞吧……突然,汽车剧烈颠簸起来,接着,失去了平衡。由于后轮胎的爆裂,发生了一场可怕的悲剧。

“罗宾!你在哪儿?你在哪儿?”车祸发生后,比格发现前座已空,夫人不知去向,急得大喊起来。

被摔出车座的罗宾仰面躺在距车尾九米多远的地方一动不动,比格急忙跑过去,又喊了几声,试了试她的鼻息。罗宾急促地喘息着,比格此时已发现她那件米黄色有几个微小蛀洞的羊毛衫上染满了血斑……

坐在比格和酆大雄中间座位上的尹道声总工程师,在车祸发生时死死抓紧前座的靠背,他唯一的意念是不要东倒西歪压伤专家和酆大雄同志,汽车侧翻滚了360°三次,尹总幸免受伤。此时,在一阵惊慌中,他抱了一件大衣奔出,跑到罗宾身旁。

尹道声见状急得哭了起来。比格安慰道:

“镇静、镇静”。他慢慢地把夫人扶成半坐姿势,尹总将大衣轻轻地垫在罗宾的身下。

罗宾女士和其他受伤者被过路的汽车迅速送往附近的刚察县医院进行急救。

阴霾的天空，下起了蒙蒙细雨。

在刚察县医院里，罗宾的血压急骤下降，降至50/30……乘坐另一辆轿车的尾随者（慕名前来听比格讲学的北京、天津、湖南、四川、新疆等地的中国气象学专家）也赶到了刚察县医院，他们争先恐后要为罗宾输血，但是，罗宾微弱跳动的血管，连点滴也很难进行了。

此时，在青海矿区视察工作的黄静波省长和尕布龙副省长正在午餐，秘书许钧祥从紧急的长途电话里知道了这个不幸的消息，急忙报告。黄静波放下饭碗定了一下心神，立即打电话给省人民医院，让医院速派专家医疗组去刚察，尕布龙随带矿区医院院长等急忙驱车先行，黄省长也紧接着驱车赶到刚察医院。

没有等到这两支医疗队的来到，罗宾女士的心脏已经停止了跳动。

“让我独自呆一会吧！”比格博士忍着巨大的悲痛平静地说。倾盆大雨敲击着大地，给病房净洁的玻璃窗蒙上了一层浑浊的薄纱。

走进隔壁空病室，比格博士掩上门，伏身在床上，用被子蒙住自己的头放声恸哭起来。

人死不能复生。尹道声心如刀绞，默默地推开门走近神情凝重的比格博士，轻声地劝他离开病房暂时到县政府招待所去休息。比格茫然不知所措地向招待所走去，像灌了铅一样沉重的脚踩着泥泞的土路，他的旅游鞋上沾满了污泥。服务员领着他们，推开房门，比格迟迟不肯进去。这房间陈设简单，比格的注意力是被清洁的灰色砖地吸引住了。尹总纳闷，原来比格是不愿让泥鞋弄脏了这房间的砖地，他此时仍念念不忘中国人的风俗习惯。他要礼貌待人，竟脱下鞋子，光着脚走了进去。

尹道声倒了一杯茶，流着泪对比格说：“今天罗宾的座位本来是事先给我的，她为我死了，我真难过……”

比格说:“你没有一点责任,我们大家都死里逃生。”过了很长一会,又平静地说:“尹先生,明天上午我还要按计划讲课,我的工作还没有完,我很难过,鄞先生受了重伤,我想明天请你为我翻译。”

尹道声实在忍受不住,靠在比格的肩上,失声痛哭起来……

下午 4:30 左右,黄静波省长赶到了。比格急步迎去,省长拉住比格的手连连地说:“这是我的错,我的错,我对不起你,对不起你的家庭,对不起澳大利亚,对不起霍克总理。”

比格平静地说:“不能责怪任何人,不能责怪司机,这种车祸是想象不到的。”接着他又提出要按预定的日程,今晚赶回西宁去,明天上午继续讲课。

黄省长:“这不行……我今晚亲自陪你回西宁,夫人的遗体也同时运回西宁,用冰保存起来。你有什么要求,我们能做到的尽量去做。”

比格摇摇头,口中喃喃地重复着:“我这次到中国来是帮助你们的,我的工作还没有完……”

尹道声说:“明天你回西宁要做 X 光透视,要作全面的身体检查……”

比格:“……如果我不讲课会更难受的。这也是我对罗宾的一个留念。”

尹道声:“如果你真要讲,听众会难受,效果也不好。”

比格这才无奈地勉强点了点头。黄省长肃立一旁,眼睛蒙上了泪水。

此刻,1983 年 7 月 1 日下午 5 时许,比格在西宁的最后一课,在一种异常的气氛中静悄悄地行将结束。他数次被叫出去听来自澳大利亚的国际长途电话,他要告诉远在南半球的儿女们,他们亲爱的妈妈是怎样离世的……他没有忘记叮嘱:先不要将这个噩耗告知他正在度蜜月的小女儿,比格对着电话筒,沉重的声音不时颤抖,但每当他接完电话回到会议室,他讲演的速度总有意加快,以此来强行驱赶方才给他增添的悲哀。讲演完毕,他又用学者诱导的目光和口吻,期望听众对他讲述的观点多多发问。

有一位听众真的被他的精神感染了，竟忘记了专家所遭受的不幸，在报告会结束后，追到比格房间里，问这问那，继续请教。比格弯着受伤的腿，几乎趴到了地板上，一面摆弄仪器，一面细心讲解。翻译郝绥生用敬佩的目光看着比格，也不由地对询问者产生了埋怨之情：唉！专家马上要返回医院病房，他有伤你不知道吗？且此时，比格还有多少事要去处理，你怎么如此不通人情呢……

比格极其理智地处理他夫人的后事，有些事情看来与丧事本身关系不大，但比格博士却认为是至关重要的：

他给《青海日报》编辑写了一封信(7 月 4 日见报)："我们在去鸟岛途中发生车祸，我妻子不幸去世，此事故发生后，我在青海新结识的朋友们给予我极大的关怀、同情和帮助。我特别要表示感谢的是黄静波省长和黄的夫人，尕布龙副省长，代加洗先生和其他朋友们，他们立即赶赴我妻子去世的地方，慰问我，事故中的其他受害者以及在事故发生后尽一切努力帮助过我们的人，我愿通过贵报表达我衷心的感谢。我们为她的去世而流泪，但请不要为我过于悲痛。我与这位我所爱的女人结婚后，相亲相爱，共同生活了 32 年，没有多少人能像我们这样，这使我感到欣慰。"

他时时刻刻挂念着著名科学家同时又是一个熟练的翻译者酆大雄先生。酆大雄先生是否已经脱离了危险。他要去看望……

他要给澳大利亚驻华大使馆写一份关于罗宾车祸死亡的报告……

他要给司机写一封安慰信……

他还要……

此刻，比格彬彬有礼地送走了那位心满意足的来者，发现姚公棨不见了，径自一跛一跛急步下楼，比格十分担心死里逃生的好朋友的健康，因为在方才讲课之前，姚感到一阵阵的头痛，比格给小姚服了一片治头痛的药片，现在是不是身体出了什么毛病……

7 月 3 日，西宁宾馆礼堂内，为罗宾 · 比格举行了一个庄重的追悼会。

陪伴着罗宾的骨灰盒，在花圈丛中比格肃穆站立，他沉痛地说：

“……今天上午，我们已向我亲爱的妻子的遗体告别，你们布置了朴素、美丽和庄重的场面，准备了漂亮的花圈，我愿向你们所有诸位表示感谢。在世界上没有任何地方能比这里做得更好了。”

比格和罗宾是在澳大利亚相识，于 1953 年在英国结婚的。在去鸟岛的前夕，他们观看了一场关于鸟岛保护区的极为精彩的电影。这个电影中有一个片断让人看了十分伤心。那是画面里的一只雁，它的配偶死去了，它不知所措，看来它自己也不想活了。过了 12 个小时，当比格夫妇接近鸟岛的时候，他们看见了第一批七只雁，但仅仅几分钟之后，比格自己成了一只丧偶的孤雁。

比格对参加追悼会的人们说：“……但是我坚信，人的躯体算不了什么，重要的是死里逃生的人们相互间的友爱。”

7 月 3 日当晚，比格给澳大利亚驻华使馆写了一份报告：“……过去，我和我的妻子曾经讨论过这个问题，我们认为，人死后，身体是不重要的，对遗体的处理只是为了保持令人满意的习俗。死里逃生的人们之间的爱是没有地理限制的。所以，当我得知，如果我要求将她的遗体运回澳大利亚的话，你们将会帮助我安排时，我有了另外一个决定，这个决定是由于我的妻子对自然界鸟类的热爱而产生的(事实上，我和我的妻子都认为人类精神的本质部分就是自然)。”

身本洁来还洁去……

比格仅仅要求：因为罗宾生前喜欢大自然的鸟，请把她的骨灰全部撒在鸟岛上，在那儿留下一块小小的碑，纪念自己的妻子。

青海省人民政府同意了比格的这个要求。比格感激万分，他对树碑的具体做法又补充了几点希望：碑垂直耸立，尺寸勿太大、勿太华丽，不要太引人注目，不要树在鸟岛中心，不要破坏鸟岛的自然面貌和占据鸟儿的栖息之地。

比格还把妻子准备回国途中在西宁、西安、北京用的一笔钱赠送给青海省政府，把它用于保护鸟岛。

比格已经完成了来中国青海的学术报告计划，他要回国了。青海省人民政府考虑到他的健康，请比格治好了腿伤后再启程。比格说：“非常感谢大家如此热情的关心照顾，我身体很好，只是腿受了点伤，我想很快回家，因孩子在想念，回去需作安慰。”但他在西宁曾允邀在北京大学再讲一次课的决定仍然不变。

32年前，风华正茂的比格在英国帝国大学攻读博士学位，他研究云物理学在水的过冷却技术方面作了一个重大改进，引起了气象学界的强烈反响。比格认为万千世界如没有云雾将不成其为世界；而另一位酷爱野生鸟类的姑娘却认为云雾缭绕的世界如没有了鸟儿，云雾就失去了存在的意义。就这样，这一只活泼可爱幸福的鸟闯进了比格生活之中，他和她结成了夫妻。从此，彼此互成了生命的一个不可分离的组成部分。

亲爱的罗宾，现在你却留在了中国这块美丽宁静的土地上了！

比格准备7月4日离别西宁，乘火车到兰州，当日转乘飞机返抵北京。3日晚，黄静波省长请比格共进晚餐以示道别。这勾起了比格一段不平静的回忆，那是6月26日，比格和夫人刚刚踏上这个美丽陌生的城市的次日晚间发生的事。这里要举行欢迎宴会为他俩“接风”。

比格问联络人：“今天晚上有谁出席，是什么规格？”

联络人回答：“有青海省省长黄静波，还有其他政府官员。规格可算得是省上最高的。”

一旁的罗宾有点着慌，埋怨起自己的丈夫来：“凯思，临走时我让你带一件礼服(即西装)，你竟忘了……啊呀，这可怎么办呢？”

比格皱了一下眉头，然后笑呵呵地说：“我是到中国来工作的。不穿礼服去参加宴会，想必主人一定会原谅我们的。”

宴会间，黄静波和比格认真地交谈了工作，他们有这样的对话：

黄静波热情地：“欢迎您到青海来讲学，帮助我们的工作。”

比格谦逊地：“这谈不上对你们有什么帮助。我的人工降雨的观点和科学实验在不断地探索，不一定能成功（当然我有信心要使之成功）。人工部分改变天气，在我们澳大利亚就有持反对态度的。”

黄静波：“我们中国有句老话叫‘人定胜天’，这次邀请博士来青海，不仅是你和我个人的事，是人民的需要呀，也可以说是人类子孙万代的事。天文学家哥白尼，他伟大的学说生前不被人们接受，经历了艰苦的斗争，死后才慢慢地得到大家公认的。”

比格：“是呀，是呀。我要把黄省长这一席精彩的话牢牢记住，带回我的祖国去，告诉我们澳大利亚的人民。”

3日晚上那欢送便宴结束后，黄省长代表省政府将罗宾·比格女士的抚恤金两万元美金的支票交给比格博士。比格坚决不收，最后他签字留言：

“由于我妻子罗宾·比格悲惨的死亡，黄省长送给我20 000美元的赔偿费。我认为这笔钱应该用于对青海人民有利益的方面，所以我把这笔钱留给省长。我希望最好把它用于改善那所医院的医疗设备方面，就是比格夫人去世的那个医院。”

夜深了，西宁上空的星星在闪烁，月光映到了他的床边，比格久久不能入睡，他在细细回味7月1日作报告时自己最后讲的那些话：“……我回国时，不但带着巨大的悲痛，也带着你们最温暖的感情、善意和美好的友谊。下次我们会在更加愉快的气氛中再见。”

比格把自己生命的一部分留给了中国，心里是沉重而又充实的。

7月4日早晨，西宁开往兰州的列车，迎着初升的太阳在奔驰……车厢内，比格博士和尹道声总工程师亲切地交谈着，他们继续在商讨试验人工降水的问题。比格感到疲困，时而把头靠在座上闭起双目。专程护送比格的医生问，是否感到身体不适？比格对姚公棨说，他是在思考女儿阿里森前不久发生车祸的事。小姚问他，是不是女儿受了伤。比格说，身体倒没有什么，就是撞坏了别人一辆豪华车要赔偿几千美元，唉，阿里森拿什么钱去赔人家呢。姚公棨说，那你早就应该接受两万美元的抚恤金，比格连连摇头说，这是两回事，它们毫不相干。

5个小时的旅程快要结束了，比格忽地又想起了那天可怕的车祸来，他小心翼翼地问尹道声，他回国以后想买一副安全带送给黄省长，不知黄省长会不会接受。他接着又解释道，因为黄要常常乘汽车旅行，没有它很危险。

是日下午到达兰州中川机场，比格在候机室里，突然又想起了一件事，他提笔疾书，并请求姚公棨为他翻译那封信。信的内容如下：

亲爱的黄省长：

在上星期五发生事故之后，我曾对您说过我希望不要责怪司机。在上个星期中，由于我思想集中于考虑自身有关的问题，忘记再提及此事。

我很担心会不会由于我妻子是外国人，她死去了，就要把司机送进监狱。如这样做，我妻子并不能再活转来，而对司机的家庭将是极大的不幸。

……新车的轮胎爆掉，这种情况极少遇到，而当车行驶在砂石路上发生这种事就很难驾驭操纵。从某种程度上来说，车速达到这么高，也是应我们的要求，因为我们想尽量在鸟岛多逗留一会儿。

您赠我漂亮的礼物，非常慷慨好客，我愿再一次地表示真挚的感谢。我们的来访引起大家许多苦恼，真是个悲剧。请让我们都不要再增加悲剧(译注：指处分司机)。

我已请求姚公棨先生为我翻译此信。

谨致最热烈的问候。

您的诚挚的凯思·比格

哦——偌大的一架喷气式飞机腾空起飞，在兰州的上空翱翔！比格一双炯炯有神的灰眼睛透过机舱圆形小窗户在眺望，天边的积雨云在浮动，好一派云海呀！上面湛蓝的天际，下面犹似大海起伏的波涛，这是在中国西部的上空，却又像是在大洋洲太平洋的洋面上。孰知，积雨云对研究人工降雨的学者是多么有吸引力，因为它经过巧妙的人工化学处理，会给大地洒下几多甘露……

比格对同机陪送他的好友尹道声微微点头，他们相互微笑，此时尹总工程师思绪的长线在延伸……

在一本具有权威性的《云物理学》书上有这样的记载：比格(1957)描述了一种设计完善的恒温计数器(测量冰核浓度的混合型云室)。——呵！距今将近30年了，那时，比格成功地设计了研究云微物理结构，观测云的生成、发展、消散过程的混合型试验室，被人们定名叫“比格云室”。尹道声仿佛见到了“比格云室”内肉眼无法看到的无数云滴形成的无数雨滴。这，哪里是雨滴？分明是滋润人们心田的缕缕情丝！袅袅不断，连绵不绝……

“状元”与“财神”

（一）

“八百里瀚海”柴达木。

那一小片不引人注目的绿洲希里沟（蒙古语：大草甸），黑黝黝的土地还没有泛青，都兰河河面上的坚冰已经开始融化了；象征着聚居在这里的蒙、藏、回、汉、土、撒拉6个民族团结兴旺的“一棵树”（人们称之为“神树”），它的根部深处吮吸着从铜普山淌下的清泉水，挺拔的树干，像巨臂一样伸向四面八方的枝条，生机勃勃，春意盎然。

1982年，这是乌兰县农村普遍实行生产负责制的第一个年头。春节刚过，庄户人就忙开了，积极备耕，人欢马叫，热气腾腾。

希里沟有一个西庄大队，一百来户人家，第八生产队队长韩进孝，此时正在队部院子里，召开一个由全队19户家长参加的紧急会议，商量队里26亩小麦地，六亩半豌豆地，指标为22 275斤，究竟由谁来承包的问题。这样的会议在春节之前已经开过一次，由于没人承包，扯来扯去，所以拖到今天。看来，这一次是非“拍板”不可了。

20来个庄稼汉，面对这个切身的大事，是得细细盘算一番的。有的不停地抽烟，有的低头沉思，有的交头接耳，你看着我，我瞧着你，“冷场”了20多分钟，竟没有一个人发言。

韩进孝个子虽小，说话声音可大，他再三摆明情况：这30多亩地，土质很好，根据历年的产量，每亩平均打800斤左右，指标是不算高的。

“队长,700 斤怎么样? 要是这个数,我豁出来包了!”终于有人发言了,他鼓足了勇气,报了这个数。

“每亩 710 斤,我承包。”

韩进孝再一次斩钉截铁地申明:亩产 800 斤,一斤也不能少。会场又一次出现“冷场”。

此时,有两位农民同时举起了拳头,嬉皮笑脸地说:

“800 斤,好! 我包!”

“社会主义的新农民嘛,这点觉悟还是应该有的! 我包啦!”

会场上发出了一阵笑声。

原来说话的人是庄子里出名的两个懒汉,干活喜欢“大呼隆”,靠嘴皮子挣工分。他们这不是要存心捣蛋吗? 好端端的土地,真的给他俩包了,秋后完不成产量,赔了产,还得照样向队里伸手要救济。这位 36 岁,精明强干的撒拉族庄户人,眯起眼睛,心头顿时升起了一股怒火,他伸过手去,把举在面前的那两只拳头压了下去。

“嘻嘻,800 斤没人敢干吧?”话音里明显地带着刺儿。

“有人包吗? 吭声呀!”

“砰”地一声,韩进孝的手掌有力地击在桌子上:“这片地,这片地,秋后交 22 275 斤粮食。我韩进孝包啦!”

(二)

柴达木 3 月的夜晚是寒冷的。韩进孝躺在女人用干牛粪煨热了的土炕上,翻来覆去睡不着觉,心里焦辣焦辣的难受。这“一击掌”倒是痛快,把憋在肚子里那股无名火全发出来了。当时的一刹那,他是冲着“社会主义的新农民觉悟”这句话而承包的。现在他寻思:为什么全生产队 19 户人家,盘算了个把月的时间,竟连一个人也不敢包这块地呢? 大家又不是傻子! 一亩平均产七百几十来斤,或许真的是对数。韩进孝呀韩进孝,“骆驼吃青盐,咸苦在心里”啰。但当这个具有初中文化程度，务农时间亦不算短的生产队长，想到那年引进小麦良种“高原 338”，在同样土质的地里，经过精耕细作，秋后一亩竟打下了 1 100 多斤小麦，他的精神忽地振奋起来。“高原 338”良种是外号叫“王科学”给的。这位“王科学”就是乌兰县科委副主任王春玉。“王科学”教我韩进孝如何科学种田，这回我再去求教求教他，一亩地不打下千多斤，我韩进孝的头朝地，“倒栽葱”走路。

月亮爬进了小方格的木窗户，朝着韩进孝微笑。院子里的那条黑白花奶牛“哞哞”地叫了几声。老韩实在睡不着，索性披上棉袄，下炕出门，给牛添了几把草，轻轻地拍了拍那心疼的家伙，蹲在那儿出神地思忖：要是今年包的那块地真的打不下 2.2 万多斤粮食，那就得赔产。到那个时候，奶牛就得变卖，这个宝贝疙瘩再也不能在这院子里，让我韩进孝给它喂草了。

韩进孝顾不得吃早饭，三步并作两步走，急匆匆地赶往县人民政府。在通往科委办公室的那条道上，他想堵住王春玉。韩进孝踮起了脚跟，老远就瞧见了“王科学”，大声喊着奔了过去……

（三）

王春玉，浙江省温岭县人，1954 年浙江黄岩农校毕业后，他响应党的号召，分配到青海省农科院工作。1956 年省农科院筹建柴达木农业实验站，他积极报名参加。从此以后，王春玉就在“八百里瀚海”之中奋臂“游泳”，足迹几乎踏遍了戈壁沙漠的每一块绿洲：格尔木、香日德、赛什克、希里沟……

王春玉——“王春牛”！人们这么叫他。

1975 年，他在赛什克大队指导农业生产，抓农科队的科研工作。天天和队员们劳动生活在一起，有时试验地里的工作忙了，他揣上馍馍边走边啃。队员们收工了，他还留在地里观察，保护试验田不被跑来的牲口糟蹋。1977 年去省农科院接运试验仪器，返回途中因车祸受伤住院。在医院，他心牵着试验田，当病情稍好转，就借助拐杖乘车去赛什克大队，又请农民孩子用架子车拉到试验田，每天去观察两次……

王春玉——“王科学”！人们又这么叫他。

赛什克大队农科队在老王的指导下，截至1981年已发展到24户，400余亩试验基地，他培育出来的“赛什克二号”春小麦高产记录是：1975年，三分地亩产1 585斤；1976年，二十一亩地平均亩产1 300斤；其中，二亩一分地亩产1 507斤；1977年，二亩六分地亩产1 627斤；1978年，三分六厘地亩产1 675斤。

现在，王春玉那双长满老茧的手，紧紧握住韩进孝紫黑色的粗糙的手，操起带浙江口音的青海话，“阿么了，阿么了”（怎么回事）的问个不停。韩进孝凑近王春玉的耳朵（王自小得过中耳炎，有点耳背），如此这般绘声绘色地道叙了一番，王春玉连连点头，满口应允，在科学技术上帮助韩进孝夺得高产。末了，王春玉提议：现在就到那块地里去看看。

一个渴望得到农科技术的农民，一个像农民模样的科技人员，肩并肩，飞快地向那块“责任田”走去。

那一年，韩进孝听说邻近的赛什克农科队有个“王科学”，推广种植的小麦良种“高原338”可以获得高产。他将信将疑，便驾驶着拖拉机，赶到赛什克去换良种。王春玉热情地接待了这位撒拉族中年农民。他详尽地介绍了“高原338”的性能和种植方法。当决定换种的时候，他见拖拉机车兜里却是空空的：“老韩，你要换多少‘338’呀？”韩进孝支支吾吾地说，由于保管员不在家，所以今天没拿种子来。王春玉和农民打惯了交道，知道韩进孝的心思，他要亲眼看一看，亲手摸一摸，用牙嚼一嚼“338”，如果不中意，他是准备开空车回去的。

农民讲实在。当韩进孝反复看、摸、嚼，确认眼前的“338”是良种时，第二天才又开车来，换去了一千多斤“338”。

如今，韩进孝对王春玉的“科学”，已经真心实意地信赖。王春玉送科学到农户的积极性大大"升华"起来。他早就想找个"典型"。这位少数民族农民，不是再好也没有的了吗？

在地头，他们转悠了半天，双方决定签订"农业技术承包合同"。王春玉当场提出了8条承包农业技术措施，订立了奖赔规定。

翌日天不亮，韩进孝就带领妻子到这块责任田里干开了。经过平整土地，改修塄坎，旮旮旯旯加在一起，26亩土地变成了28亩。多两亩就多两亩吧，反正土地是公家的，谁也拿不走。王春玉此时也赶来了。白纸黑字的合同已经写好。韩进孝看到"承包指标"一栏中写道："队里联产承包指标为22 275斤，以此为基数增加3.5%，即总产为三万斤。"他用手背揉了揉眼睛，生怕自己看错了。王春玉拍了拍韩进孝的肩膀："放心吧，达不到我来赔。"韩进孝感激得说不出话来，心里确实像吃了一颗"定心丸"。

(四)

柴达木盆地风沙大，
栽树者把风沙治下。
种上了"高原三三八"，
高产打下了千八。

韩进孝蹲在由他临时盖起的那座小土屋的门口，望着责任田，放声唱起了自己编的"花儿"。歌声悠扬，划破了寂静的夜空。

为了确保35亩地的高产，他每天守在这块地里精心侍弄，起早摸黑，实在闲了，就裹着老羊皮袄打一个盹，眯糊一会儿。他在田边地角还栽了一些树苗，时常乘着月光，培培土，浇点水。

麦苗破土，慢慢地长高了。人们却听不到韩进孝的"花儿"了。他和妻子在地里拼命地拔草，忙得两口儿简直象热锅上的蚂蚁。

当初，韩进孝承包了这片土地，曾引起不少人的议论。现在，"关心”这块“责任田”加“科学田”的人越来越多。一个尖嗓子的老农给韩进孝的那块地下了这样一段评语：

“麦子一半，菜子一半，这是杂种的高产田呀！科学种田实话好哩！”

这样的刺心话，先是传到了韩进孝女人的耳朵里。这个庄户妇女还辨不清此话的真正含意，眼看油菜疯长，就担心秋后的收成“一半”该要赔哩。往后的生活怎么过呀！想到这里，她不免要埋怨丈夫几句。

韩进孝倒是听懂了这些风凉话带的是什么刺。他又清楚地知道，这 20 多亩麦地，去年没有承包时，种的是油菜，收割的时候“大呼隆”，马马虎虎，菜子没有收尽，翻到地里，今年才长成这个“杂种”样。吃“大锅饭”真是害死人哪！

“光埋怨顶屁用！”王春玉对韩进孝说。

“老王，你来得正好！你看这可阿么办？”韩进孝像找到了“救星”。

这一天，王春玉和韩进孝又忙开了。

王春玉决定用“24DJ 脂除草剂”灭除油菜苗。于是，他连夜赶往赛什克取回除草药剂；老韩则半夜敲门，到处借电动喷雾器……第二天天一亮，两人就在地里干了起来。几天后，油菜苗渐渐枯萎了，最后全部死了。韩进孝女人心里那块石头终于落了地，“胡达保佑，免去了我韩家一场大灾大难哪！”

（五）

韩进孝老老实实地按照承包合同上规定的农业技术措施，一丝不苟地执行着。王春玉在每一个“节骨眼”上，都亲自到场，认真检查，悉心指点。多少个日日夜夜，他操碎了心。韩进孝这片责任田的麦子，长势喜人，丰收在望，过路人都要回头看上两眼。根据王春玉的意见，破除陈规，浇了一遍“麦黄水”后，就开镰收割了。

麦子、豌豆黄一块割一块,收得及时。上场打辗装包的时候,韩进孝接受了好心人的建议,不在自家八队的场上打,而是借用了邻近五队的一块空麦场,这样做可以避免有人怀疑产量不实,虚报成绩。五队负责人则一口答应韩进孝这个请求。

打辗场上,190多斤的麻袋包,一天一天往上摞,快堆成小山啦!清点一下数字,已有200多个麻袋。没有打辗完的麦子还有着哩。围观的人们,不由得倒抽了一口气。韩进孝今年要中"粮食状元"啦!那个王春玉简直是个"活财神"嘛!

也有一些人,摸着饱鼓鼓的"338"麦粒,既吃惊,又嫉妒,嘴巴一撇,自言自语起来:"这哪是小麦呀?分明是外国青稞嘛!打这么多的外国青稞,粮站也不会收的。人不好吃,喂牲口还差不多。"

"338"小麦是否好吃,暂且不说,最使韩进孝和王春玉着急恼火的是,五队突然通知老韩,打辗场明天他们要派用场,再不借用了。事也凑巧,正好那天县上通知王春玉和韩进孝,要他俩带上这次承包地的总产数字,到省上去参加一个农业技术经验座谈会。他俩想起麦子快要发青时,竟发生有人深夜将马蹄用绳索绊住,放到麦地里"马踏青苗"的事。唉,这些得了"红眼病"的人,不是明明在暗中使绊子吗?粮食打不完,确切的总产数字搞不出来,你"状元"休想中榜!

平时温文尔雅的农艺师王春玉,这时也冒火了。他操起浙江"官"话吼了起来。"拿40元一天的租金,租下这块打辗场。"打辗终于胜利结束了。两磅过秤,又反复丈量了土地,最后正式宣布的数字是:二十八亩六分三麦地,平均亩产1 328.65斤;豌豆面积六亩半,亩产483.8斤;粮食总产达到了41 183.8斤。

(六)

在撒拉人中有这样的传说:从前中亚撒马尔罕地方,有尕勒莽、阿合莽兄弟两人,在伊斯兰教门中很有威望,因受到国王的忌恨和诬陷,就率领18个族人，牵了一匹白骆驼，驮着故乡的水、土和《古兰经》，离开了撒马尔罕向东进发，去寻找新的乐土。后来又有45个同情者随后跟来。他们经天山南路和北路，历尽千辛万苦，两路人马，终于在现在的青海循化境内巧遇了。众人喜出望外，试量了这里的水土，其重量与所带的水土完全相同。大家便决定住下来。这天是明洪武三年(公元1370年)五月十三日。

滔滔黄河岸边的循化是块乐土。但在天下乌鸦一般黑的旧社会，哪有穷人安宁康乐的日子过？“西海土皇帝”马步芳，让这里的百姓交纳各种税：人头税、马头税、羊头税，连炊事免不了的烟筒，也要收烟筒税。

听说，柴达木有片乐土叫希里沟，是个好地方。淳朴勤劳的撒拉人，有的就拉起了毛驴，弃家步行，沿途乞讨数十天，往新的乐土迁来。撒拉人来到这里，在铜普山上挖来了一棵野山杨树，种植在这块乐土上，经过数十年的浇灌培育，长得挺拔旺盛，树枝伸展。神树呀神树！撒拉人的祖先早就这样说：这是团结兴旺的象征！

麦香，豆香，一片金色世界。1982年初冬。柴达木人笑逐颜开。在“一棵树”这块地方，出现了下列情景：拖拉机拖车上像小山丘似的，装满了鼓囊囊的粮食麻袋。运粮的农民满脸春风，敲锣打鼓，鞭炮齐鸣，浩浩荡荡，向乌兰县人民政府报喜来了。

希里沟共579户人家，1982年是粮食大丰收的一年，产量超过了历史最高水平。种植粮食作物10 358亩，共产粮食5 299 100斤，人均收入达244.57元，粮食商品率达40.94%。小小的希里沟，这一年给国家交售了2 165 400斤粮食。“粮食状元”韩进孝一户就给国家交售了45 975斤(其中交队22 275斤)，他的收入达到了10 241元。

“神树”此时显得分外精神，它好像在告诉人们：“乐土”只有在党的“三中”全会阳光沐浴下，才能真正给勤劳的农民带来幸福和富裕。

按照韩进孝和王春玉签定的农业技术承包合同奖赔规定的第二条：超产提成——超过合同产量，甲方可提取超产部分的20%。韩进孝早已把应该变给王春玉的粮食如数算了出来，2 236 斤。粮食现在正在拖拉机拖车上装着哩。

平时在大庭广众不爱说话的王春玉，现在激动地上了台，他说：

“按照合同规定，2 200 多斤粮食，我们如数收下了！”

大家报以热烈的掌声。

“现在我代表县科委，将这些粮食奖给韩进孝。让他多买些肥料农药，好在明年多多地增产，更上一层楼！”

韩进孝站在拖拉机上，放开喉咙说着什么，他的声音却被淹没在暴风雨般的掌声和爆竹声中了。

（七）

韩进孝成为远近闻名的勤劳致富的万元“冒尖户”，不用多说，大家都知道因为他找到了一个“活财神”王春玉。

1983 年春耕以前，这里形成了一股请“财神热”。

乌兰县科委、县农业技术推广站和各公社农科站的大门口，农民们络绎不绝。王春玉的家更是踏破门坎，早上天不亮就有人在等着他起床，深更半夜还有人敲他家的门。宗务隆、戈壁乡的农民跑了 300 多里路到县上，大吵大嚷：“科委、农业推广站是全县的单位，不能只顾鼻子底下的希里沟呀，要分一些农技人员给其他乡。”有的农民一时订不上合同，苦苦哀求：“到我的地头去看看也行，根据这种土质、茬口，说说种啥品种，采取什么技术措施……”

王春玉站在田头，检查承包户科技实施情况。他一面作技术示范，一面浅显地讲科学道理。庄户人出神地听着、看着，生怕有一点遗漏。近邻的农民也都凑上前来，围成了“人墙”，都想能沾下一点“财神”的灵气！这确实是在田头办农业科技培训班了。

这使王春玉想起前几年的情形。1977 年 12 月，省上指示每个县都要举办农业技术培训班。王春玉亲自向所属乡下通知，打电话，派人下去叫。培训班一共只有 7 天时间，延期了 5 天才勉强开课。县里要求学员最好是乡生产干事、知识青年，或者是有生产经验的农民，而来报到的学员多半是目不识丁的老汉，还有十四五岁的“愣头青”。王春玉在讲台上使劲地讲，下面不是做鬼脸，就是打瞌睡。唉，那位上了年纪的白胡须老头，呼呼呼的鼾声像打雷一般。

就说帮助韩进孝消除大灾大难，杀灭“杂种田”里那油菜苗的 24DJ 脂除草剂，当初王春玉磨破了嘴皮，大家就是不信这玩意儿真能除草。有位农民由于没有听明白除草剂的用法，水的分量没有加对头，稀里糊涂往田里一撒，结果把庄稼全杀死了。除草剂竟得了一个外号叫“灭麦药”。想到这儿，王春玉心中暗自发笑。

韩进孝在劳动致富的道路上奔驰向前。他说：一个膀翅不能飞，两个膀翅才能飞。这一双“膀翅”就是党的联产责任制政策和科学种田。王春玉则深深体会到，过去盛行吃“大锅饭”的时候，送科学到农田是何等的困难！现在出现了农户渴求科学的热潮，政策真是生命呀！

（八）

1983 年，在希里沟这块乐土上，无疑给已经“起飞”的辛勤劳动者以丰硕的果实。

10 月 17 日，北京某报在头版显著地位刊登了这样一则新闻，标题是：《农艺师王春玉送科学进农户》，其中有这样的内容：

和王春玉签订技术承包合同的 3 户农民，每家产粮超过 4 万斤。韩进孝家，两个劳力，承包四十一亩一分九粮田，前不久，进行了严格的验收核算，结果是：产粮 43 340 斤。

啊呀呀！这可真是山沟里飞出了金凤凰了。

“呸！嘎拉鸡插上几根彩色羽毛，也能冒充金凤凰哩！”

“麦捆子还在场上放着，不知个准数呢，就往报上吹！轻飘飘的想抓个耳朵。”

"韩进孝少报亩数,虚报产量,'状元'是骗来的!"

"王春玉尾巴翘上了天,原来也是靠的这一手呀!"

报纸上公布的数字白纸黑字写着,那一麻袋一麻袋粮食的确放在场上还没有验收,而且有的麦穗还正在打辗。吹牛皮这不是铁证如山吗?

其实,真相是这样:当记者来采访时,粮食正在打辗,经各方有关人士反复估算,搞了一个估产数字。记者回去后又打来了电话催问核实,见报的时候"估产"两个字没有了。

一刹时,满城风雨。

韩进孝场上装粮的麻袋,一夜间被刀子割破 5 条;县上接连收到了 4 封匿名信,告发"状元"和"财神"。更奇怪的是,有一束"乌兰红"麦穗,竟把王春玉压得简直抬不起头来。

(九)

"乌兰红"是王春玉给自己选育的一种小麦良种取的代号,现在,他却被人称为"乌兰红"了。

1981 年,王春玉在农民马生秀自留地"高原 338"麦田中发现了一株出类拔萃的、有五个分蘖的麦穗,收了 357 粒麦子。次年,他将这些种子用稀播办法繁殖,收种子近 20 斤。1983 年,再作培育,收了 1 280 斤。这种饱满的麦粒,青黄中略带红色,故名"乌兰红"。

公社办公室的墙上,挂着一束青黄带红色的麦穗。这是这位"有心人"专挑一些生长最差的苗株作为展览的。旁边特意用大字写着:"王春玉的乌兰红。"

王春玉 21 岁那年,从江南水乡来到高原戈壁,立志要在这"第二故乡"干一番事业。他的"雄心"也并不大,即使在那个"大跃进"的年代,也从未喊过一声"要把柴达木改变成小江南"一类的口号,他只是做着一种极为普通的事情,例如:他利用回家探亲的机会,带一些温岭的长腿白菜种籽来，小心翼翼地埋在柴达木这块土地里，期待着能生长出像温岭一样的蔬菜来，结果失败了；有一回，他带来一些田青（绿肥）试种，结果也没有成功。唉，这些江南的蔬菜绿草娇气得很，在这里真难活呀！可王春玉这个浙江人，他的心却深深地在这儿扎下了根。他暗下决心，选育适应柴达木气候、土壤的小麦新品种。阳光下的土地块块香。当王春玉发现那株壮实多蘖的麦穗，似乎透发着红殷殷的颜色时，他从心里脱口叫出：乌兰（蒙古语红色的意思）红。

“三人成虎”，这个中国古代的寓言，在20世纪80年代的今天，还照样动听。三个人谎说三遍“老虎来了”，有人就真的信以为真了。“人言可畏”，它像猛虎一样向这位书生气十足的可怜人张牙舞爪地扑将过来。

白天，王春玉仍能沉浸在“请财神”这种欢快的气氛之中，暂时忘却那些流言蜚语和冷嘲热讽，但到了夜深人静的时候，难免使他的思绪随着黑夜陷入痛苦的深渊。

王春玉经常独坐长夜不眠。他妻子挖空心思，想出各种办法劝慰他，怎么也不能奏效。最后，这个文化不高的妇女指着室内挂满墙壁的奖状，竟大骂了起来：“你吹牛！你吹牛！”80年代吹牛得的奖状是假的，那70年代也是骗来的不成？60年代，50年代也靠吹牛皮?!

王春玉随着妻子的话音，真的认真地扫视了一番墙上悬挂的奖状（共十多张），各种奖状上盖的，有单位的大印，有县政府的大印，有州上的大印，有的印章里面还有一座金色的天安门城楼。

王春玉再往旁边看去，有一个镜框里放着一张大照片。

这天晚上，王春玉睡得很香，他还做了一个甜滋滋的梦。

一位身材魁伟的蒙古族领导——海西蒙古族藏族自治州州长高尼同志到乌兰县来了。他为了“吹牛”这件事，亲自坐镇调查，检查验收“状元”田的产量。

验收是异常严肃认真的。那些热心人，患“红眼病”的人，幸灾乐祸的人,衷心拥护"三中"全会路线的人,还有尚持怀疑态度的人……他们的眼睛一起都盯在这决定命运的"磅秤"上了。"状元"田里产出的粮食,总数字能有半点差错吗? 回答当然是肯定的。

验收完毕了。

王春玉回到家来,妻子急切地问:"韩进孝……到底打了多少粮食?"

王春玉沉下了脸,竟没有回答。

这下可把妻子吓坏了:"多少呀? 你说话呀!"妻子的声音也变了。

"报上登的是多少?"

"43 340 斤,你自己不是也背得滚瓜烂熟,还问我?"

王春玉抬头凝视墙上那张照片,下巴颏微微地抖动,还是没有发出声来,眼眶里的热泪渐渐涌出,最后禁不住嚎咷痛哭起来。

妻子打和王春玉结婚至今,30 年了,从未见过这个书呆子这样伤心。天哪! 莫不是大祸真的临头了!

从泣声中,妻子听见王春玉喃喃地说:"咱们家今年打了 43 941.9 斤。"

妻子放心了。

(十)

王春玉家墙上挂的那张照片,是两个人在促膝谈心。一个是王春玉,从他脸部的表情和炯炯有神的目光可以看出,他在滔滔不绝地倾吐——一个新天地里全部新鲜愉快的遭遇;另一位是个长者,他在沉思——用他深邃的思维在描画柴达木新农村的蓝图。他把想象的焦点,对准荒漠中这一小块一小块的绿洲与"聚宝盆"的进一步开拓的关系上。他是谁? 他就是从广东调来青海的新任省长黄静波同志。

这张照片拍摄的时间是 1982 年 11 月,这位省长到青海工作才一个多月。那年静波同志已是 63 岁,有同志劝阻他,不要急于去高原西部,大气缺氧必须有一段适应的时间。他没有听从。他是一个急性子的人呀,他急于要了解下情——青海省的天情、地情和人情。他急于要取得青海工作的发言权。

黄省长在柴达木盆地转了一圈，急匆匆地来到希里沟。他要了解实行责任制后“重点户”、“专业户”的发展情况。听完汇报后，他用红铅笔在韩进孝的名字下重重地划了一道。

“同志们，我们到西庄大队去看看韩进孝。”

大家陪同黄省长往西庄走去。事先安排让韩进孝在大队办公室向省长汇报。黄省长执意要亲自上韩家。王春玉示意韩进孝先回家，把那间土房拾掇拾掇，好接待省长。为了腾出时间，在场的领导故意让省长先到办公室稍事休息。不料黄省长心急火燎，不愿多呆，径自来到了韩家。土屋满是扫洒扬起的灰尘。黄省长哈哈大笑，和“粮食状元”拉开了家常。

在问到韩进孝如何劳动致富的时候，老韩讲起了农艺师王春玉同志。黄静波马上想见王春玉，在旁的王春玉立即插话：“我就是王春玉。是不是现在就向省长汇报？”

黄省长一挥手，把王春玉的话头堵住：“现在谈不完，今天晚上 8 点钟，请你到招待所来，我们交个朋友，好好地详细谈。”

黄省长从那一次长谈以后，就交下了这个普通农艺师的朋友。

有一次，王春玉到省上开会，黄静波去宾馆住地找他，他不在，省长竟坐等了 40 分钟。这使王春玉非常感动。

黄省长见到王春玉，问起在希里沟种绿色草原豌豆的事。王春玉回答：“明年，我们想大面积种。”黄静波惊讶地说：“同志，你比我清楚，这种豌豆是青海的拳头产品。今年能做的事，为什么要拖到明年？同志，明年还有明年的事呀！”

面对这样的领导，王春玉的心潮能不激动吗？

王春玉紧紧地握住手中的笔，急速地在写信。他开门见山地给黄省长写道：1984 年，在乌兰县搞出 10 个“韩进孝”来……

（十一）

韩进孝富了！他新盖了一座砖木结构的带阳台的"工"字形的小"洋房"，房内大小沙发，立柜书橱，应有尽有。小院内养着花白牛大小九头。他有了一部大型拖拉机，一辆"青海湖"牌大卡车。他变成"机电部""部长"了：收音机、录音机、缝纫机、彩色电视机、电子计算机……最近，他家里还安装了一部电话机。

农村里的富有者，在旧社会往往和吝啬两字联系在一起。新社会可截然不同。韩进孝连续两年中"状元"，他决心摆开场面，宴请乡亲一番。这件事早在1982年有人讽刺他种的小麦良种是外国青稞时，他就暗暗决定了。

丰盛的饭菜毕，韩进孝别出心裁地请大家吃"拉条"（即拉面）。

韩进孝问："拉面味道阿么个？"

大家嚼得津津有味，异口同声地赞美拉条实话好！

韩进孝笑嘻嘻地说：拉条是用"高原338"面粉做的。有人说外国青稞只能喂牲口，这不是胡说八道吗？

1984年的春天来到了。海西州农业口干部和农业科技人员会议在乌兰县召开。会议请王春玉、韩进孝介绍经验，州委书记秦青荣同志提出了全州都要学习王春玉，赶超韩进孝的口号。希里沟沸腾起来了。四月过后开始播种。中央一号文件的种子撒在了柴达木的绿洲里，撒在了蒙、藏、回、汉、撒拉、土族人民的心田里。20世纪80年代中国的新型农民和知识分子并肩向前。他们走的是中国农村繁荣富裕的必由之路。他们在祖国这片土地上播种"金子"！

啊！在春风沐浴下的神树又一次开始发青了……

（李南山　陈宗立）

苹果熟了

（一）

在那红山对红山、石驼卧清泉、明月来作伴、古柏几千年的宁静美丽的地方，飘逸着果香的空气中，回荡着一首美妙的“苹果熟了”的“花儿”：

果园里栽树者根深了（吔），
（哎哟）根深了（呀），
根深者苹果甜了（吔），
阿哥尕妹情深了（呀），
情深者心么儿里了（吔）。
果园里栽树者根深了（吔），
（哎哟）根深了（呀），
根深者苹果大了（吔），
生产责任制落实了（呀），
幸福的日子来了（吔）。

这首在20世纪80年代就广泛流传在青海省循化撒拉族自治县黄河两岸的“花儿”，如今在90年代第一个苹果熟了的时节里，引吭高唱，音色显得格外甜美和诱人。

“哈三，哈三！县上评比团下来了……”

循化撒拉族自治县国营园艺场场长，经名叫哈三的马生奎，听到叫唤，一下从“苹果熟了”的美梦中惊醒，跳了起来。

16 辆小车，由县委书记、县长领头，全县公家、集体、个人搞果园经营的，约摸 80 来人，已经来到了场部门口。

果园参观评比团要下来评选“状元”，马生奎和园艺场职工都早已知晓的，现在，来叫场长的职工，不免嘟囔了起来：“大家让你好好准备，欢迎接待评比团，你倒睡大觉。”

“你说，要阿么个(怎样)准备?”

“来了一大帮，中午总得留顿饭吧。这……”

“还宰羊、摆酒席哩，没‘花花’好搞。”马场长披上外衣就走。

县长握住了哈三的手：“现今时兴搞个人承包，不乐意看国营，这回我们赶个早第一个就来看国营，哈三同志，你得好好给大家介绍呀。”老韩叫哈三，用了同志两字，特别的亲切。

马生奎今年 46 岁，这个壮实的撒拉族工人，1959 年来到县园艺场，由于在中学念过几年书，领导让他搞栽种果树的技术活，一干就是十几年，园艺场逐渐发展，原来的马拉车换上了手扶拖拉机，又新添了一辆双排座卡车，哈三就当上了驾驶员。1985 年果熟的 9 月，原来的场长突然重病住院，领导挑上了他，让他临时负责。

那个时候，搞承包分到个人去经营，最时髦最吃香。马“负责”却不然，他说：果树有它的特殊性，它是长生生物，不同于工业，更不同于干农活，我把果树包给你个家去侍弄，别的不怕，就怕你欺侮这些果树哩，头 3 年你不好好上肥，不好好管理，照样结果子，到了第 4 年，果树会被你气死的，死了还难救活，你一拍屁股不包了，到那个时候，我马“负责”找谁去负责?

哈三决不搞这“花花”事！他找县农业局局长，他不搞分给个人承包，他要实实在在推行责任制！责任全由他来负！他有 3 个有利条件：第一，熟悉这块土地；第二，熟悉这里的人；第三，熟悉以往领导干过的事，哪件是对的，哪件是错的。局长同意了“马负责”的意见。

事过一年半，县政府正式任命马生奎同志为循化县园艺场的副科级场长。当时任命书上注明，工人性质不变，工资不增加，这些哈三毫不在乎。打那以后，这位园艺场第十二任场长，更加大胆泼辣，大干起来了。

马生奎同志笑呵呵地对韩县长说："……(他没有说出已在嘴边的，我不会搞'花花'的话)请，请，大家请到果园去看看，回头到会计室翻翻账本本。"

80多位经营果园的行家们，早有耳闻：这里的苹果1984年曾送到国务院去过，1985年在深圳展销，还受到外国人的喜爱。这个小小不起眼的园艺场，过去年年靠国家补贴，1986至1990年竟给国家上缴利税30多万元，积累达到60万元，每个职工平均2万元。这一片378亩砂滩地，4 800多株叶子绿油油、果子红艳艳的苹果树，简直是摇钱树呵！

马生奎招呼大家，自己动手挑喜欢的摘，管饱里吃。参观评比团离开这里时，每个人都像当头挨了一闷棍，默默地在想着各自的心思。全县最后评比结果：国营园艺场夺了魁。县委书记最后说了一句话："工人搞得好！"

喜事刚刚过了4天，园艺场里发生了一幕悲剧：那天正午阳光和煦，突然天空抛掷下了一阵拳头般的冰雹，"拳头"打在每个职工心上，他们呆望着即将到手却被打落在泥地里的果实，伤心得掉了泪。

哈三在现场扫视了一周，如数家珍，金帅792株，青蕉280株，印度青167株，全部被打坏！"不要紧，不要紧，1 250来株树挨打，产量损失25%，了不起减收4—5万元。你们看！——"马场长指了指30米开外的一棵"状元"树，继续安慰大家："我们园艺场是靠果子的上乘质量发家的！现在不是1984年了，这一片'红元帅'全成'状元树'了，我们完全可以补回5万元的损失！"哈三在这幕"悲剧"中充当了一个喜剧的角色。

国庆节一过，摘果子的时候到了。像往年一样，临时雇了200多名摘果老手——年轻阿娜。红果绿叶间，姑娘们像是五彩十色的“花儿”，整齐、正规的果园里一派欢腾。……天黑了，姑娘们也散了，职工刚刚下班，竟又下了一场瓢泼大雨。不好！400多个包装好的纸箱，全在地里！雨声就是命令，职工们无一例外，丢下饭碗，奔向果园……不一会，13 000多斤苹果，安全无损全部扛进果棚。这是一群“落汤鸡”！大家见状相互逗笑，有一个年轻人用怪声唱起了“……根深者苹果甜了(吔)，阿哥尕妹情深了(呀)……”大家笑得更加开心了。

哈三还在泥地里站着，雨水在他黑黝黝的面庞上淌下，他一次又一次地擦着自己的眼圈。哈三想起了过去园艺场门口挂着的那口大钟，看着眼前的景象，止不住的泪水从心里涌起，哈三这个硬汉子竟哭了。

(二)

这是一个不挂招牌的园艺场，全场不包括合同工总共才30来人，果园旁边有一个大庄院，过去是横七竖八几间泥糊树枝支起的“地窝子”，如今盖了6幢明净漂亮的砖瓦房，住着不到20户人家，每户一个宽敞院子平均5间房，占地120多平方米。这是山村里一个“暴发”大户人家。哈三上台第一天就宣布，他要把这个国营园艺场办成一个“大家庭”，人人以场为家，个个在心坎里树立主人翁思想。

庄院大门过楼中央挂着一个旧马车轮钢圈，过去每天用废手榴弹敲打四回，八小时上班制吃“大锅饭”。干事监督执行，迟到扣工资，为了这个，工人还和干事打过架。钟敲破了，活还是干不好。马场长想，种植苹果园本来就不是干工厂，更不是坐机关，种果子活有季节性，天气还有晴阴风雨，“八小时”是玩“花花”。哈三发话——拆钟！

大庄院的旁边，盖着一座堪称现代化的牛舍，那里养着荷兰进口的6条“黑白花”奶牛，每头价值7 500元，这算得上园艺场一笔相当可观的“家产”。“黑白花”十分争气，还给添生了3头小公牛！

这9头牛吃头大。得翻卡里岗山去买饲料搞草食，运回来还得电磨加工，加上医疗费，一年算下来要花17 000元，还白搭好几个人去服侍它们！黑白花牛的奶子，产量确实高，拉到县城去卖，路途一颠晃，质量变了，人家还不喜欢要。问题几经请示，得不到解决。马生奎不怕别人骂他“败家子”，提出了一个“送牛”方案，向上级反映。3头公牛：查汗都斯、孟达、建设堂乡各送一头，让它们配种去；6头奶牛：县委、政府、农牧、党校食堂各送一头，两头送县良种场。

“送给我们？不要不要，我们养不起呀。”有关单位的领导异口同声这样说。

“你们都养不起，难道我小小的园艺场就养得起?!”马生奎到处这样“进攻”。

县领导同意下文让园艺场自己处理，这正中哈三的下怀。马场长三下五除二，以半价出售处理后，换进土种牛7头，加上家属的自养牛共20多头，每年出300多方有机肥料，侍弄果园足矣。

一草一木是国家的财富，谁也不准拿。过去园艺场有这样一条铁纪律，铭刻在每个职工心里，而且人人模范遵守。啊呀呀，果园里杂草丛生，枝叶遍地……

听说茶卡驼畜场有一种叫三北羊的良种羊，该羊只低头吃草，从不抬头觅食。当时场领导带上马生奎司机，花了5 000多元，亲自从茶卡接回三四十只，大家高高兴兴把三北羊放进果园。谁知低头羊进得园来，一变常态，昂首欢跳，把果树上的花芽嫩叶，吃个畅快。园艺场遭了一次前所未闻罕见的“羊灾”，损失了几万元。哈三临时负责时，痛心地赶羊上山。那年冬天，三北羊在山上冻垮了，以4元一只贱卖给了老乡。马负责给大家说，几万元买了一个教训，苦果吃下肚，记苦就是了。打这以后，场里更不提一草一木不准动这条戒律了，鼓励职工除草，让大家随便拣杂枝枯叶。打回草去喂牛羊，公家还给盖牛棚；修剪下来的枯枝烂叶，可以当柴禾烧，还减轻场里拉运煤的负担。园艺场要提高机械化的程度，也需要有一个整洁的环境呀。

红蜘蛛是苹果的死敌，损人利己和工人阶级水火不容。哈三在50米开外的地方，就隐约看到一组负责的那一片果树绿叶上染上了红色，他把这个组全体职工叫到跟前，不用说，这是药没有打好，果树得了红蜘蛛病啦。工人惭愧地低下了头，表示立即加班补打，愿受扣除一天工资之罚。哈三并不认为事情就此了结，问：你们看清楚了吗？答：看清楚了，我们的树上是有红蜘蛛。哈三递过一个放大镜，又厉声地说：我要你们看看左右邻组的树上那些红蜘蛛！大家仔细看了一遍，回答说：真的没有。马场长半晌才出声：有！接着改换了语气，亲热地摸了摸那个年轻工人的头："我的好'伊尼'(弟弟)，一层层的红蜘蛛，明天，后天就有了，你们这样做，对得起左邻右舍的自家人吗？"

那位年轻人的脸红了，哈三的嘴边挂上了一丝微笑。

(三)

马生奎场长十分熟悉在他脚下亲手耕耘的那片土地——红旗乡赞卜乎村——中国西部一个十分偏僻的山村。这个好地方年日照时数是2 600—2 900小时，日照强，光质好，紫外线光波多，光能资源丰富，有利于果树进行光合作用和营养物质的积累，能促进果实提早成熟和提高蛋白质、维生素、果糖的含量。

1984年8月，应青海省人民政府邀请，以日中议员联盟农业协力特别委员会委员长田泽吉郎为团长的日本国日中友好议员联盟农业合作特别委员会代表团对青海进行了访问考察。他们就曾涉足循化县的红旗乡一带。几位外国朋友对这一片气候地理极好的土地叹息不已，他们认为，在那里建设现代化果园是很有前途的。田泽吉郎说："我很喜欢果树，我们家乡有很多果树，日本有的品种，黄河两岸差不多都有……"

1982年10月间，黄静波刚从广东调到青海。此时正是苹果熟了的季节，有人就传出新来的省长喜欢吃苹果的趣事：

说黄静波生活中有这一“嗜好”，大概是从胜利公园招待所（那时黄尚未搬进省府宿舍）的服务员们透露的。说来也觉得奇怪，因为每当服务员给他打扫房间时，黄的办公桌上总是放着几个苹果。其实，黄静波并不喜欢吃苹果，他也从来没有考虑到饭后或者在哪个适当的时间里，吃点可口的新鲜苹果可以促进身体健康。而黄静波到了青海，确实养成了一天要看好几回青海苹果的习惯了。

红灿灿像拳头一般大的苹果呀，真是逗人心爱。黄静波工余之暇，在房间踱步思考问题时，他喜欢把它轻轻拿到手里，放到鼻子底下，深呼吸几下。这个苹果哪，青海当地叫“三红”苹果（红星、红冠、红元帅），尾部长着五个隆起的楞楞，这不是五颗星吗？——是的，是红五星呀！

有人又说：新来的省长有一种诗人的雅兴。他房间里的茶几上，摆着一个精巧的碟子，上面放着一个特大的“三红”苹果（据说，是循化产的）。这是一种别具风格的艺术摆设，而且房间里碟子中那只循化苹果，表皮已经慢慢起皱萎缩，香气已经渐渐消失，再放下去就要变质腐烂发臭了。服务员准备把它扔掉，而黄静波在一旁却认真地说：我不是告诉过你，这个苹果不能丢掉，再放几天，我自己来收拾。

黄静波嗜爱苹果的谜底被揭示了——他不让服务员取掉这个即将腐烂的红果，为的是他要精确地计算，“三红”苹果自然保鲜的确切天数。——省长是如此重视这苹果的事业呵！

哈三记得十分清楚：1984 年苹果熟了的时候，有一天，黄省长到园艺场来视察的情景：黄指着一棵长满大果的“红元帅”的果树，连声称好！让场部摘几筐，他过两天要到北京去开会，亲自送到国务院去。青海有个叫循化的好地方，循化县有个好果园，长着这么好的红果果！

从此，大家就把这一棵“红元帅”树，叫“状元树”。

如今，这一片果树林，成了“状元林”了。

1984 年那个时候，产量是 30 多万斤。今年 110 万斤优质苹果早已包装成箱。马场长看着果棚里整整齐齐堆放着的丰硕果实，凝神发呆……

哈三竟变了一个模样，摘完苹果后的一个星期里，他每天只睡两三小时的觉，两三个馒头凑合着打发过一天的日子，开始妻子还以为，苹果黄金季节，场里销售忙，是累了的缘故。“再忙也不能不吃饭，不睡觉呀，你病了？”“哪来的病，如今市场疲软，苹果没人要！全场的人都在火里，我能不烧心？”

“市场疲软”这新名词妻子听不懂，但苹果没人要，她是略有切身体会：“怪不得，我们家那 14 棵大树，3 000 多斤果子，到现在还没人问，咳，你得抓紧先管一管呀。”

3 000 多斤果子，价值 1 500 元，对哈三四口人家来说，不算是个小数字。哈三好像全没顾到，他吼了起来：“3 000 斤算个屁！我那边有 100 多万斤，你不明了！？”

夫妻吵了起来。哈三一扭头，到场部办公室去了。

谁也没有通知开会，办公室里挤满了人。你一言我一语，在商量如何推销这 110 万斤苹果。

有两个工人气喘吁吁地同时进屋，劈头就嚷：“真气死人了，他们造谣，做自己的买卖，带造别人的谣！”“说咱们的苹果今年挨冰雹，全都打坏了，咱们的苹果一场大雨，全都泡烂了……‘国营的，哪有我们个家侍弄得精心？’还说，亲眼看见我们摘果子的时候，雇了一帮临时工，小姑娘嘻嘻哈哈，把果树真当摇钱树哩……图轻松，摇到地上拣，果子全糟蹋完了！”“连哄带骗，把顾客都拉到他们家里去了！”

园艺场一部分果树是遭了雹灾，哈三当即就果断决定：以半价全部处理了那些遭打的果子。那一场过雨，由于全场职工发扬了主人翁精神，根本没受水灾；至于雇用姑娘收摘苹果，那是年年如此，她们手脚灵活，上树摘果是最好不过的劳力了，且园艺场有严格的责任制作保证，哪有此等摇树拣果的事呢？唉，他们是见钱红眼瞎了心啦。

园艺场离黄河公路桥（进循化必经的咽喉）有 21 公里路，是循化最远的山村，假如苹果的质量真是像那些瞎了心的人说的那样，谁往返40多公里、既耗汽油又费时光买次货呀?!

马场长气得直咬牙,“我们被他们包围了,包围啦……”哈三当场决定,派三员大将,拿上苹果,明天一早出发到黄河桥去!在“桥头堡”发动宣传攻势!请买主们看看咱们的苹果是怎么个样,让他们尝尝咱们的苹果是不是脆甜脆甜喷喷香!马场长再三强调说:“你们就大声吆喝,我们是国营园艺场,牌牌上把国营两字写得大大的,把木牌举得高高的!”

“桥头堡”上仅仅3天大进攻,静静的园艺场一下就热闹了起来。车水马龙拥挤不堪,拉苹果的顾客争先恐后……不是说,顾客就是上帝吗?这里茶水免费招待,各种苹果先尝后买,食堂还特地增添了羊肉尕面片,司机们可以歇歇脚,美餐一顿,高高兴兴当天返回。

不到五六天工夫,100多万斤苹果全部售完!

哈三拖着疲惫的身子,才想起回家。妻子见到已有六七天没照面的丈夫,开口头一句话就告诉哈三,3 000斤果子已经全部买光了!哈三对此也讲不出更多的大道理,只是呵呵地傻笑:“我饿坏了,有啥吃的?”随手抓了桌上一个干烙饼,大口地吃起来,当妻子炒好一盘辣子羊肉片端过来时,哈三早已倒在炕上,呼呼熟睡了。

(四)

黄河在巴颜喀拉山由细细雪水涓集,千曲万转,百折不回,奔腾入海。一腔激流在龙羊峡水电站一汪似镜的水库中歇息后,从园艺场旁擦身流过,黄河泛起了青青的光泽。河畔那片苹果树林,正面临着秋风扫落叶的时刻,无数挺拔的枝干,纵横四向伸展,却仍生机盎然。

卖完苹果,园艺场实实在在的丰产又丰收后,这位“状元”才有点时间,陪着笔者在果园里转悠。哈三告诉笔者——

园艺场分上、下两个果园,上果园比较小,才60亩地,旧社会是马步芳在循化的一个“公馆”,为建馆,马家的兵到处找果树苗,老百姓家哪一株好，就强迫给挖到“公馆”里来，前后共栽了600多株梨子树。解放后，我们接管了过来。1986年冬天，哈三下了个狠心，把那些经济效益比较差的老梨树连根挖掉，更新种上红元帅苹果，大家看了都很高兴。老县长建议留下一溜冬果梨、苏美梨，作个纪念，新旧有个对比。

同志，我们这个地方，有纪念意义的事多着哩。1936年中国工农红军渡黄河西征，西路军蒙难战士曾经在赞卜乎村被迫服苦役，我们这片土地上洒下过红军的血和汗（笔者翻阅了有关资料：1939年2月到1943年底，600多名红军至循化县赞卜乎开垦荒地1 750亩，修庄廓60个、房屋300间）。就在我们园艺场旁边，还建立了纪念馆，那里陈列着一张紫红色小木桌，是当年一位有心的红军战士做的，他巧妙地把抽屉的把柄，做成了五角星的形状，他心里装着红五星呀！

呵——红五星！现今满园的红灿灿“三红”苹果，尾部五个隆起的楞楞——满园红五星呀！

哈三从“红五星”又谈到他加入中国共产党的事：4年前，李加局长（藏族，后为县委副书记）找他谈话，哈三说，他已经40多岁了，共产党是朝气蓬勃的党，让年轻人入吧。李加告诉他，共产党员是工人阶级先进分子组成，不论年纪大小，精神永远年轻。哈三问，先进分子要在群众前头先走一步，对不对？李加：说得好！领着群众往前走，看得远、方向正。领一步先，跑得太远就脱离群众了。马生奎点了点头。

1986年春，哈三举着有力的拳头，宣誓加入了中国共产党。

我们又从“红五星”的话题，回到“三红”苹果上来。笔者问马场长，是否认识一位名叫王剑涛的苹果专家。哈三说，老王同志过去几乎年年要到这里来，他是来传授科学种苹果的。笔者又问，你知道青海怎么会产苹果的吗？哈三不知道，他让笔者讲了几年前采访王剑涛时，一段真实的故事：

青海这个地方，自古不产苹果。1956年，当时省农林厅长郝仲升出差路过宁夏，宁夏的同志招待老郝吃了一顿饭，饭后送上了一盘苹果，郝厅长吃着甜美的苹果，问是哪里运来的，宁夏同志告诉老郝，是他们前几年试种的。郝仲升很有感触，说："我还以为你们宁夏种不出这玩意儿呢。宁夏能干，为什么青海就不能也试试呢？"回到西宁，老郝就把他的部下——西北农学院园艺系毕业的王剑涛找来，让王担任果树调查组组长，并下了一个硬任务：青海人要吃青海自己的苹果！

郝厅长帮助王剑涛搭起了一个工作班子，王剑涛带领十员干将，对东部农业区所有的山川进行了一次全面的踏勘！1957年春天，王剑涛亲自到东北、河北、山东去引苗，坐着卡车押运回青海第一车苹果"接穗"。

青海没有嫁接苹果的砧木。可那荒坡上生长的楸子、海棠果木不是到处都有吗？王剑涛在县上办起了栽种苹果的培训班，用楸子、海棠作砧木，给农民们做苹果嫁接示范……

听王剑涛说，当时推广种植苹果，还要同封建迷信思想作斗争。偏僻山村的老百姓，从未听过这新鲜东西，说栽红果要招灾。

哈二说："苹果熟了。"这样唱道：……根深者苹果甜了(吔)，阿哥尕妹情深了(呀)……如今，撒拉人举行婚礼，"揭盖头"的时候，新娘第一眼就看见面前盘子里放着红艳艳的苹果，这是最吉祥如意了，苹果是山村致富的幸福果呀！

哈三下意识地在跟前一棵幼小苗树旁蹲下，用粗大的手培了几下土，说：我倒听说过这样的事，上了年纪的人不愿栽核桃，"吃核桃等八年"，等不及吃核桃老人快死了。眼下栽苹果苗树，七八年才结果，每年我们要更新果树，年年栽。我哈三等不及吃那些改良后新品种的甜果就要退休了。共产党员不是说，要为子孙后代造幸福，要看得远吗？

数不尽的大小山头在黄河两旁延伸，酷似苍天下的生灵，他们俯背弓腰，在吮吸母亲黄河的乳汁，在播种耕耘。

哈三极目远眺，再没有说话，默默地思索着什么……

地球第三极腹地的曙光

（一）十根手指握成一双拳头

时代的光圈对准东经 93°24′、北纬 35°21′这个地方，公元 1989 年 6 月 1 日，北京时间 12 时许，摄下了一组光辉的镜头，壮丽的画面是这样的：

白云深处，高低起伏的山坡间，滚来了 4 块奇异的石头，两大两小。它们等距离、等速度地向"天路"（世界屋脊上的青藏公路）靠近。石头呈红、黄、白混合色，在阳光的照耀下，闪烁着刺目的光泽。石头在 1 017 公里路标旁，骤停了下来。

原来这是可可西里综合科学考察队的 4 辆汽车。

整个汽车被沙石泥雪严严实实地包裹了起来，看不到铁皮、木板、橡皮轮胎的本色，这些铁疙瘩经受了狂风的磨砺切削，竟变得那样的精光溜滑，简直成艺术品了。

从 4 辆汽车里，跌跌撞撞走下了 10 个人（4 位汽车驾驶员，3 位科学家和行政、报务、医生各 1 人）。李炳元（中科院地理所）、张以茀（青海省地质研究所）、丁学芝（青海省地质区大队），他们是上级任命的可可西里综合科学考察队的副队长，现在是考察队的三位领头人。

刘品发大夫此时不用诊断也十分清楚，这一个科学考察队，其中的每个人心脏每分钟的跳动仍在 120 次以上，急促的呼吸达 40 次/分，比正常要超出一倍，心电图显示的 S—T 段的 T 波的可怕改变，仍警告这位随队保健员："心肌严重缺氧！"

眼前这10位同志，每个人消瘦的面庞都呈古青铜色，紫褐色的像松树皮那样的嘴唇，一双双白眼球上都布满了可怕的鲜红血丝……

大家围拢在一起，许久没有出声。慢慢地相互拥抱，大家都哭了……

“我们终于都活着出来了。”张以茀沙哑低微的声音，使得周围的气氛更加沉重起来。

猛地，霍云扑倒在地，他匍匐爬行几步，在公路正中，不停地叩头……何大师傅发了狂似地吼叫：“公路万岁！”

李炳元胸腔里一股热流涌起，举起双臂，十根手指紧紧握住，挥舞着一双拳头：“胜利了，我们胜利了！”

高高的昆仑山发生了同样的呼喊——

“胜利了，我们胜利了”的声音，在地球之巅上空回荡不息……

(二)“特提斯”诱惑

特提斯(Thethys)，是希腊神话中海神涅柔斯的女儿。

1888年，地质学家徐士(E.Sness)在他的著作《地球外貌》中，将古地中海命名为“特提斯”，地球的演变：由于大陆的飘移，古地中海闭合；飘移产生相互撞击(造山运动)，地球外貌一部分变成了崛起的高山……这些推断中的若干亿年以来的地球史，由于这一命名，给后来的研究者更增涂上一层神秘的薄膜。

特提斯带西由中亚入中国版图，横贯西藏、青海南部、甘肃南部、四川西部和云南西部，进入缅甸和印度支那半岛。我国的特提斯带为全球特提斯带中段的主体部分，许多研究工作表明，我国特提斯带的北界大致位于昆仑(秦岭)一线。其南，即为我国特提斯带的北部构造区：可可西里——巴颜喀拉区。

由于晚古生代以来剧烈的构造运动、多种多样的沉积建造、频繁的岩浆活动和各种程度的质变作用以及多期次的成矿作用，我国特提斯带成为具有复杂演化历史和独特构造特征的巨型构造带和成矿带，它们既与全球特提斯带联为一体，又有自身的诸多特点。研究中国特提斯，不但对我国基础地质和地质找矿具有重要意义，而且对全球地质构造研究也有深远的意义！

青海省地质研究所高级工程师张以弗，对这一切心中是一清二楚的。

翻开由他主编的百分之一《青海地质图》(第一代 1971 年，第二代 1981 年)，和作为主要成员参与编制的《青藏高原地质图及说明书》、《青海省构造体系图及说明书》，等等，五光十色的图，张总指指划划，若干亿年以来的青藏高原部分的"特提斯"海，就历历在目了。"特提斯"海已经变成了大陆，大陆的崛起变成了高山，张以弗能在这样一块神奇大地上，滚爬了整整 32 年，心里着实欣慰。

他把理想和追求，深深地埋在了青藏高原；他把人生的喜怒哀乐都跟青藏高原联系在一起了，满头乌发不知不觉变得稀疏灰白，挺直的腰椎也已渐渐弯驼。他还是乐滋滋地在这里滚爬，不停地滚爬……

举世瞩目的喜马拉雅地区正处于特提斯构造带的东段！可可西里不就在我张以弗的鼻子尖下吗！唔，青藏高原，您真是自然科学工作者的天堂呀！

1983 年 9 月，一个狂风怒吼的傍晚，张以弗从青藏高原玉树地区(紧贴着可可西里的高山地区)归来，当他被同志们搀扶着送进家门，倒在床上，喘着粗气，面庞像涂上了一层褐色无光的黄蜡，可把一家老小惊吓呆了……

"以弗，以弗，你怎么了？"

"没事，没事……"

"你的心口痛是不是？"老伴将手按在老张的胸口，急得眼泪滚了下来。

"我现在已经不痛了。这是两天的汽车累的，不要紧……"

唉，还什么天堂呐！这个地方是"地狱"！你不看看现在这个鬼模样,熬煎成啥样子啦!

张以弗在海拔 5 000 米的高山地区拼命地工作着,突然觉得心口阵阵剧痛,被同志们强行送进当地医院,经诊断:有一小块破碎带棱角的结石,正卡在胆管的中间。医生给他吃了吗啡,还让带上这种烈性麻醉药,嘱咐火速送回省城。

有人开玩笑地说,真是天堂里神保佑,张总经过玉树到西宁两天汽车的颠簸,那块小石头竟奇迹般地从胆管中颠了出来,通过肠道被排泄掉了。但是,经过省医院细致的检查,确诊在他的胆囊里,还有几块结石顽固地储藏着。于是,医生开了一个处方,让他每天吞服"熊去氧胆酸片"。并且必须长年服用,已经整整 6 个年头过去了,天天如此,至今还在继续……

张以弗要到可可西里进行考查的消息,很快从别的同志传到他家人的耳里,像希腊神话中说的那场"特洛伊战争"在张总的家里展开了。你说,那块地方像天堂一样,她说,大家不是说那是一片冰雪覆盖的无人区、"死亡地带"吗?是第十九层地狱!以弗呀,况且你已经老了。

神话里的特提斯曾想方设法让自己的儿子避开特洛伊战争,使儿子永生;那么,现实生活中的张以弗,凭借自己永存的信念,使他赢得了这场家庭舌战的胜利。

在出发可可西里前的那些日子里,张以弗思绪万千,度过了许多难以入眠的夜晚,他不时地阅读着中、英文《中国及邻区特提斯海的演化》(黄汲清、陈炳蔚著)。翻开封面,一行"张以弗同志指正。黄汲清赠　一九八八、十一、二十三"刚劲有力的钢笔字,跃入眼帘。

翻到第 76 页的"后记",这样写道:"本书的手稿于 1986 年 5 月完成后,一些与中国特提斯有关的区域地质及地层的新成果引起了笔者的注意,现将我们的认识补充如下:……(2) 超基性岩在亚昆仑带的发现:据青海省地质局高级工程师张以弗面告,在亚昆仑带的若拉岗南发现有超基性岩,其位置是在羌塘块体之北(大约在东经 88°25′,北纬 35°)……"

“以茀，该睡了，你还在研究‘特提斯’呀?”老伴站在他的身旁。

“我睡不着。”张以茀随即从抽屉里取出了两封信，“黄老知道我要去可可西里，他高兴极了，你看……”

黄汲清，这位中国历史大地构造学的创始人和奠基者，给张以茀最近的一封信上这样写道：

“以茀同志，您好。想您日内即将出发野外，此机会不易得，尚望多多收集重要资料，解决《北缝合带》及有关问题。……希望在野外工作时，遇见关键性剖面、关键性构造、关键性各种现象，如 ophioliles 等，就集中精力和时间予以进攻，力图加以解决！……黄汲清 1989 年 4 月 21 日于北京”。

张以茀在他老伴面前举起了那本《中国及邻区特提斯海的演化》的书，感慨地说：

“黄老今年 86 岁了，他一生发表了科学论文和著作 200 多篇(部)。这恐怕是最后的一本书了。人生呵……人生还不是为了去解决‘未知数’，为了去寻找‘未知数’而活着的吗?”

老伴没有作声，沉思了一会。她对老张突然发问：“你那熊去氧胆酸片带足了没有?”说着，已经动手去检查他的随身旅行包了。

(三) 风　宴

可可西里是青藏高原西北部的一块山地。它崛起于北面的昆仑山南沿，是一排高耸的雪峰；屹立在南面的唐古拉山的北侧，有一排横空巍立的冰山，遥相对应，气势非凡！雪峰与冰山之间舒展的可可西里——片片墨色火山台地，纵横蔚蓝色湖泊；几处突起银色的雪峰，天工巧配，构成一幅绝妙的自然景观……

来了——我们来了！

像一只雄鹰，扑击高山雪峰；像一匹骏马，腾空驰骋旷野；像一朵白云呵，它轻若丝绢，薄如蝉翼，飘逸在明洁的上空。霎时间，使得可

可可西里和青藏铁路

可西里那严酷的脸庞变得百般的温柔可亲了。

考察队1989年4月27日从西宁出发，沿途经格尔木至西大滩，过风火山口，逐步适应，于5月5日抵达0号营地（青藏公路二道沟——沱沱河之间的公路边，驻地海拔4 570米），作最后的三天练兵，今天(5月8日)正式向可可西里挺进了。

考察队在东经92°—北纬34°42′、海拔4 720米的1号营地，安营扎寨。这一片汪洋砂碱土地，是名副其实的“苦水滩”，幸亏找到一席之地可以刨见一丁点草根，否则连帐篷也无法生根。

搭好帐篷，一切安顿后，老丁头给自己的第一任务是：立即烧水做饭，因为没有配专职的炊事员。当兵出身的丁学芝，当初组织上让他担任行政副队长，负责筹备进可可西里的一切物资工作，衣、食、住、行，光吃的就分柴米油盐酱醋糖——不，还有碱哩！25天日日夜夜，真把老丁头折腾坏了。为了使同志们尽可能多吃上几天新鲜蔬菜，他决定在出发的当天清早去采购蔬菜，隔夜不巧下雨，丁学芝担心明晨菜农不上贸易市场，竟一夜没有睡稳。第二天和柯师傅一起，跑了半个西宁,拉上了最新鲜的菜,自己却变成了“落汤鸡”。咸涩的苦水难以饮用,大家和老丁一起四处寻找泉水,却意外地在远山顶上发现了一群牦牛,翻过山坡,还有一顶帐篷。

这在“无人区”里,简直是一桩奇闻!

山坡下那一顶毛毡帐篷的主人是一对藏胞夫妇,两个天真烂漫的尕娃。他们是离沱沱河最远的一户人家了,这里有一汪泉水,足够供很多人饮用,主人热情地邀请科考队员明年大规模进可可西里时,到这里来扎营。共产党好!派人到这样的一个地方来进行勘察,为了少数民族同胞呀。主人用干牛粪擦亮了龙碗,斟满了滚热的奶茶,送到考察队员的手里,还端上了一大盘手抓(羊肉),里面放着一条羊尾巴(按藏族风俗,羊尾巴是款待最尊贵的客人的),临别时,那位肤色紫黑、和善可亲的藏族汉子又硬塞给考察队员很多很多风干的肉,操起不太流利的、既熟悉又陌生的汉语说:

“我现在有很多很多的牛,在沱沱河还有很多很多的羊,这些牛和羊,都是共产党、毛主席给的。你们一定要拿走,你们要走很远很远的路……”

现在营地的大帐篷里大家正忙碌着,有的在打气点汽油炉子,有的在洗菜切肉,有的在烧水煮挂面……考察队员全体通力合作,要为自己摆“宴席”“接风”了。

帐篷外边的风在呼啸着。

帐篷里面的人,个个捧上“什锦面条”(肉是红的,蛋是黄的,蔬菜是碧绿碧绿的,精白粉汤面里散发出诱人的各种调味品的香气),大家和老丁头开玩笑:等风刮停了,一起跟他出去转转,拾个金娃娃回来(原来在 0 号营地时,曾刮过一场大风,风停后,丁学芝走了 5 里地,拣回了一个被风吹走的红色塑料桶盖)。

骤然,风力猛增,整个帐篷鼓足了气,像气球一样要腾空起飞了。大家不约而同地急奔出帐篷,兵分四路,拼力拉住帐篷角的 4 条绳索,有人大喊一声:“放倒帐篷——!”“哗啦”一声。帐篷躺平了,风魔再也施不了它的威力，不一会儿悄悄地溜跑了。

当重新架起帐篷进餐的时候，天空泛白，竟撒下了拳头大小的冰雹。雹子打在帐篷顶上，发出“咚咚咚咚”的音响。这是别有情趣的一席“风宴”，还有世界上最美妙的音乐作伴奏呢。

有同志在追忆：

新中国刚刚诞生的那个时候，浩浩荡荡的腰鼓大队，欢迎进城的中国人民解放军，沸腾的人群中暴发着“中国共产党万岁”、“毛主席万岁”的口号声，那一阵又一阵的“咚咚咚咚”腰鼓声，多么清脆，多么响亮……

（四）明镜般的湖纯红色的湖

由西宁指挥部 5 月 12 日 10 时 45 分发出的电波迅速传到可可西里，电文是：“据气象预报，可可西里上空有大片的厚云层，可能有大雪，望注意安全。”

自从找到那一顶充满活力的藏胞帐篷以后，考察队一直在欢快的氛围中工作着。沿途却是成群结队的野驴、野羊还有野兔在欢迎他们。那些生灵竟和考察队员交成了朋友，在捉迷藏游戏哩……

好景不长。天空中白色的云层，压得考察队员的胸腔更加喘不过气来。汽车是在乌兰乌拉山（蒙语，红色的高山）山脊边缓慢穿梭迂回爬行。2 号和 3 号营地分别驻扎在 4 970 米和 4 800 米高度的地方，冒着大雪踏勘考察都在 5 000 米以上的地区。小刘大夫叮嘱：一律带上氧气瓶，当大家满载“战利品”（岩石、水样、植物标本等）归来时，氧气瓶却都原封未动。“我们要走很远很远的路！”是呀，路还远着呢！

从 3 号营地搬迁去 4 号营地西金乌兰湖畔，要经过明镜湖。

明镜湖在整整 3 天白雪的“洗礼”后，显得格外的透明晶亮；纯洁无瑕的明镜湖，真好比眼前这一群人的心。

小霍驾驶的那辆小车，开始摇晃起来，他放慢速度，伸出手去，示意让老柯师傅的小车开到前面去。

夕阳如血，西金乌兰湖（蒙语：纯红色的湖）真的是红色的了。湖畔热火朝天的“口腔运动”在劳动中开始。冠军何大生一边钉帐篷绳，一边对李树德（中科院兰州冰川冻土研究所副研究员）说：“李研究呀，听说你有一位千金闺女，长得十分水灵，来，来，来，今天好好相相这个徒弟，研究研究我这个陈铁军，这是年纪最轻、技术最高，第一个闯进‘无人区’的青年冠军驾驶员。”

这一番话，说得一旁的小陈脖子根也红了，引起大家一阵哄笑。

“让我的丫头嫁给陈铁军？”李研究煞有介事地考虑了一阵，“三联冠以后，可以考虑。”

大家笑得更开心了。

何大生又瞅准了一个“目标”进攻——李炳元为什么这时闷声不响？——严重高山反应！

“李队长呀，有桩事情要跟你商量。”何的脸绷得很紧。

李炳元放下行李，睁大眼睛，细细听着。

“弟兄们跟你老大进得山来，出生入死，赴汤蹈火，算得上仗义了吧。今天有桩小事，央求队长包涵。”说着竟动起手来，“来呀，同志们！把李队长的高级鸭绒服给扒下来，还有他那双防水防雪的皮毡靴！霍云，霍云，这双靴子你穿最合适！霍云……”

李炳元同志，这位获得“竺可桢野外科学工作奖”的高级知识分子，是考察队里唯一从首都中科院来的，他这身装备听说同“南极考察队”的一样，大家非常羡慕。在可可西里，在地球第三极探险，这样的“羡慕”，纯粹是人的最低的生存欲的表露。这一群淳朴红火的人呵——现在发出的击败“高山反应”的笑声，难免带着一丝苦涩的意味。

霍云在驾驶室里。当汽车刹住了疲困不堪的车轮，到达目的地的最后一秒钟，霍云扑在方向盘上，再也动弹不了了，他在发高烧，已经处于半昏迷状态。随车的张总，给他盖了件大衣说：“这里暖和些，等我们搭好帐篷,再下车。”

刘品发早已赶到,队员们蜂拥奔来……

小刘紧张地给小霍打针,还递去了氧气瓶;大家站立在车侧,围成“人墙”挡住从半开的车门里刮进的透心冷风。

霍云几乎是被何大生背着送进帐篷,那里已燃起了汽油炉,铺好充气的橡皮垫床,他被安置在这张“病床”后,挣扎着假装没事坐起,睁开眼睛——

李队长一张灰黄色的脸……

张总的腰,为什么弯成这个模样呀?……

老丁头的脸胖鼓鼓的,他浮肿了……

一个个战友焦急的同情的目光,使得霍云的情绪极度不安起来。当老丁头捧来一碗滚烫的粥汤,送到他的手里时,霍云的热泪扑簌簌地掉落了下来……

丁学芝守在霍云身边,看着他把粥喝下了肚:“躺下,闭上眼睛,千万不要胡思乱想……”

“丁头,我舒服多了,真的,不骗你们。”霍云像一个十分听话的小孩一样,立即躺了下去,紧紧闭上了双眼,他“熟睡”了,只有这样才能关住丁头已经打开的话匣子。霍云凭猜测,三个领导已经碰过头,他最担心的就是……

今夜月色皎洁。也是这样一个月夜,在队伍开进可可西里的当天晚上。丁学芝代表组织在和汽车司机王金文谈话:

王金文真是恨透了自己,在西大滩时就患上了感冒咳嗽,吃药打针吸氧气,非但没有丝毫好转,反而加剧了。刚到第一站,脚跟还没有站稳,老丁头就无情地对他下了“驱逐令”。

老丁跟王金文足足做了半个小时的思想工作,还是没有通。最后的几句话,霍云听得格外的清楚:

“好同志哩,这哪能说是当逃兵呢?刘大夫已经说过了,你的病再发展下去就很危险了,肺水肿你听说过它的厉害吗?不是吓唬人,没救的，病人去得风快。……好师傅呀，组织上要对你负责的。再说，你也要替这支队伍想想，再往前走连退路都没有了……好了，今晚一定不能胡思乱想，好好休息，明天一大早柯尊贤和霍云师傅送你出山。”

那回来路上的情境，现在霍云仍历历在目：王金文咳嗽不止，却几次要求汽车再调头开，问他什么不舒服，老王总是说：“好多了。”霍云在一旁看着王师傅由于达不到回头归队的请求，那种异常难受的神色，心里像塞进了一团乱麻，真说不出是什么滋味。送到青藏公路五道梁口，拦了一辆车。送王上车的时候，金文还苦苦哀求，希望他俩在五道梁能等两天，他到格尔木检查身体后，仍返可可西里！堂堂男子汉竟伤心地哭了。

真是做梦也不会想到呀——这样一幕命运的恶作剧，今天竟落到自己头上了。他不怕死这是真的，但即使死了也对不起这个集体呀！现在唯一的出路是(霍云告诫自己)：切忌情绪激动，切勿胡思乱想，绝对地休息，让体内顽强的生命力去驱散病魔。

小刘给每位同志都发了药，有的给打了针，告诉大家今晚都吸点氧气(柯、何还有李树德，自称是牦牛，坚决不要氧气瓶)。

大帐篷挤得再也不能放进一席气垫床了。大家都不约而同地自动搬床，要陪伴重病的霍云同志。

小帐篷里，微弱的蜡光下，三位领导在商量有关考察队“生死存亡”的头等大事。医生已经给领导下了最后一张“病危通知书”，霍云病情比当时王金文只重不轻，高烧40度，脉搏150跳，随时有可能发生意外。

明晨立即送霍云同志出山，可以保住小霍的性命！那么这支队伍缺了一个“动力”(4辆车，只有3位司机)，整体就不能动弹！要撤也只能整体撤走！

整体撤退并不等于我们的失败！(谁也不会认为是失败，我们已经战果累累！)但是——这将影响明年“可可西里综合科学考察队”60人大队伍考察计划的实施……

万一霍云同志出了意外……那将是什么局面?

……

张以弗恳求并鼓励医生,望他拿出百分之百的精湛医术,加倍的胆识,用上最好的药物,确保今晚小霍转危为安。刘品发沉重地点了点头说:“打两针先锋霉素,试试看。”

李炳元和丁学芝都表示同意,一切等待明天霍云的病情再定。

李队长当夜却拟了这样一份电报腹稿:

“17日安抵4号营地,由于恶劣气候,海拔很高,经常转移营地,对队员消耗体力很大,致使病号接连不断,但都仍在坚持工作。计划20日挺进5号营地。”

大帐篷里静悄悄。同志们此起彼伏喘气的鼻息声,温暖着霍云的心,给了他力量和安全感;喘气声也成了他最好的催眠曲。

晨曦,小刘给霍云量好体温、听完心肺,急匆匆去报告李队长:“霍云的高烧已经退了!”李炳元说了个“好”字,将一纸电文交给小刘:“请把这个交给小胡,让他按时发报!”

(五) 巍巍雪峰,请为我们作证

下面这段20年前的地质队员的故事,是由于张以弗他们按照手中那张图指示的地方取回的一块辉长岩标本而引起的。

这块辉长岩标本,经同位素测定,年代在4.47亿年左右,这将可能是研究“特提斯”的又一个“未知数”。

1969年5月,施希德(现任青海省地质研究所副总工程师)西进可可西里,是没有什么图的。骑马赶牦牛,全凭手中三件宝:罗盘、放大镜和地质锤。

他们沿着沱沱河,看着太阳向西走,到达祖尔肯乌拉山北坡,开始向正北的可可西里冲刺!这里是一片银色世界,一把炒面一捧雪过大山,连翻了几座雪山,迷了路……

在什么地方(经纬度坐标位置)作为工作起点呢?他们彻夜守在海拔 5 000 米的山头上,天天几乎都有 8 级以上的大风,眼睛眯成一条细缝看星星,痛得像针扎一样;手指冻僵弯曲不过来,只好握成拳头记录、划符号。这样整整 7 个夜晚不睡觉,才正确告诉自己在地球的什么方位上,开始做着探索未来的创举。

施希德迎着朝阳来到一个湖泊,给那个湖取了个名叫"红湖",以表达颗颗红心为祖国作贡献的宏伟壮志,就在这红湖不太远的地方,发现了一条几公里长的辉长岩带!

考察队按照预定的路线,由东向西——转北——再由西向东,走一个马蹄形。现在,正在从西北转东的转折点上前进。

青藏公路

山峦重重,白雪皑皑。按照图上标志,必须绕道 40 多公里方能折向正东(是否能顺利通过另作别论)。要拖延整整一天的时间,这非同小可。因为,在他们头顶上又出现了那可怕的灰白色厚云,十分可能,一场大雪会飘落在前面的征途上。

时间就是生命！生命之光告诫他们必须争分夺秒！抛开老图，闯出一条新路来！3 位带头人反复用望远镜向北东瞭望，决定从一座无名山崖中一条缝隙中间穿插过去！

霍云抢先领了这个“尖刀”任务，张以茀晃了一下手枪，跃上汽车：“同志们，闯过山崖，我就鸣枪两响！你们再过来。”

小车从 45 度的下坡飞速滑下，又昂首直奔山崖缺口……

“砰！砰！”两声枪响。

车队全体穿过峡谷，抵达库水浣旁，高高的雪峰就在他们眼前了。再极目东望布喀达板冰峰，大片灰白色云层竟躲藏在它的脚下，原来这云层是一群水汽蒸腾的温泉，面积足有 1 000 平方米，温度超过当地的沸点。闯新路获得的科学上的新发现，使大家欢呼雀跃起来！

从此，考察队进军方向将是正东，迎着朝阳，他们要通过“黄金之路”，胜利返航啦！

(六) 牦牛的力量

走上“黄金之路”，就仿佛进入了神幻般的梦境之中。可可西里有数不清的大小湖泊，天空中千姿百态、色彩缤纷的云朵，倒映在明镜碧波之中，每一朵云，就是一个梦。

牧人把“可可西里”的“可可”误念成“可铿”(Kokeng)，蒙语“少女”的意思，于是，仙女下凡的神话油然而生：美丽的仙女喜爱沐浴，沐浴后当然要梳妆打扮一番，有一块淘金者称之为“红金台”的小山丘，地貌酷似“梳妆台”，在那儿发现了砂金，乃云：那些黄金片片，就是仙女梳妆时，忘簪到发髻上去的“金饰银钗”；仙女朝淋暮浴，琼液仙池旁边，无疑同样会有“金饰银钗”遗留。妙哉，在那些湖泊支流的山谷间，竟也找到了闪光的金子。西部“淘金热”就是在这样似痴如梦的幻觉中，形成了潮水般的巨流。

美丽的梦幻被彻底打破，凶恶的死神挡住了前进的航道！考察队的汽车在起伏山丘和一望无际的泥雪泛浆地里挣扎，像大海中几叶失去动力的小舟，随着浪涛颠簸。

这里不是“无风三尺浪”，而是“无浪七级风”！

两部小车先后陷入泥浆之中，动弹不得；何大生“解放 30”奋力拖拉，由于用力过猛，方向盘竟打肿了他一只手腕；小陈全神贯注，“通”的一声，也免不了掉进了冰坑，当他奋力冲上安全地带，发现后车轮上的钢板已经断裂。

65 米长、100 多斤重的钢丝绳，几十次地来回拉挂，在这个大气中缺氧 50%、“动一动也要喘几喘”的地方，拼死跑拉，人人汗如豆粒，面色变土。就这样你拖我拉，相互“搀扶”着滚爬了半个晌午，才只前进了几公里路程，现在倒好，陈铁军那辆“解放 30”彻底“熄火”了。

小陈咬了咬牙，对准那足有 1 米 3 高的轮胎，飞去一大脚，一屁股栽在雪地里破口大骂。何师傅奔来，一下倒地爬伏到车下，钻出车来半晌才冲着小陈说了半句话：“我好徒弟咧……”

眼前的这辆已安全行驶十几万公里的“解放 30”车，跟随何大生在青藏高原横冲直撞，无往而不胜。何大生用这辆车手把手地教会了小陈开车，然后交给了这个技术出众的称心徒弟。他把这车(包括自己现在的那辆)叫“牦牛”，唉，现在牛的一条腿竟断了一根筋骨！这不是要人的命吗?!

严酷的事实告诉他们，考察已经到了生死危急的严重关头——

刘大夫此时想到的是：车上载的已经不是一般的普通人，而是在死亡线上挣扎的“危重病号”(或许还包括他自己)，由于高山反应，大家都吃不下东西，体内热量严重不足(一天来每人仅吃了几颗巧克力)，体力衰竭，随时面临着死亡的威胁。困在这泥雪地里，哪怕是一分钟，也是十分危险的呀！

胡琳的脑海里掠过一阵闪念，不是上级曾告诉过队长，省长已和“兰空”打过招呼，万一紧急，就呼喊“SOS”。现在该是时候了？国家科委副主任蒋民宽同志，就《可可西里考察具体方案》曾亲切地说过这样一番话：

“这个考察是有点探险的，所以一定要一步步进，有困难了进不了就退出来，要在不出事的基础上考察，你们都想去，是英雄，牺牲不怕……我要求你们多少人进去多少人出来！青海的同志回去跟省长和殷主任说一下，省上出面和当地部队、兰空联系一下，请协助救援的事，如你们联系中要我出点力也可以。”

天色开始渐渐昏暗，黑夜快要来临了。十双眼睛相互在紧张地对话。他们将选择什么样的道路呢？

柯尊贤、霍云开始默默地和何大生、陈铁军合拢，他们在对“病牛”进行紧张的会诊。这一行动使得丁学芝眼睛闪亮，他迅速爬上汽车拖下一块松木硬板（出发时早给准备的），大家气喘吁吁地给师傅们扛来了。钢锯剖开木板，以木代钢再用铁丝牢固地绑扎在折断了的“牛筋骨”上。

手术是十分成功的！铁牦牛又倔犟地站立起来了！

李炳元同志铺开地图，颤抖的手指点着：这儿离公路还有 180 公里，趁夜间气温降低，雪泥地会变得硬实一些，但愿我们能踏坚冰冲出可可西里！

仍是一片泛浆泥雪地！180 多公里的路呵，陷车 40 余次，连续滚爬了 33 小时！

牦牛是世界屋脊上真正的强者。亲爱的读者，你见过牦牛吗？

在一份《1989 年可可西里地区初步考察情况及对 1990 年考察大体安排的报告》第一页上方写着国务委员、国家科委主任宋健同志批示：

绪鄂并邓楠同志：请转达我们对科学考察队同志们的衷心感谢和慰问，看来可可西里的学问很大，各种资源不少，引人入胜，建议尽早准备明年考察计划。在物资和交通工具方面尽力给以保障。

请酌。宋健七月十一日

20 世纪 90 年代第一春到来了。

新华社向全世界发布了这样的消息：

“新华社北京 1 月 13 日电（记者戴纪明）记者近日从国家科委获悉，从今年开始，国家将组织对可可西里进行大规模的全面的科学考察。目前，国家可可西里综合科学考察队已组建完毕，投入紧张的考察准备，将于 5 月中旬进入海拔 5 000 米的可可西里‘无人区’考察。……这是我国首次对这片‘神秘国土’大规模的国家资源全面调查，也是我国从 1973 年以来连续 16 年的青藏高原综合性、多学科考察的继续，是中华民族科学考察史上的又一壮举。”

可可西里曙光的到来，虽然比祖国北京要推迟约摸两个小时，但同样是耀眼夺目的。

谁说可可西里是“死亡地带”？可可西里，蒙语是：青色透亮的山丘。青色意味着希望，充满希望的晶莹宝地呵，又有谁不迷恋向往呢！

可可西里小精灵——藏羚羊

在跳蚤世界

——一个现代才子的苦斗纪实

我播下的是龙种，而收获的却是跳蚤。

——这是海涅对自己的模仿者说的

而他播下的是辛劳，收获的真是跳蚤。他是真正的“龙种”。

——这是我将要对读者说的

（一）打熊和追狼的故事

20世纪60年代，唐古拉山区。

天空飘着鹅毛大雪，两匹棕色大马在雪烟里飞驰，直奔二道沟兵站而来。进得帐篷，这两位去藏民居住点出诊的医生喘了大半晌，才惊慌地说出了两个字：“熊！……熊！”

熊——青海牧区高山上有一种叫哈（瞎）熊的凶猛动物，全身乌黑，头部稠密的毛遮住了半个脑袋，仿佛没长眼睛，闪射着一种可怕的光，无时不在寻觅“猎物”，你别误认为它的体重几百斤该多么笨重，而熊有时竟和跑鹿比试高低哩。

“……在哪里？你们在哪里碰上瞎熊了？”正在一旁整理动物标本的青年人急切地问。那小伙子矮矮的个子，胖墩墩的身体，黑红色的面庞上有一对小眼睛，由于那顶狐皮帽子戴得齐了眉毛，长长的毛锋遮住了他半个脸，小眼睛就变成短短的两道缝了。现在，他听到有熊，一个念头在心里闪了一下，眼睛也突然亮晶晶的闪出了光彩。

“朝西……大约四公里的山头上。”

这个机会是不能轻易放过的呀！青年人马上拉着兵站的几个同志，背上半自动枪，走出帐篷门，跳上马背向西驰去。

那只哈熊站在山头上东张西望。见到骑马的人群追来，又迅跑到另一个山头，看样子是准备搏斗一番了。

这儿海拔5 300多米，大气严重缺氧，急剧的奔跑(哪怕是在马上)会使呼吸困难，头痛加剧。这些他们全不顾了。当地的藏族老乡见到哈熊，最好的办法只有往山下迅跑躲避(因为哈熊下山，速度较慢)，即使高明的猎人，也不敢轻易放枪，如一枪不能毙命，哈熊带伤也会朝响枪的地方冲来，那么，十之八九，人就难免被它伤害。想到这里，同行者有些犹豫了。勇敢的年轻人此时已经勒马迂回到另一侧山坡，大声喊道：“准备——一齐打！”几梭子弹同时向目标射去，一声震天吼叫，哈熊被他们打倒了。他们快马赶到现场，这偌大的家伙已经断了气。

“好。剖开肚子，那个最宝贵的熊胆，就归你。”大家都这么说。

“熊胆我不要。”他摆了摆手。

“那么，四只熊掌你拿走吧。”

“熊掌我也不要。”他连连摇头，指了指浑身黑毛的熊的躯体。

“你要熊皮吗?”

“不要，不要。整个熊你们全拿走好了。我只想在熊身上捉一些跳蚤”。说着，青年人已从口袋里拿出一个小玻璃瓶和一把小镊子，蹲下身去，聚精会神地在熊的身上捉起跳蚤来。

20世纪70年代，祁连山区丛林中。

这里豺狼出没无常。7年前，青年人勇敢机智地打熊，为的是好在雪线以上的高寒地区，一种少见的寄主(熊)身上，抓跳蚤作昆虫研究，那么，现在他渴望着在这个特定的地区，能弄几只豺和狼，看看它们身上的跳蚤，究竟是啥样子。

他听说有一位老乡，对打豺特别有经验，就跑了几十里路去“访贤求师”，而且再三恳求，务请烦劳以后打到了豺，捉些跳蚤留下，待他去取。事情也竟这么巧，在他回宿营地时，途中他真遇上了狼。

啊，狼！真是好运气，一、二、三、四……九只狼。四周山林寂静无声，只有他一个人，九比一是要吃亏的，九条狼吃你一个人，恐怕还嫌不够呢。青年人全不在意，他有一套“理论”：狼要吃人是共性，但在祁连这个地区，牛羊成群，野兔野鸡比比皆是，所以，狼的肚子里经常塞得饱饱的，它又何必要伤人呢，这是祁连狼的个性。他端着小口径步枪，匍匐着前进，近些，再近些……瞧，狼真的怕人，9 只狼飞也似地溜了。

狼群早已不在小口径步枪的射程之内，青年人一下从地上跃起，拼命追赶，一口气跑了 3 里地，没能追上它们。他气喘吁吁地靠在一棵树旁，懊丧不已……

如今，20 世纪 80 年代了。

亲爱的读者看到这里，一定迫不及待地要问，这个打熊追狼捉跳蚤的人，究竟是谁呀？先请烦劳去找一找 1983 年 9 月 8 日的《健康报》。这家报纸那天头版头条刊登着这样的新闻：

青海省地方病防治研究所防疫技师吴文贞扎根青海高原 20 多年，在从事高原蚤类研究中取得重大突破，为国家作出贡献，从一名普通的防疫员，成长为蚤类研究专家。

…………

本文的主人公就是吴文贞同志——一个普通的劳动者，一个在中等专科学校读了两年书的“知识分子”，一个中国研究蚤类的土专家，一个中国共产党正式党员，一个当今我们这个伟大的时代的勇士！

（二）在高高的白杨树上

吴文贞出生在河北省定县西汶村一个贫穷的庄户人家。从小是在田头滚大的。由于缺乏足够的营养，个子长得比一般的孩童要矮一截(乳名叫北瓜，大概是长得像北瓜吧)。这小个子比较灵敏，爬起树来全村数他上得最快，也爬得最高。吴文贞的家庭可算得是一个革命的家庭。父亲、叔叔、哥哥、堂兄都是解放前的地下党员。那时闹革命，经常深夜聚会，区小队、县大队、八路军的干部来他家联系工作，父亲就深更半夜在房上或院外为他们站岗放哨。定县临近解放时，这种活动更加频繁。10 岁的吴文贞，要求代替妈妈搞这项革命的活动。他爬在高高的杨树上，监视着周围有没有国民党狗腿子出现，保护正在家里商量着翻身大事的爸爸、叔叔和那些共产党员们。父亲心疼这个孩子，“北瓜！你千万要小心，不要爬得太高了！”北瓜回答：“爹，不碍事，你不是说，爬得高看得远，爬高了我才能看得清楚。”

解放后，贫苦农民翻了身，吴文贞在西汶村上了小学。1959 年，这个放牛娃初中毕业了。

在青海乌兰县工作的舅舅，来了一封信说，青海搞建设非常需要人。吴文贞就这样被舅舅拉到了青海。来到高原，他上了省卫生学校，在卫校又整整读了两年书。

1961 年正是国家经济困难时期。边远的青海省，生活的艰难就更不用说了。不少人都怕苦返回原籍了。学校告诉吴文贞，地方病防治研究所要挑几个能吃苦的，下牧区搞防疫工作。吴文贞满口答应，保证吃苦。这样他就踏上了这个跟跳蚤打交道的艰苦岗位。一干就是 20 多年。吴文贞在蚤类学研究这棵大树上，顽强不息地一步一步登高，年年“更上一层楼”，他极目放眼人类以外的另一个跳蚤的世界。

(三) 2 800 只旱獭及其他

吴文贞在参加工作的头一年，就被评为单位的甲等先进工作者。第二年，出席了省直属机关社会主义建设先进集体和个人积极分子代表大会，以后多次出席省卫生厅先进工作者会议、卫生部召开的科技人员代表会议，被评为“五好青年”和先进标兵。1978 年省科技大会上，他获得了科技成果奖及先进个人奖，1983 年他还出席了全国少数民族地区先进科技人员的会议。

在我们中华人民共和国，大凡能吃苦的人，总要受到人们的尊敬。而这些“吃苦”的人，他们在为人民服务的时候，根本不以为自己是在吃苦。

吴文贞的工作既简单又复杂。他的任务是在荒滩草山上捕捉、杀灭旱獭，在它们的毛皮上捉跳蚤，把跳蚤送交有关组织作分类研究。

每天清晨，他拿了一把小铁锹和一些铁丝拧成的圈套，或者一包灭獭的药，走上几十里路，太阳落山的时候，背了装满被杀死的旱獭的口袋回宿营地。晚间，在油灯下面拣跳蚤。吴文贞此时的追求，只是一个“多”字，这一下事情就复杂难办了。

要多捕就得多下圈套，多下圈套就得勤检查多跑路，多跑路跑远路那就深更半夜也回不了宿营地，不能及时回宿营地就在野外啃冷馒头……

你天天捕，多多捕，狡猾的旱獭变得更加狡猾了。用嘴把扣子拱掉，见人后不入居住洞，钻进临时洞，不上你的圈套。对付这些旱獭，吴文贞想了个办法，先勘察临时洞，在那儿下圈套，接着将自己隐蔽起来，一群旱獭出洞吃草，突然连奔带喊赶去，旱獭惊慌窜向临时洞，就被那里的扣子套住了。在吴文贞战斗的阵地上，经常可以听到这种极高的叫喊声，那就是旱獭就擒的前奏曲。这种“高喊”需要有突如其来的暴发力，一天无数次，真是苦煞了声带！

坐等套扣旱獭，毕竟是太被动了。吴文贞开始主动出击，挖鼠洞捕捉老鼠。鼠洞纵横交错，异常复杂，他就凭手里那一把小小铁锹，揭示“地下隧道”的秘密。有的“隧道”长达几里路，在挖到了“朝天洞”时，再深入洞底，就可以掏到鼠巢，鼠巢里的跳蚤特别多。

有人给这位“保证吃苦”的先进分子作了一次粗略的统计：他在这个所工作的头 3 年多时间里，捕捉杀灭旱獭大约在 2 800 只以上。这些獭尸和附着在它们上面蠕动着的跳蚤，都是靠贴着吴文贞脖子后面的肩背，一袋一袋背回来的。尽管人的鼻子长在脑袋前面，却是“全方位自动采样”。挨得太近了，呕心呀！獭尸发出的那种难闻的腥臭味近在咫尺。……那些跳蚤，放到显微镜下一看，张牙舞爪，实在怕人，再放在高倍电子显微镜下，奇形怪状，五颜六色难以计数的细菌。……吴文贞脑袋后面当然没有长眼睛，但心里实实在在是有数的。

听说，过去有一个研究细菌的人，到美国深造了 5 年，回国后，竟得了一种不治之症，他睁眼看到的是细菌，闭目感觉到的也是细菌，整个世界统统是细菌的天下，他被可怕的细菌包围了，惶惶不能终日，乃至神经错乱而死。

“无私才能无畏。”对吴文贞这个无所畏惧的人，有人或许会提出这样的非议：他的无畏是由于他的无知(或者，知之甚少)。他不是一个还带着农村泥土味的“乡巴佬”吗？他只读了两年中专呀！

吴文贞告诉我们——

“蚤类是传播鼠疫的重要媒介昆虫，1910—1911 年间，我国的一次肺鼠疫大流行，波及全东北铁路沿线各地及华北的北京、天津、济南，死亡近 6 万人。此次流行先发生在俄国贝加尔一带旱獭中，当时由猎人感染，有两名中国工人回国，在满洲里吐血死亡，因此肺鼠疫由满洲里传至齐齐哈尔，流传 7 个多月。……可见，研究蚤类对造福人类的意义是何等重大。”

“1945 年，日本军国主义于黑龙江省的哈尔滨市郊，在其投降前夕，破坏了他们所建立的细菌工厂而引起该地区的鼠疫流行。还有，1952 年初，美帝国主义用带有鼠疫菌的啮齿动物，投掷在我国黑龙江甘南县，企图造成鼠疫的流行，幸而被当地居民及时发现，进行了处理，才未流行。……因此，调查清楚蚤类区系的组成，也具有备战意义。”

…………

应该说，吴文贞对蚤类确实知之甚多。他十分谨慎，百倍警惕地从事着这项人们望而生畏的工作。在千百次捕獭活动中，虽然穿着工作服，防蚤袜，高筒橡皮靴，在往回背旱獭时，经常有跳蚤爬到颈部来，身上被咬得异常难受，他常常离人远远的，光着膀子捉跳蚤，把那个别“逃亡者”小心翼翼捉住，用酒精泡上，做成透明标本，存档归案，以待研究。

（四）两个馒头和一块钱

吴文贞对蚤类作采集方法、标本制作和分类学的研究，是1965年在海晏下乡，与一位同志发生“争吵”开始的：

那一天，吴文贞和往常一样从野外拣来了许多自毙旱獭，在帐篷里拣完了跳蚤（这一次数量是够多的了），高高兴兴交给检验人员化验。不料，那位同志见了这么多的东西，面孔一板，大发起脾气来：“你们动物科都是吃干饭的吗？跳蚤不给我们鉴定，我们怎么化验？……”这又不干吴文贞的事，莫名其妙。这天晚上，吴文贞没有睡好觉，他想，假如自己能鉴定跳蚤该多好呀。从这以后，吴文贞在捉跳蚤的同时，就又多长了一个心眼。

下乡回来，他一进动物科的办公室就瞅准了一本叫《中国蚤类鉴定》的书（只要弄到这本书，自己就可以对比着学鉴定了），不巧，这本书有位专搞鉴定的同志正在用。第二天，他决定开口去借，可是，走到办公室门外却踌躇了起来。心想：组织上又没有让自己去干这项工作，人家会借给你吗？这当然不是理由。你这个“乡巴佬”配学这门学问？连中国文字都学不太通，能认识这些外文吗？你就安分守己地多抓几只旱獭得了吧！是不是自卑这条绳索捆住了吴文贞进取的双脚，还是这个青年人内心存在着小生产者爱面子的思想，怕学不成被人笑话？不过最终，吴文贞真的就没有跨进这办公室的门槛。

人们发现这一阵吴文贞有点变化。他每到食堂吃饭，总是只买两个馒头。起先，大家都以为这位“乡巴佬”大概在野外牛羊肉吃多了，油水太足胃口不好，后来，发现满不是这回事。久而久之，大家竟叫吴文贞为“财迷”了。

有一次，吴文贞到省上开会，中午吃在宾馆，他却不买饭票。每到开饭的时候，就故意不到散发着肉香气味的大餐厅，溜到房间里，泡一杯加盐的茯茶，狼吞虎咽地吃起馒头来（这些都是预先在家里准备好的），这样就可以净得伙食补贴费一元钱！

应该叫“才（作知识解）迷”较为合适，吴文贞渴求知识，真是到了疯迷的程度。每逢星期天，人们坐上班车进城游逛，他就钻进青海省图书馆里。好几次，他到高原生物研究所看书抄书，中午下班人家要休息，他央求把他反锁在阅览室里，一边啃馒头一边“啃”书。有一回晚上，已经上床睡觉，突然想起那篇尼泊尔蚤类的文章，连衣服都忘了披（只穿了一件背心），坐在被窝里，看到天亮，爱人醒来竟把他吓了一跳。

吴文贞想把前人的发现和经验统统记在脑子里或抄录在本子上，显然是不行的。他写信求助于诸位研究蚤类的专家。他去信请教北京军事医学科学院柳支英教授，柳教授给他寄来了自己发表过的跳蚤论文单行本。接着，他干脆老着脸皮去信向贵阳医学院李贵真教授要资料，李教授也给他寄来了大量的蚤类文章。于是，他又向全国各地的同行去信……

当然，吴文贞也必须自己买书，买各种与跳蚤有关的书，他还必须自己订阅杂志，订阅各种与跳蚤有关的杂志。在宾馆省下的 1 元钱，不是可以发 12 封信还能剩 4 分钱吗？

1977 年以前，吴文贞同志的工资是每月 48 元 5 角 6 分（青海省工资类别是十一类，生活程度较高），他还要养家糊口。所内好多同志，看着这个原先胖墩墩的小伙子现在有点像“小老头”了，都感叹地说：

“文贞呀，你这又何苦呢？……”

（五）“收藏家”的自豪

搞蚤类的研究工作，同其他的科学门类联系甚广，除医学外，还要懂一些动物学、植物学以及地理学等。譬如，跳蚤寄生的种类与各类动物有直接关系，你就得了解啮齿动物、食肉目动物、食虫目动物、有蹄类动物、翼手目动物，还有各种各样的飞禽鸟类和其他一些毛皮动物。吴文贞为了搜集青海的蚤类，抄录了青海省全部啮齿动物的名录、青藏地区兽类名录、青海省鸟类区系名录、玉树地区鸟类名录。为了采录集麝和蝙蝠的寄生蚤，专门抄了我国麝的分类分布以及青海蝙蝠的分布及检查表，这样就可以进行有目的地采集。

光了解熟悉本省的蚤类是不够的，还要掌握邻近省的蚤类，和全国乃至世界的蚤类。苏联、尼泊尔、印度等国的蚤类，有许多是和我国相同的，特别是尼泊尔，这个国家的蚤类和我国西藏、青海相近。近十几年来，美国、英国、南斯拉夫等国多次派出调查队到尼泊尔及邻近国家采集，发表了许多跳蚤论文，建立了几个跳蚤新属。对蚤种繁多的尼泊尔，吴文贞发生了极大的兴趣。尼泊尔跨东洋界和古北界，处于两界交接处，动物种类多，蚤类就多，这与地理是息息相关的。吴文贞就专门到书店买了一本《尼泊尔地理》悉心研究。

1977 年，吴文贞去久治出差，途经成都换车，逗留数天，他抓紧时间，跑遍了成都市有关单位的图书室。他好不容易在医学院借到一本 1974 年《美国医学昆虫学》杂志，发现上边刊登一篇尼泊尔怪蚤属的文章，这篇文章很长，吴文贞如获珍宝，拿到旅馆整天抄，晚上一抄半夜，房间内灯熄了，就到院内灯下去抄，第二天天不亮早早起来抄，整天抄呀抄，手指麻木不能弯曲，中指磨破，风一吹就裂了大口，还是抄……

这个“收藏家”时时刻刻都在打听着有关跳蚤的信息。他目光四射，耳听八方。在成都短短的几天里，重点抓住了四川省寄生虫病防治研究所图书室，因为那儿有他急缺的一大批“珍品”。这个单位规定，资料一律不外借（你有盖了红大印的介绍信也不顶用），这对吴文贞来说倒也无妨，他抄录誊写的功夫是很好的。于是他就到那儿去“上班”了，有时还死磨着要求加个班，这使得该室的负责同志感动不已。那位同志说:“你不用抄了,回去以后,来个介绍信,给你复制一份,钱又不太多。”吴文贞婉言谢绝:“我还是抄吧,抄一遍脑子里就有印象。至于,钱……”他再也没有作其他任何不必要的解释。

吴文贞埋头在快速抄录和描绘那些奇形怪状的跳蚤图。那位负责同志从内部储藏室里抱来了一大摞书:

“同志,你这个‘跳蚤迷’,看!我给你找来了一套有关跳蚤的书。”

“哦!……是英国博物馆的《蚤目搜集品目录》吧。”吴文贞那双小眼睛眨巴着,对面前的这位热心人差一点涌出了感激的眼泪。

“一至五卷,你一定喜欢。”

“谢谢、谢谢……这个我不需要。”

“你不需要?”

“我家里已经有了这一套书了。”

“这套书你有?”那同志连问了两遍。

在场的同志也都十分惊讶,这个吴文贞怎么会有这一套名贵的书呢?

吴文贞心想:你们能买全这套书还得感谢我呢。

说来话长。1972年初,吴文贞回河北老家探亲,一路上盘算着那积蓄了整整一年除去探亲还余下的30元钱如何花。真也该给家里那口子买一件像样的东西了。结婚已经多年,妻子还没有穿过丈夫给她买的新衣服呢。但是,吴文贞稍一转念,立即变了卦。回到家里和爱人商量,决定去买外文出版社出版的《英国博物馆蚤目搜集品目录》(1～3卷)那3本心爱的书。爱人深知丈夫的心,当然同意。她一面缝补着吴文贞的破衬衣,一面说:“北瓜,我看你自己今年无论如何得添一件衣服了。……扯几尺‘的确凉’怎么样?这布怪结实的。”吴文贞摇了摇头。这样,这3本书他买到了手。

后来,吴文贞又打听到1967年和1971年曾出版过这套书的第四卷、第五卷。他下定决心(哪怕不吃饭)也要弄到手。他给上海外文出版社去信，回信说，目前只印外文期刊，以后也不会影印这方面的书了。吴文贞又写信给西安、北京外文出版社，他们都答复说，印刷太忙，不能影印，表示抱歉。无奈，他又求助于柳支英教授，柳教授回信，给他出了一个妙策——“发动群众”。于是，吴文贞和柳支英合伙，串联全国搞蚤类研究的众多同志，一起向北京外文出版社投函，要求影印这两卷书。北京外文出版社这才答应了影印。

好心的同志呀，你们防研所之所以能配齐这套书，还不是借了我们的光吗？吴文贞没有将这段觅书的经历告诉面前这位双手还捧着五卷书的负责人，他只是在感激之余，微微地笑了一下，这微笑充满了自豪感。

(六)冬去春来

雪花被狂风撒落在青海草原上，冰天雪地，白茫茫的一片。有些地方大雪封了山，交通也堵塞了。防疫工作者在这个时候，一般都从野外搬回省城，等到明年开春，草原泛青，野花吐艳的时候，他们才又迎着黄风出征。年复一年，大家都习以为常了。吴文贞的心里却不然，对此他一直犯着愁。

在吴文贞眼下的“跳蚤世界”的一角，有一部分“空白”必须尽快填补上。他对寄生于有蹄类的蠕形蚤不够了解，总想采集一些作细致的研究。过去几年他从无数的牛、羊、马、驴身上曾多次找过，但都没有采到，他翻开有关蠕形蚤的文章，一一进行分析，把各种蠕形蚤采集发现的日期，列了一张表，这才明白：除寄生于麝的蠕形蚤夏天能采到外，其余都是冬天才能采到的。冬天是蠕形蚤的“春天”！

那一年，他在祁连养鹿场一带工作（原打算在这里工作几年，所以盖了6间土房）。冬天到了，领导决定留两位同志看家。吴文贞真是喜出望外，立即争取，大喊起来：“留守有我一个！”领导同意了。他和另一位同志商量好，请他当“内勤”，自己就出外采集蠕形蚤去了。

冬天是寒冷的，何况是祁连山的冬天。在动物世界里，有很多种动物在这个时候就躲在事先准备好的窝里冬眠，以抵御致命的寒冷。当地的老百姓也一定要把土炕煨得烫烫的才睡觉，没什么急事一般都要等到太阳出山才干活。吴文贞却不同，他必须早早起床，天不亮就赶路，赶在放牧之前，钻到羊圈里（或牛栏、马棚），用手电照明捉跳蚤。手指冻得僵硬不听使唤，全凭着一股信念支持着，一把小镊子轻轻地夹住一只小动物，一个一个放入小瓶子里，十只，百只，千只，乃至上万。最讨厌的莫过于狗了，它们为了保护羊群，见到陌生人，就狂叫乱吠，有时窜上来咬你一口，吴文贞挥动打狗棒……捉跳蚤也像写文章一样，要排除一切干扰，不同的是，你若排除不了这狗的干扰，有时会带来血的恶果。真是“一日之计在于晨”，吴文贞天天如此。他还不满足，到了临近黄昏，月儿弯弯的时分，他又来了，那时，羊儿正好吃饱了草回圈来了。

人们研究各类动物身上的各种跳蚤，一般注意产地和季节等。我们这位土专家，连跳蚤寄生的动物部位也细心在琢磨：绵羊主要附着在臀部和两后足之间，山羊又不同了；马鹿身上的跳蚤，大多数是集中在腹部，等等。

有一天，他听到离住地几十里地有一个牧民捕到了一只大雪豹（这是很难捕猎的），第二天半夜就起床，做了点饭吃，启程了。他心想，能否在这种稀有的动物身上，找到一个跳蚤的新属（全世界的蚤类为便于研究，分成科、属和种。新属，即尚未被人们发现的范围较广的属），或者是一个新种（虽可划归在某个属内，但世人从未见过的新的种类），或者是国内新记录（世界上已被发现的属和种，但在国内是从未有过的），或者是发现某种蚤的新的附着体也成（蚤类一般有它的寄生附着动物，这种动物就是某种蚤的“附着体”）。吴文贞冒着大雪，在黑夜里一步一个雪坑，向前走着……

冬天是漫长的，当你感触到它的漫长，春天的到来就为期不远了。现在，东方已经泛白，黎明即将到来，大地就要生辉了……

(七)钢笔套里的秘密

本文向诸位报道的这位为蚤类学研究作出贡献的人,他为事业奋斗至今已经整整22个年头了,其中,一半岁月是在"史无前例"的动乱时期度过的。这就无可避免地给他的性格增添了某种特有的色彩。其实,这也是我们伟大的祖国、伟大的党哺育的在中华这块土地上成长起来的千千万万英雄儿女所普遍共有的性格。

1967年,吴文贞在野外采蚤是特大的"丰收"。这个"乡巴佬"竟在世界蚤类中增添了4个新种!还采到两种是过去青海从未发现过的。

谁说吴文贞同志不问政治,不关心"文化大革命",那是不符合事实的。他从野外一回到机关,就挤到人群中,睁大眼睛,看那些描着鲜红颜色花边的墙报,看着看着,他的头低了下来,心里"怦怦"地直跳,他发现周围的同志,都用奇异的目光瞧着他,有的竟像怕触电似的,远远地躲着他。

他——是走资派的宠儿、黑标兵,他是"地地道道的修正主义接班人"!跳蚤抓得越多,新种发现得越多,个人"资本"就越大,他成了"资本家"了!他的成绩越大,无疑罪恶就越大了。最使他伤心受屈冤枉的是,大批判栏的文章里写着(用红笔在下面划着一根粗道道)这样一句话:"下乡天天抓跳蚤,上班天天读跳蚤的拉丁名,而不是毛主席著作天天读。"

这个在旧社会苦水里泡大的农村娃,当他智窦初开的时候,就懂得共产党是天下的好人,反动派是坏蛋。毛主席领导穷人搞革命闹翻身。上面说的他"爬树放哨",爬树的本领是由于当时生活穷,从小经常上树摘树叶调杂粮吃而学到的,如今他虽然常常啃两个干馒头充饥(那是他甘心情愿,自己要这样的呀),总比旧社会吃树叶强,何况一下乡,牛羊肉不断,油水是足足的。没有共产党就没有新中国!毛泽东思想是指路明灯!这些话是从他的心里说出来的。"毫不利己,专门利人”、“全心全意为人民服务”、“一不怕苦，二不怕死”这些美好的语言，难道与他这样的抓跳蚤(且通过这些活动，真诚地改造着自己的思想)，追求光辉的真谛，不符合吗?

你说得有理我听，讲得无理就当耳边风就是了。可是在那个年月，这一点是万万办不到的。

“吴文贞，你老老实实把自己这几年收集到的有关跳蚤的资料，全部交出来。”下这道命令的人是代表“组织”的。他语言中用了“自己”这两个字，就认定那些资料是“私货”了。

老实人真的把那些自己花了不知多少心血才换来的资料，交了上去。这些“财物”难道从吴文贞家里搬到那个堆杂物的破仓库后，私有“家产”就变成公有的“国宝”了？唉，“秀才碰上兵”，有理说不清，何况吴文贞是中专二年的“乡巴佬”呢!

在机关里，吴文贞和大家一样白天非常认真地“天天读”。到了黑夜就不同了:那位被批斗的当权派的爱人(她是掌管图书资料的)，悄悄地塞给了吴文贞一把图书资料室大门的钥匙。吴文贞每当夜深，人们已经熟睡的时候，就钻到里面去，(室内没生火，很冷)，裹了一件皮大衣，在“夜夜看”。

诚然，对吴文贞这样一个出身好，脏活累活抢着干，年年超额完成任务，特别是绝无“夺权”野心的人，对他的“思想改造”是时松时紧的。所以，他对全国各地研究跳蚤的同行们的通信来往，仍是有增无减。有一次在野外，当接到一位同志来信，向他索取跳蚤标本时，吴文贞为难了，他想来想去还是去请示当时带队的负责人卢伟，老卢严肃地对他说:“你寄，你把标本寄给那位同志好了。出了问题，我负责! 研究跳蚤，连自己人都封锁，还叫什么社会主义!”吴文贞这才放宽了心。不过，那个时候他怎么也鼓不起勇气来，去向有关领导要求，专程去某地下一次乡，去取那一批豺皮上的跳蚤。

1971 年，吴文贞来到玉树藏族自治州结龙地区。下乡只准杀灭旱獭，不准做昆虫研究工作，所以，连动物昆虫工具箱也无法打开。一次途中，吴文贞仰望晴空，发现悬崖峭壁处筑有一只金腰燕的高巢。他下得马来，在一块石头上拴好马缰绳，只身向山顶爬去，费了好大的劲总算从半空中取到了燕巢，用手绢包好。他往下一看，万丈深渊，顿时头晕目眩，想再爬回山顶，连一点能攀的树根草皮也没有，根本不可能了。这个从小爬高树像走平坡一样的人，此时手脚也不由自主地颤抖了起来……人们或许知道：长江三峡从白帝城下行约两公里名曰风箱峡的绝壁上，放着古人的棺木（悬棺葬），多少文物深藏穴内，至今仍是个谜，因为，这样的地方实非人所能攀及。现在，吴文贞面临却似风箱峡一样的峭壁，他又如何下得崖来？吴文贞将燕巢往怀里一揣，一寸一寸地用手指扣住石壁的缝隙，挪动着身子，他竟绝壁逢生地下来了！当他用鲜血淋淋的手指去拣燕巢里的跳蚤时，不由得欣喜若狂：他认定其中有一只是世界上从未被人发现过的新种！后来经过反复鉴别，确实是新种。他定名为“甲端角叶蚤”。

吴文贞走悬崖爬峭壁已经习以为常了。他急需抓一批红耳鼠兔身上的跳蚤进行分类研究。抬头望去，高兴极了，在石崖的裂缝中正好有一只红耳鼠兔的巢穴。这一次他轻易地把它取了下来。拣蚤的工具没有，连装蚤的小瓶也没有，他急中生智，拔出口袋里的钢笔，将笔套拧下，捉了十几只放在钢笔套里，小心翼翼地拧紧。回到宿营地，把跳蚤保存在75%酒精里，后来做成透明标本，在显微镜下一看，他惊呆了：这肯定又是一个新种！经过多次反复鉴别，无法归并到哪一个属里。啊，一个新属！

当今，在昆虫学蚤类中要发现一个新种是很不容易的，若要发现一个新属，那就更是十分罕见。吴文贞真是幸运啊，他在钢笔套里竟藏了这么个“珍稀”！是的，“珍稀”竟要藏到钢笔套里才能取回来就更“珍稀”了！

吴文贞为了纪念青海——这个祖国十分可爱的地方，把在世界蚤类中新立的新属叫——青海蚤属，新种定名——双窦青海蚤。这是中国蚤类研究人员的骄傲！十成骄傲中夹杂着三成辛酸，那就是200%

的骄傲了!!

(八) 一个“跳蚤世界”

卢伟所长(这位老共产党员现在是这个研究所的第一把手了),陪同我参观存放蚤类标本的资料室。靠墙一排大立柜,里面放着分门别类数百个木盒,木盒内装满了无数的小玻璃片,每一片玻璃上就是一只(或两只)小小的跳蚤标本。成千上万只经过精选的跳蚤!老卢微笑着说:“青海省地方病防治研究所的蚤标本,原来只有 50 余种,现在已增加到 7 科 43 属 140 余种,成为全国蚤标本较全和最多的研究单位之一。这 140 多种中,吴文贞同志就采集了 133 种。真真了不起呀!其中,1 个新属和 19 个新种是他发现的。另外,还有 1 个属和 20 多个种是他创立的国内新记录。卢伟同志感慨不已,突然问我:“关于吴文贞同志学外文的一些情况,你了解采访了没有?”我说:“只抓到了一个事实。”“什么事实?”“两千多种跳蚤拉丁文名字,他都能识别和书写,这已经足够证明问题了。”“……那个时候有人还批评他跳蚤拉丁名天天读哩。”卢所长哈哈大笑了起来。

我急匆匆走进了吴文贞同志的宿舍。这个简陋的家,存放得最多的东西是书。柜子里一大堆,木架上一大摞,床铺底下两大箱。这些全部是关于跳蚤的资料,有的是买来的,有的是“讨”来的,大部分是他一字一字抄录的。这里面还有他自己撰写的《中国蚤类名录》、《青海蚤类名录》、《发展中的我国蚤目》……

吴文贞从枕头底下,拿出了两个鼓囊囊的皮包夹。告诉我:他从 1977 年开始,用了 6 年的时间,为全世界的各种跳蚤立了一份档案。共 15 科,28 亚科,230 属,82 亚属,2 300 余种。档案内记载着蚤名、发现者发现日期,这叫做“跳蚤户口簿”。哪个国家发表一种蚤,属于哪个科,哪个属,就在那个属(科)中填上,起先是报“临时户口”,2—3 年后再转成“正式户口”,如果增加了新属,属哪个科,就把这个属加上。

有时还要吊销户口，因为发表的新种不一定全成立，有的发表了，却不是新发现，或者同种异名，当然就无效了。有的可能过几十年，几百年，几千年……才能发现（蚤本身也在演变），那是我们子孙后代的事了。

讲起跳蚤来，吴文贞是如此地兴致勃勃，他说："我现在正在整理一篇《世界蚤目昆虫进展》的文章，从1958年瑞典的林奈发现两种跳蚤开始，一直整理到1983年……"

还有两段小插曲：

1976年，吴文贞看到一本刚出版的云南流行病研究所编的"资料汇编"，其中一篇文章谈到在德饮县鸟巢采到一种未定种的巨槽蚤，当时该所解宝琦同志把这个种绘了图，照了相，作为新种待发表。吴文贞思考分析，云南德饮县，西藏和尼泊尔北部高山地区，和青海高原都属于古北界，西伯利亚界，动物昆虫大致相同，1959年福建工作队在青海祁连博俄采到一新种，由李贵真和王敦清二同志于1964年发表，命名为扇形巨槽蚤（这个种美国学者刘易斯根据采自尼泊尔的标木，命名为暗褐盖蚤，其实就是青海的扇形巨槽蚤的同种异名），吴文贞从地理上及宿主动物上分析，判断认为解宝琦同志发现的蚤种就是青海这个种，去信告诉解宝琦同志。后经多次核实，果真如此。

1977年，西藏自治区卫生防疫站蓝晓辉同志来信请教吴文贞说：他在当雄县羊八井，从斯氏高山鼠上采集到狭蚤属一个新种。吴文贞同志根据同样的方法分析，认为蓝发现的种就是青海的"喜马拉雅狭蚤"。1978年，吴文贞去北京开会，柳支英教授告诉吴文贞，蓝晓辉同志有篇文稿，描述的"新"种，就是吴所判断的"喜马拉雅狭蚤"。

吴文贞同志的"跳蚤户口簿"，放在面前的桌子上。全世界2 300多种跳蚤在那里安安稳稳地躺着，而在他心里却千姿百态地跃动着。

我走出青海省地方病防治研究所的大门，紧紧地握住了吴文贞的手，无声地然而是异常动情地在心中为他祝愿：

"同志，祝贺你！祝贺你拥有一个'跳蚤世界'！"

播　种　者

青海草原上开放着各种美丽的花，有红色的、黄色的，还有蓝色的。其中一种叫马蹄莲的花，默默无闻地藏在花草丛中，它的颜色是洁白的……

（一）

年近七旬的共产党员程秀山，从青海湖以西地区指导创作回来，还没有掸净帽子上柴达木戈壁的尘沙，那双打着轮胎掌子的布鞋上，仍散发着阿尔顿曲克草原泥土的芳香。今天一大早，没到上班时间，照例没有让小车来接他，他急匆匆地走出了家门……

他走进了一个小院，略一迟疑，就在朝南的那间平房的门上，急促地敲了两下。

“……是老程来了。快进，快请进！”已经退休多年的老画师郑守宽，拉住了他的老上级的手，急忙将他引进了自己的内室。

“身体还好吗？听说你得了肠癌，切除后已经稳定，恢复健康了。”

“是呀，身体倒还可以，不过，老了……老程，说是你已经恢复了工作，看来身体还可以吧？”

“一切都好。就是又犯了‘急性子病’啦！”程秀山那双患有白内障的眼睛，突然瞅住了墙壁上用布蒙着的一样东西。

郑守宽还没有听清老程说了些什么，连忙将布掀起，这是他最近临摹的一幅“五屯”图案绘画。

程秀山高兴极了:“老郑呀,看来你这几年一直没闲着,还在务弄‘五屯’这枝花罗。我是无事不登三宝殿。今朝来就是想让你重新回文联去,请你为抢救五屯艺术再出一把力。”

郑守宽被突如其来的邀请弄懵了,一时没有答话。

程秀山连忙解释:“咱们是商量着办,你考虑考虑,明天听你回话。明天,好吗?”

郑守宽送走了程秀山,他的脑海里浮现起了解放初期程秀山的形象……

老程的肩上挎了一个用旧排球胆做成的包包,里面有瓷缸、竹筷,一本厚厚的笔记本,上面密密麻麻记着毛主席在桥儿沟“鲁艺”讲话的记录——这是他的全部家当。他随着解放大军进驻青海了。

西宁街头,大什字3棵古榆树下,省军管会宣传队正在向穿着藏服,顶着盖头,戴着毡帽……的汉、藏、回、土等各族人民宣传我党我军的政策。程秀山身着粗布军服,满头大汗,举着土喇叭,在高声演讲,他的嗓门也哑了。

“解放区的天,是明朗的天,解放区的人民好喜欢……”一支秧歌队打着腰鼓,扭着秧歌,跑着旱船在群众中演唱。背着沉重的大鼓,走在最前头的就是程秀山。

破旧的敞篷卡车,艰难地行进在乡间土路上。车轮过处,拖起长长尘龙。1952年冬,程团长带着他那好不容易才组织起来的文工团来到土族聚居的互助县。到达时大家全成了“泥猴”了。程秀山立刻带头搬运道具。爬到高高的幕条上搭布景。演出中,初学的演员唱跑了调,老程走上舞台,鼓励演员重唱,他亲自操起板胡,为他定音伴奏。在从未接触过革命文艺的穷乡僻壤,一个多月的演出,场场挤满了头戴毡帽的土族老乡,欢叫声不绝,像过年一样。

解放初期,西宁还不大安宁。一位皮影艺人,积极靠拢政府,演出新戏。一次演出时,突然一块砖头,从观众中向他飞来。看到这明确无误的警告,艺人有些犹豫,几天没敢上场。程秀山知道后,一面对他耐心教育，说明反动派卷土重来是不可能的，一面鼓励他说："别怕！你演，我在底下看。"隆冬的夜晚，寒气袭人，老程场场必到，艺人精神大振。几天后，他无所畏惧地对老程说："我演出新戏，你不必再看了。"

青海有丰富的文化遗产。程秀山到这里后，他的眼睛一刻也没停地在注视着那些埋于深处的沉珠。

土族只有语言，没有文字，文艺遗产全靠口授心传。1956 年，当了省文联副主席的程秀山积极组织人力，深入土族山村，搜集整理了流传在群众中的长篇叙事诗《拉仁布与吉门索》。他对藏族悠久的文化遗产十分重视，主持发表了《诺桑王子》、《朗萨姑娘》等一系列脍炙人口的古老藏戏故事。著名藏族民间史诗《格萨尔》开始是由于程秀山的积极争取才得以着手搜集和整理。在会上，他为《格萨尔》大喊大叫、唾沫四溅现在仍历历在目。至于，黄南"五屯"艺术……

想到这里，郑守宽决定明天就去上班。

在西宁大佛寺遗址，几棵古老槐树的旁边，有一个堆放画板和各种杂物的旧仓库。程秀山和郑守宽好不容易打开了仓库的门。一群鸽子，惊惶地扑飞了出来。仓库里，两人谁也没有说话，紧张地翻腾起来。程秀山摇动杂物，从上面挪开板子，掉落下来的灰尘扑了满身，头发、眉毛像结了层尘霜。他们又吃力地抬起用布包裹着的一捆东西，借门口透进来的一丝亮光，仔细辨认。郑守宽摇了摇头对老程说："不是，不是这批东西。"

为了这批东西，郑守宽和程秀山已经找遍了省文化局资料室、省群众艺术馆等处闲散房屋的所有旮旯，今天到这里来，是最后一个目标了。

发源在青海省黄南藏族自治州同仁县吴屯等五个自然村的五屯艺术是藏族雕塑绘画艺术的著名流派，作品广泛流传在青海、西藏、内蒙、甘肃、四川以及国外印度、尼泊尔、蒙古等地，早在 15 世纪，这个流派就逐步形成。

1958年，黄南草原上不时传来零星的枪声。程秀山担心珍贵的五屯艺术毁于兵燹，冒着生命危险，亲自到吴屯等自然村察看。远远望去，火光冲天，海螺长号……有人劝他不要去了，他不听。进村一看，原来身怀绝技的艺人们为生活所迫，准备远去他乡作画谋生，他们正在"煨桑"吹螺，祈求吉祥。程秀山感慨万端：金凤凰为什么总要远远飞去，难道这里没有绿色的梧桐？他迫不及待地又去隆务、吴屯等寺院察看。举目环视，只见绚丽的描金画像斑斑剥落，精美的雕刻陈旧残缺。啊，国内外久享盛名的藏族佛画之乡，竟已如此凋零，他不由得阵阵心痛。回到省上，立即组织当时青海仅有的画家郭世清、方之南等，深入五屯进行抢救，临摹了不少作品。

不久，反封建斗争开始。作为佛教著名雕绘的五屯艺术遭到冲击。程秀山冒着挨整的风险，又指派郑守宽等去五屯蹲点保护。当老郑到达吴屯寺时，那里烈焰腾空，大批艺术珍品被当作"封建迷信"的东西焚烧。郑守宽秘密地让几位老艺人，从烈火中"偷"出了《宗喀巴大师像》、《释迦牟尼佛像》等60多件绘画，冒充自己的行李，暗暗运回了西宁。

十年动乱，五屯珍品几乎破坏殆尽，60多幅珍贵画卷，杳无下落，五屯四大画师仅存一人，五屯艺术濒临绝境。1979年2月，程秀山重返文坛后，当时有关民间艺术的事，由另一名副主席分管。一天，老程闯到他的办公室，说："五屯艺术我比较熟悉，由我来抓，这样对工作有利。"老程坦荡的心胸和主动抢工作的精神，使对方感到钦敬，于是欣然同意。老程第三次组织抢救，举办了五屯艺人学习班，成立了五屯艺术研究组，提出省办展览及逐步引导五屯艺术向图案美术方面发展的十年远景设想。

经过翻箱倒柜大半天的寻找，程秀山和郑守宽在垒起来的一堆破旧画板上面，那接近屋檐的地方，发现一只铁环生锈的木箱，打开一看，那批稀有的五屯绘画原件，竟然安然无恙。两人擦了擦脸上的尘土和汗水，兴奋得简直像孩子一样。

1981年冬，在京、沪举行的青海省五屯藏族民间绘画彩塑艺术首次展出，得到了美术界和有关方面的很高评价。著名美术理论家常任侠感慨地说："40年代我见到意大利出版的《西藏艺术》，后来在印度博物馆又见到大量藏族美术作品。当时我感到很惋惜，这些工作应该是我们自己搞的。这次看了展览，使我激动，藏族民间绘塑艺术确实很了不起，它必将在中华民族绘画史上大放异彩。"

"五屯"之花在高原一隅独放，因为有了护花人，眼下却是香飘万里。

（二）

1981年的春天来得早，黄风又呼呼地刮开了。

程秀山顶着风沙，身子向前倾斜，迈着碎步，快速来到了回族聚居的西宁城东区文化馆。

"同志，青年文学讲习班今天开始报名了吧？"老程问道。

"是的。你找谁呀？"

"我在大街上看到你们的布告。我是来报名的。"

"你？你也报名？"接待的同志盯着面前这位老人，不觉一愣。

"我要求参加你们的这个班，当旁听生和辅导员。我叫程秀山。"

接待的人下意识地站了起来，紧紧地握住了当地这位著名作家、中国文联委员的手："程老，我们请还请不及，怎么也想不到你老人家自己找上门来啦！"

程秀山笑呵呵地说："我刚离休，以后时间就多了。"

从此，程秀山风雨无阻，给讲习班义务讲课。

当他听说讲课的地点是出钱租的，心里感到不安，他想，自己的寝室有十几个平方米，可以挤十来个人。于是，青年人三三两两不时到程家求教。老程等于是在家里办起了"私塾"。

老程家的阳台上，引人注目地新添了几盆红艳艳的花，这是他老伴万爱华搞来的。老万有心让老程侍弄一点花草，颐养天年。但是，程秀山天生就没有这方面的兴趣。现在，只有爱华自己给花浇水了。

这是一个星期天的早晨。老程像往常一样早已起床。他伏在写字台上，揉了揉那双因患白内障而左眼完全失明，右眼仅有零点三视力的眼睛，拿起放大镜，像战士"扫地雷"似地，一寸土一寸土那样在稿纸上搜索着。他在精心修改藏族青年作者多杰才旦的几十万字小说的初稿。3个小时很快过去了。忽然，老程想起，多杰才旦已从中国作协办的学习班回来，可能要来，他放下了手中那个"扫雷器"。

"爱华，饺子馅准备好了没有？我帮你包饺子。"自从离休以来，老程很少帮着老伴做家务。这一缺点他今天决心改一改。

"你呀……星期天，上班的人也休息，你……"万爱华把肉馅端过来，一面赶紧擀面皮子。

对包饺子，他并不在行，不是这一个馅放少了，就是那一个没包严实，干面粉沾了一身，肉馅挤了个满手。

"算了，算了，真作孽，我知道你的心思不在饺子上。"

"在哪里？"

"在稿子上呗。去吧，去吧，还是我自己来。"

"哈哈，这可是你自己批准的呀。"老程又回到写字台旁，安心踏实地重新看起多杰才旦的稿子来。

一阵敲门声。多杰才旦真的来了。

程秀山连一句寒暄的话也没有，劈头便谈起了他的长篇小说。

程秀山鼓励这位少数民族作者，说他生活基础比较扎实，致命的弱点是技巧差。

"多杰，你的语言有些啰唆。"程秀山指着稿子上已经圈去的好几个可有可无的字，说："这些字可以删去……"

"还有，你的故事进入情节太快，使人感到有些突然。你读过《子夜》吗？你看茅盾总是先有个远镜头，把大的环境交代一下，然后慢慢推进……"他指着自己给小说开头加的那段大约200字的帽帽儿，"这样改写,你看是不是好一些?”多杰才旦看了一遍,兴奋地点了点头。

老程的谈话像高山流水,滔滔不绝……

其间,万爱华给客人泡了一杯茶,后来又给老程端来一碗热气腾腾的牛奶。老程只管谈话,没顾上喝一口;牛奶凉了,爱华过来,想拿去再热一热,老程喝了两口,说:不用热,加一点开水就行。老伴在凉牛奶里掺了一些热水;牛奶仍放着,又凉了。她不耐烦了:“你倒是喝不喝呀?”

长篇小说的前五章,程秀山逐章作了细致修改,有的地方干脆重新结构,重写。他共写了约摸有 7 万字。多杰才旦说:“程老,这部长篇小说如能出版,咱们两人共同署名。”

程秀山摇了摇头。

早在 20 世纪 50 年代初,程秀山和其他同志结伴,买了几匹马,带上面粉和帆布帐篷,从西宁出发,骑马 7 天到同德县体验生活。在部队上当过半年医助的程秀山,在帐篷外挂了一只药箱,牧民们纷纷来看病,他从中了解到许多素材,创作了小说《桑巴久周》。以后,他又多次深入黄南藏族自治州,与同志们一起成功地创作了大型话剧《草原上的风暴》。许多年来,他一直注意藏族生活的积累,想写一部反映藏族人民翻身解放艰难历程的史诗式的长篇小说。可是,整整二十年,他迟迟不能动笔。正好多杰才旦的题材,与他所想的相近,于是,他就把自己的生活积累,全盘托出。他对多杰才旦说:“写出来,写好了,就是社会的财富,我不过施点肥料,小说是你写的,当然必须由你署名。”

谈了整整一天,多杰才旦从程秀山的具体指点与修改中,悟出了一些窍门,满怀信心地要回到海拔 4 000 米的河南蒙古族自治县去深入生活。临别时,老程问他,是否需要一同前往,多杰才旦握着老人干瘪的手,说:“你年纪大了,不方便……”“那好,我不强加于你,有事多多通信联系。”老程依依不舍地送别他。

时值七月,高原的夜晚,宁静舒展。老程没有一点倦意,顺手拿过长篇小说《子夜》,继续认真地阅读起来。放大镜随着他的目光,在字里行间来回移动，他还不时地在书上打着各种记号，边读边做笔记。偶尔停下笔来凝神深思，接着捧起白天同多杰才旦谈过的稿子，抽出几页，匆匆浏览…… 程秀山不由自主地笑了：还给多杰才旦当辅导呢，自己对创作长篇小说缺乏经验，只好七十岁学吹打，现学现卖。

子夜更深，老程房间里那盏电灯，显得分外明亮。粉白的墙壁上映着他的身影。窗外阳台上几盆花儿，在暗夜中散发着幽香。

（三）

从西宁始发的东去的列车。开车的铃声响了。程秀山从车厢的窗口探出头来，他那满布老年斑痣的脸上，勉强地挂起一丝微笑：

“同志们，你们这是怎么啦？我又不是不回青海了。……一到上海，把胸腔里的东西拿掉，很快我就轻装回来了。”

铃声骤停。老程略带沙哑的嗓音又一次叮嘱着：“关于韩秋夫的房子和户口，还是要抓紧跑一跑……”

韩秋夫——青海撒拉族作家，此时没有在送别的行列中。他在离火车站不远的湟水河畔呆立着。

列车“呜呜”地叫了几声，车轮滚动了。韩秋夫无力地靠在一棵高大的白杨树上，望着渐渐远去的列车，眼泪扑簌簌地滚落下来，掉在被12月寒风吹刮下来的枯黄的树叶上。

1980年10月，程秀山因年老主动退居三线，让中年人上。当时韩秋夫还感到有些突然。今天，时间仅仅过去一年，他竟得了重病，要转院去上海治疗……韩秋夫的思绪，回溯起30年间和秀山同志相处的一件件往事来：

火车也是隆隆地东去。

老程指着车窗外一片大好河山，绘声绘色地给第一次到内地去的小韩讲述他们当年进军青海高原的战斗故事。这是50年代中期，他俩一起去北京参加全国文学期刊编辑会议。老程放弃坐软席卧铺，和小韩一起挤在硬席里……

青海解放时，随军从延安徒步来到高原的程秀山，被调到地方从事文联筹建工作。他在报上看到了一篇农村通讯。从小生活在伊玛木河畔的撒拉族文学爱好者韩秋夫，文笔清秀，描写生动，颇有培养前途，老程一下就抓住了他。

老程亲自推着搬运行李的木车，把小韩迎进了省文联的大门，为他安排了办公室，还把当时文联唯一的一张旧沙发，也搬进了他的住处。后来，程秀山又打报告，四处游说，给小韩一次调了两级工资。

韩秋夫记得，《青海湖》这个当地第一个文艺刊物，第一期的诞生，是他同程秀山面对面坐着，给程当助手从早晨一直到第二天黎明，一篇一篇斟酌，一字一字推敲，然后发排付印的。

1957 年，一场风暴席卷青海高原，韩秋夫被错打成了右派。不久，程秀山也被“反右倾风”刮下了文坛。粉碎“四人帮”以后，他们两人的问题得到纠正。刚出狱的韩秋夫，专程去看望自己的老上级和启蒙者。

程秀山睁着昏花的眼睛，踏着像似停不下来的步履，身子成 15 度倾角，绕着面目消瘦的韩秋夫转了半个圈，抓住他的肩膀看了半天，未曾开口，已是泣不成声：

“……同志，你受了这么大的委屈……”

在监狱里关了 23 年的韩秋夫，这次来只是为了向老人告别。程秀山的心思却不然，他直截了当地说：

“韩同志，现在你就立刻投入到创作中来！”

“我……？”情绪消沉，只想随便在那里混一碗饭吃的韩秋夫有点发愣，“程老，我是向文艺告别来的……”

程秀山忽然严肃起来：“少数民族没有自己的作家，等于没有文艺。我在青海不带出一批少数民族作家，就是没有完成党交给的任务。你是一位撒拉族作家，至少也应该好好地带出几个撒拉族文学青年来，让革命文艺在本民族中扎根，这才对得起你自己的民族！”

韩秋夫的心弦重新拨响了。

老韩第一天到省文联去上班，找不到办公的地方，程秀山卷起桌上的公文，自己到会议室去，干脆把办公室让给了他。此后，人们从报刊上又看到了韩秋夫那别具特色的文字。

有一次，老韩拿了创作计划去找程秀山，正好老程在开党组会议，他拉住韩秋夫说："你就在门口等 20 分钟。"不到 20 分钟的时间，老程复出，告诉老韩，创作计划已经讨论通过了："你要写的东西，设想很好，现在的问题，第一是生活，第二还是生活……"韩秋夫十分高兴："那下一步我就准备深入生活了。"程秀山说："还准备什么呀？你明天就可以出发，我让他们帮你买好车票，明天走！"

韩秋夫从生活地区回来的当天，程秀山冒着严寒，晚上徒步去看他。

老程环视着韩秋夫支着一张床的临时住处，许久没有吭声，他对老韩滔滔不绝的有关情况的介绍似乎没有听见一样，"今天不谈创作。听说你找了个对象，是吗？几时办喜事？你也真的该有个家了"。

程秀山于是像家长一样，话题全部集中在打问老韩的对象身上了。韩秋夫重新工作已经多时，但户口总是报不上，结婚首先还得解决房子。老程急得弯着腰，习惯地提了提棉裤腰，在屋子里直打转……

在老程的关怀下，临时借了一间新房。老韩结婚了。

程秀山有个怪癖，他一生不爱喝酒，喜酒也不例外。韩秋夫结婚时，省文联的同志几乎全体参加，老程照例没有去贺喜。但是，谁都知道他是这次简朴而隆重的婚礼的幕后"总指挥"。

沐浴着阵阵春风，韩秋夫无辜流失的青春，好像得到了补偿。

（四）

程秀山经常感冒，当地医院发现他左肺长了肿瘤。党组织十分关怀这位老同志,派了一位同志和万爱华一起,迅速护送他到上海医治。老程暂时被安排住在申江饭店五楼一间双人房间里。

夜深了。一整天跑医院挤公共汽车,疲乏不堪的万爱华,此时躺在床上仍合不上眼,她的耳边反复回旋着今天胸科医院医生对她说的那句话:

"晚了。老程左肺上那个肿瘤已经很大了,起码长了有近一年的时间。"

万爱华想得很多很多……

那是半年以前,组织上对领导干部进行全身保健检查。那天,老程上午去医院只查了一半项目,下午就迫不及待地到部队去作文学辅导,余下的一半就自动免去了,胸部透视没有作。

很久以前,老程就开始咳嗽,老万催他去医院好好查查,回答是:没有时间。找了几片APC,弄了一瓶咳嗽糖浆,就急急忙忙到柴达木去开会了。回西宁的时候,不坐小车,搭了两天公共班车,坐得两腿发肿,咳嗽加剧。

这肺上的毛病,莫非是跟呼吸有联系,青海高原不是缺氧吗?老万真是胡思乱想。唉,那时,曾经不止一次地劝说过他,让他回故乡宜兴,这个老头子就是不同意。缺氧或许跟肺癌无关系,但长年的心情压抑,是得病的重要原因。万爱华断定老程的病是"气"出来的。

程秀山在1959年的反右倾风中被刮下文坛,老伴万爱华痛苦伤心,劝他离开风雪高原,回温暖的江南水乡。程秀山说,革命者四海为家。老万感慨道,物质条件差点不要紧,可眼下你被撤职罢官,这精神的苦海无边呀……老程笑了一下说:"逆水行舟,乐在其中!"

程秀山被调到省农科院干杂务,他决心搞好党交给自己的这件具体工作。他认为干杂务也是给党干,给人民干。他把库房收拾得井井有条。每月初,拎着竹篮子,把墨水、浆糊、纸张、大头针之类,逐室逐人送到办公桌上。

后来,连杂务也不能干了,他被迫回家"休息"。但是,手、腿、整个

身体、大脑全都不听命令。他休息不下来,他不能不为人民工作。他当面拦住邮递员:

“同志,省政府家属院的信件、报纸、刊物,从现在起,每天全交给我,我给各家分送。”

投递每天只有上下午两个班次。义务投递员的工作满足不了他为党工作的热烈愿望,他跑到街道居委会去:

“同志,我会写字,街道上的黑板报稿件给我,写板报我包了。”

板报十天半月一期,他还是感到“吃不饱”。

小学生背着书包,三五成群,下课回家,满院孩子。老程忽然看到了出路,他高兴极了:

“小朋友,你们喜欢听革命故事吗?想听,作完功课到我家去。”

小孩子不懂得“右倾机会主义分子”的厉害,不怕“传染”,吃完晚饭,书包一丢,高高兴兴地来听他讲故事了。

一天,有人告诉他,晚上彩排《通天河上架金桥》。这是准备参加全国少数民族文艺会演的歌舞节目呀!老程一听急了,他担心节目质量,怎么也坐不住了。但是他早已没有资格看演出了,他向舞台后边的看门老人点了点头,摸进会场,藏在幕后边,坐在地板上,偷偷地观看。

回家时,让剧团的熟人来他家,将自己对节目加工修改的意见,详尽告诉了他。

那时,有人说他那些都是“笼络群众”。传到老万耳里,差一点把肺都气炸了,埋怨老程“自找苦吃”。程秀山嗤之以鼻,说:“我笼络群众,难道想在死后多得几个花圈?”他快慰地告诉自己的老伴,共产党员应当如何去生活。

1980年10月,程秀山响应党的号召,主动退居三线后,老万再次提出回故乡宜兴:“在青海苦了一辈子,现在总该去气候宜人的南国休息了。”暮春三月,江南草长,杂花生树,群莺乱飞,故乡那亲切的泥土气息,令他陶醉。落叶归根,谁不想念生养自己的故土?看到离休老人一个个返回原籍，他能不动心？但是，急切需要人去开发、建设的青海，却是块磁石，永远牢牢地吸引着他，牵着他的心。他可以没有江南，但不能没有青海。老程对万爱华说："……现在还不到休息的时候呀，要回宜兴，你走好了。"

…………

万爱华久久不能入睡，听得旁边床上的老程咳嗽了几声："老程，你不舒服吗？"

"爱华，你我睡在这样的高级房子里，一生一世还是头一回。哎，他们说住宿费一天是多少呀？"

唉，他此时在想这个呀！"不是说，两个人一天8元吗？"

"我看不止，他们骗我，一张床8元，两张床16元吧？"

"你瞎想些啥，反正公家有规定，可以报销的。"

"谁说公家不能报销来着？"老程提起嗓门，反问起爱华来。

说起住宿的事，过去很有几回，老万几乎和老程吵起架来。有一次，程秀山下班领了一个陌生人回来，告诉老伴准备铺盖，说这位同志要在家里住一段时间。他是以前被错误处理回乡的干部，这次是为甄别问题而来的。万爱华把老程叫到一边说，落实政策，公家不安排住宿？老程说，当然安排咯，住在我们家里不是可以给国家省几个钱吗？这位同志就这样在他家住了一个多月。

"公家能报销，难道就不掂量掂量了？"程秀山又用反问式的语调批评万爱华。

程秀山一生奉公廉洁，哪怕一件微小的事也是这样。他上下班除有急事，都不坐小车，每逢刮风下雪，却关照派车接送远道体弱的同志上下班。有次，万爱华坐他的车顺道去医院看病，过后他立即主动交付车费；单位有时看戏，给他发两张戏票，让老伴陪同，第二天，他准要交一张钱。1980年正赶上调资，老程20多年未提级，同志们一致提议，给他提升一级，三次提名，都被他从名单上划掉，他说："给我提是'锦上添花'，给低工资的同志提是'雪中送炭'。我是不能要这一级工资的。”

程秀山此时又激动起来，连声咳嗽。万爱华给老程倒了一杯水，深知他的心，“我知道了，你安心睡觉吧。明天一早，我再去问清楚，要是太贵了，我们就换房间。”

第二天一大早，当万爱华再次问明，这个房间两人确实一天共收8元时，老程皱了一下眉头：“8元一天，也不得了呀。80年代的钱，要当60年代生活困难时期那样用。我必须争取马上住进医院去！你到亲戚家去挤一挤。”

年迈重病的程秀山，硬是不肯坐出租小汽车，由万爱华陪着，跌跌撞撞，挤上了公共车，走进了医院的大门。

（五）

1982年1月5日上午6时，在胸科医院的程秀山换上白色衣服，用棉被裹着，由护士抱上推车，推进电梯到二楼手术室去……

打开胸膛，发现左肺上的肿瘤与心脏粘连到一起，谁也想不到一直在生气勃勃工作着的共产党员程秀山，病情竟已如此严重。医生把左肺全部切除，还小心翼翼地割去了少量的包膜。

程秀山转院赴上海治病之前，亲自给党支部预交了3个月的党费。他想他3个月后是要回来的。到上海不久，在来动手术前，他给省文联党支部书记潘波同志写信，向党表示要用革命战争年代战士负伤不下火线的精神，来对待这次大手术。

可是，当手术一动，失血，痛苦，昏睡……呼吸系统既有创伤，又得时刻运行，时刻与撕裂般的剧痛联系在一起……当时程秀山不想活了，真想在昏睡中死去，反倒省心了。

生命的本身充满着辩证法，辩证法给程秀山的生命增添着活力。共产党员程秀山，现在自己举起了另一把锋利的“刀子”在解剖自己的灵魂了。

程秀山突然醒悟，意识到自己不是真正“一不怕苦，二不怕死”的人。他鄙视自己不过也是语言的巨人，行动的矮子。后来，他的认识渐渐清楚了：原来，对不怕痛楚所表示的决心，是有一定极限的，当痛楚超过了能承受的极限时，思想开始走向反面，产生了大反复。他找到了自己思想上形而上学的一个新的劣点。

他思索：一切人与事，革命与反动，优点与缺点，意志与忍耐，都有一个具体的极限，研究并认识了这个极限，才能避免教条主义，做到真正的实事求是。

改造客观世界的同时，改造自己的主观世界。这是多么艰巨复杂而又具体呀！他联系到过去的工作，检查反省自己以往领导文艺工作的得失……

“对有些同志缺点错误的批评，言过其实，超过分寸，难道不也是超越了同志们能够承受批评的极限、引起事与愿违的效果吗?”

“回忆我的一生，前半期，战火纷飞，只是一名无名的战士。后几十年，形势逼我掌握文艺业务知识，才重新向专家学习，现学现用，急赶慢赶，自问学习是努力的。从方针、政策，到文艺理论、文艺创作的各种门类，我从一个只上了两年小学的学徒工，能成长为现在这样一个有一定业务领导能力的党的干部，如果没有党，没有中国革命，那是不能想象的。当然，失误是多的，有的是经验问题，有的是世界观问题，也有自己思想意识上的问题，也有片面性、形而上学的问题。总之，如陈云同志文章所说，仅仅只做对了一小部分工作而已。”

“我过去把问题看得多了一点，有时也可能严重了点，过头了点，都是我常检查自己的。这在实际上，仍是我的唯心观点，说明我也不是真正的马列主义者，而是思想上有许多水分。过去我总想把问题说严重些，做起来给大家留有余地，不影响团结，允许等待。不过，有时不免气愤，心情就不那么平和耐心了。这是我一生中的老毛病，改得太慢了。一生快完结了，还改不好。”

“特别是我 1980 年交班，借口‘离休’，屁股一拍一走了之，给大家留下许多矛盾，我是失职的，自愧的，应该向党检讨。我夹杂有个人意气，缺乏党性应有的气度，没有积极做好交班工作，使我非常愧疚。”

“诚如周总理说，要‘活到老，学到老，改造到老’。天若假我以年，我仍决心老老实实地做下去。”

…………

他站起来了——

（六）

经过五天五夜难以忍受的痛苦之后，1月12日拆线，13日坐起来，14日扶着下床，16日他能独立站起来了。

当老伴万爱华帮他穿那条粗蓝布棉裤时，老人不禁热泪盈眶——

程秀山18岁的时候，在一家布店当学徒。由于家里生活艰难，冬天没有棉裤穿，左腿冻坏。店里把他退回家去。几天后，整个左腿红肿得像一只小水桶。没钱医治，用乡间土方，在左腿上扎了17个孔口，每天用木盆接脓血。可怜的父亲和妹妹，在床上抱着他的腰大小便。整整8个月，头发脱落，成了一个瘸腿，用木拐支撑着走路……

……如今，要不是共产党领导中国革命成功，能有这样良好的治疗条件吗？大手术能好得这样快吗？是党，是社会主义，给了他又一次生命啊！

通常说起病房，往往和呻吟联系在一起，可老程这儿，有时经常发出朗朗的笑声。手术后，规定每天定时吸氧，鼻孔里插根橡皮管还不够，有时手臂上还得扎上输液管，大家看了很是为老程难受，老程却说：“这很好嘛，这叫做‘双管齐下’，攻克‘百龄’关。”说着又弯过一只手，从枕边摸出耳机，急忙插进自己的耳朵：广播时间到了，每天的国内国际新闻不能不听。

几天后，输液停止了，他又拔去了输氧管。医生告诫他：“氧气不能少吸！”老程笑道：“老让我吸着这玩意儿，以后习惯了，会像抽大烟那样，难戒掉的。那还怎么在高原生活呀！"

一天，医生来查病房。

"医生，我现在自觉好得多了，什么时候可以出院回去？"

医生被难住了，沉默了一会，半开玩笑地说："你这个宜兴佬，怎么还舍不得海拔 2 300 米的西宁啊？你年已古稀，又切除了一叶肺。即使痊愈出院，1 000 米高的地方也不能去了。"

医生心里十分清楚：程秀山的血管癌栓已经形成，癌细胞早已扩散，能熬过今年就很不错了，或许过不了几个月。

医生的几句话，简直像当头一棒，把老程击蒙了。他语无伦次地："我怎么能不回去？我的根据地是青海！我熟悉各族人民，众多的文艺战友，我有感情……"

医生摇了摇头。

第二天查房，不等医生开口，程秀山笑嘻嘻地抢先和医生搭讪起来："带个氧气袋，总可以回青海了吧？"

医生："……"

老程按了按胸脯，"我的身体……你看"。

医生"冷酷"地说："这是人道主义所不能允许的。"

完了，一切都完了。程秀山一贯以自己是位高原文艺战士而自豪，即使受屈，也以能在青海受屈而自慰。他的幸福、欢乐、痛苦和希望全都深埋在青海的泥土里。但是，现在却眼看不能重返青海高原，就要丢掉自己的基地，脱离还远没有完成的工作，这不成为"流浪儿"和"失业者"了？他不由心里一酸，一头扑在病床上，大哭了起来。

（七）

夜晚，上海在沉睡着，等待黎明。

值班护士对病房进行着巡视。一间病室的厕所里传出窸窣之声……

推门进去，护士惊呆了。

程秀山坐在马桶上，黄豆大的汗珠渗满额头。面前一把椅子，摊开几张白纸，老头趴在椅子上，低着头，正在吃力地写着什么。这不是在写，简直是在摸索着什么。

地上一片片写满字的稿纸零乱地散放着。

“啊呀，你怎么又偷偷地写东西？”

程秀山如同梦中惊醒，抬起头来，愣了半晌：“我……”他不知该说什么才好。

护士扶起程秀山，搀着他，挪回床铺，一边关照吸氧，一边埋怨……

埋怨是有道理的。程秀山不听劝告，违犯“院规”的事确实是太多了。

自从知道自己已经无法再回青海之后，程秀山一度非常苦恼。但很快就振作起了精神：他想出了一个可以继续为青海人民服务的绝好的办法——多多地向青海写信，写文章。

1月16日，他写信给《青海湖》编辑部，提出了增强刊物竞争能力需要着重抓好的几项工作。

1月18日，他给党支部写了一封长信，汇报了自己手术以来的思想。

1月27日，给省文联领导写信，检查回顾自己复职后一年多的工作，肯定了正确的方面，批判了错误的方面，对工作中的问题承担了责任。

1月28日，经过10天的艰难努力，写完了报告文学——《病床上的报告》。

1月2日，给省文联领导写信，就加强思想政治工作问题，提出了四条具体意见。

2月×日，他听到多杰才旦的短篇小说《齐毛太》获得了全国少数民族文学创作奖，向他写信表示祝贺，鼓励他更上一层楼。

2 月 20 日，他给一位同志写信，询问他的组织问题解决了没有，鼓励他要多下去。

2 月 22 日，给作协青海分会写信，建议为作家们组织生活报告会，请工、青、妇、农林、畜牧、教育、街道、计划生育等方面的负责人讲矛盾、前途、困难、信心、政策等。

2 月 23 日，他给《青海作家通讯》写信，建议今后多登一些作者深入生活的真实体会，提倡扎根青海，不要登“欢送”之类的文章。

2 月 27 日，他给党支部写信，对一些党员干部的工作作风提出批评，要求支部书记在党员大会上宣讲，作为他在组织生活会上的一次发言。

3 月 3 日，他给一位受了 20 多年委屈，已于两年前改正而重新工作的同志写信，鼓励他做一个布尔什维克，政治上不要自卑，应有入党的要求。

3 月 5 日—12 日，他就青海文艺工作中的一系列重大问题，向省委提出了 13 条书面建议。

这份建议共有 15 页信纸，每页纸上密密麻麻地写着工整的小字：积 32 年文联工作经验的几句话(供参考)：1.在总的指导思想上，以文艺界的统一战线为指导思想，团结一切包括进步活佛之类的人物在内的大团结，尤其注意少数民族的文艺人士。活动方式是社会活动方式，不是行政的。2.青海民族地区，应一手抓现实题材、历史题材的创作，还应以另一手狠抓少数民族民间文艺遗产的搜集、整理、推陈出新。这是民族平等团结政策在文艺问题上的具体贯彻。不然，仍是大汉族主义…… 3.青海现成的作家艺术家不多，所以，繁荣青海文艺创作，必须大力抓培养人才，把培养新生力量放在特别重要的地位。4.文艺辅导，两种方法……5.思想政治领导问题……6、7、8……13.总结起来，一句话，思想上树立马克思主义优势，组织上树立党员与进步力量的优势，就无往而不胜。

人们事后从家属购买的邮票数量和遗作估算，手术清醒过后，短短两个月时间，程秀山写过近一百封信、意见书和文章，总字数在 10 万以上。

今天晚上，他又一次辗转反侧，不能入睡。粉碎“四人帮”5 年多了，青海文艺界如何进一步向前迈步……五屯仅有的几位老、中年藏族绘画艺人，还没有列入编制；古老的藏戏连一架录像机也没有，怎么进行录制、整理？牧民群众所期待的藏文画报也没有办起来……

他翻身从病床上坐起，拉开了病室的电灯，看到同室病友呼呼入睡，他迟疑了片刻，轻轻从床边拖起一把椅子，潜入到这块“小天地”里来。

经过供氧，程秀山缓解过来了。

“你，屡次输氧，屡次偷偷写作！”

“你真不要命啦？”

“老干部嘛，怎么对自己的生命这样不负责任?!”

生命？——程秀山从来不曾想过。他从 1938 年参加革命工作，1940 年入党。战争年代，面对敌人，他只晓得冲；和平建设时期，面对工作上的矛盾和困难，他也只晓得奋力向前，其他一切，他全忽略了。“生命”两字，他感到陌生。他茫然不知该怎么回答。

半晌，他挤出了一句话：

“今天，我的文章，说什么也得写完！”

“为什么?”

“青海只有我一个人在延安桥儿沟聆听过毛主席的讲话。”程秀山边说边哭，“你们再原谅我最后这一回。写完了，我保证安心休息。”

护士被这个老共产党员的赤子之心感动了。面对这个用特殊材料做成的人，知道应该这样“对症下药”。护士领他到办公室，指着一张桌子，说：“老同志，你就在这儿写吧，慢慢地写。”

程秀山将稿纸平平整整地铺在桌上，抖抖索索地掏出放大镜。护士探过头去，只见稿纸上写着：

做好工作——纪念毛主席《在延安文艺座谈会上的讲话》发表四

十周年

耗完了全部的心血，3 月 24 日清晨 7 时 10 分，程秀山溘然离世。

68 岁的老伴万爱华，深陷的双眼，直瞪瞪地凝视着老程的遗体，许久许久没有作声。当她摸到老程身上，那条尚带微温的已经褪色成了灰白的粗布老棉裤的时候，她伤心地哭了：“老程，我对不起你，我没有把你照顾好，让你这么清苦地过了一辈子！”

到黄河岸边撒拉族之乡深入生活的韩秋夫，听到程秀山去世的消息，他没有哭，他望着滚滚黄河的波涛，怀念这位延安文艺老战士。

在白雪皑皑的阿尼玛卿山下的多杰才旦，他的小说已列入出版计划，刚刚改好了一个新的章节，准备写封长信给老程，当知道他已不在人间，便潸然泪下。

在弥留之际，程秀山生怕青海省有些少数民族文艺遗产要失传，向省委书记、省长张国声写信说：“我已不能回青海，我只能将这问题的严重性，向你反映，赶紧补上这一课。不然，对不起少数民族的子孙后代。”张国声含着热泪给程秀山写了回信。在省委书记办公会议上，宣读并研究了他的信。省委对这信封，加上批语，转发给各有关方面，研究落实。

程秀山同志真的走了吗？没有。

他行走在青海草原上……

同志们的耳边仿佛听到，在隆隆的炮火声中，他谱写的《战斗联唱》，歌声嘹亮……

同志们的眼前浮现起他的身影：那结实的身子，倾斜 15 度，急匆匆走着碎步，他在播种，耕耘……他不停地走着，走着，渐渐消隐在花草丛中。洁白马蹄莲，在春风中摇曳……

（李南山　李蔚　陈宗立）

雁落龙羊

(一)寻　雁

一队斑头大雁引颈飞来,停落在两壁雄峙、谷深流激的龙羊峡口一块褐色的礁石上……

龙羊,藏语有丰收一说;斑头雁,老百姓视为幸福之鸟。雁落龙羊,那就格外的吉祥如意了。

一个背脊微微弯曲,步履却很矫健的老人,正迈步穿过沸腾的建设工地。他沿着黄河岸走着,渐渐地放慢了脚步,他在思念什么呢?

1981 年,国家分配到建设中的龙羊峡水电站的应届毕业生人数是 29 个,实际报到的是 14 位;1982 年,分配数增至 40 个,水电部四局吸取上年的教训,派专人到学校去动员,几次长途电话,几番写信联系,来龙羊峡工作的整整 20 位;今年的情况还不得而知。

年轻人呵,你们为什么不愿到龙羊来?难道,真的被峡边那座茶拉山(藏语:鬼也不来的地方)吓退了?

……

1982 年,在 14 名受过高等教育的"水电"小字辈来到这里之前,温济中副总工程师早就在机关党委办公室里嚷开了:

"把这些大学生统统交给我,让我亲自带几个月,指导他们技术实践。"(书记是点了头的。但后来实在因为工作急需,也只好分了下去,为此,他至今还憋了一肚子的气呢)

前不久,他把 14 位青年人叫到自己办公室,逐个进行技术试核,还煞费苦心地出了外语考题，从《人民日报》抄了一则“鲁布格水电站招标的广告”，让他们作外语翻译。后来，他满意地给他们统统定为助理工程师。

“电大”无疑也是大学，24 名电大学生临近毕业了，温济中亲自审定毕业设计考题。

温济中寝室的对面，有两间房间，现在是他建议创办的龙羊峡图书室。他把自己心爱的 360 多份图书资料送到这里。下班以后，他总要到这儿走走，与其说是去看书，不如说是去“看人”，人越多他就越高兴。晚上有人从对面走进他的房间，跟他探讨点什么问题之类的，那他就更高兴了。这样的夜晚，比吞几片安眠药还睡得香，睡得甜。

7 月，龙羊峡边吹来塞外的风，使老温感到一阵凉意。65 岁了，说不老，也真老了。可黄河是永远不会老的！你看，峡口向西，群山退缩，一汪天池，河水如镜，偶尔打将了几个旋涡，多像少女脸庞盈盈微笑的酒窝……

高峡出平湖——龙羊峡水库

(二) 梦

1965年隆冬,温济中沿着黄河上溯,来到青海省水电设计院工作。那时,他的手脚是被“绳索”紧紧地束缚着的,而他的心却插上了“翅膀”。

有人称老温是“老水电”,因为他早在1942年旧资源委员会时,就在大渡河、马边河等地,搞水电站的勘测设计;也有人称温济中为“老右派”。

1957年在三门峡水电站时,他是出了名的“大右派”。确切的说,应该称温济中是“老黄河”。30年前,他在国务院黄河规划委员会当工程师,做黄河各大坝址的库容和各梯级的水能计算。他精心绘制了三门峡、刘家峡、龙羊峡的千年万年各种频率的洪水设计。呵!在他真的从刘家峡来到了梦寐以求的黄河上游,老温真是喜出望外。

第二年4月,邓小平总书记来青海视察。

省水电设计院领导驱车匆匆赶到省医院住院部(当时温济中患甲状腺肿瘤住院正欲动手术),与老温商量,让他准备一份龙羊峡以西上游有关水电站的汇报。温济中听罢,二话不说就出了院,查找资料,搞了一份“龙头”上游拉干峡、野狐峡等7个梯级的水电站情况的报告。

“史无前例”的年代开始了。温济中当然逃不脱“横扫”的命运。七斗八斗也斗不出什么罪行来。1968年,由两个红卫兵押着送往青海贵德县监督劳动了事。这下老温心里反而乐了。他真的可以“摸到”龙头的边了。

离贵德几十里,黄河支流有个东沟的地方。解放后,有个小水电站。由于种种原因,土法上马,接连3次都没搞成功。监督劳动的温济中,自告奋勇,测量、绘图、造预算,用3天搞成了一个工程方案,连忙向领导汇报。在那“左”得出奇的年月里,“右派”的建议谁能听得进去?没说你是“乱说乱动”或者“别有用心”算是上上大吉了。老温自称“戴罪立功”,发誓保险干成,终于感动了公社书记,公社同意拨

5 000元钱，可是民工却迟迟不肯来。老温串门走户，动员了8个青年农民，用九把铁锹（加上自己的一把），拿泥块石头做模型示范，小伙子们信服了，又由他们动员来了20多人，奋战3个月，终于结束了东沟一带夜点油灯的日子。僻远的山村，电灯通明，打麦机、碾压机一齐响了，大家围着温济中，亲切地称他是“老阿爷”、“活神仙”……

这还了得！岂不是右派翻天了么？温济中被押回了西宁，受审挨斗……

有一天，温济中卸去了套在脖子上画着×的沉重的大木牌，拖着麻木的身躯，来到湟水岸边，他要找一棵高高的白杨树，好把结束自己生命的绳索挂上去。

突然，心灵里像电一样闪过一道光影：死是最弱者的表现！自绝于人民，是最可耻的。尤其一个共产党员，自杀就是背叛呀！真是笑话，他是共产党员吗？可这时，温济中真的是这样想的。

温济中没有死，生的希望又燃烧起来了。他又甘心情愿回到了怒斥狂吼的包围圈之中。

有位好心人，见他被百般折磨，受屈受冤，焦虑病困，实难支撑下去，就悄悄给他出主意，让他因“病”退休。

1970年7月1日，当温济中拿到退休批准书，他的手不由自主地颤抖起来。他清楚地记得，在人民共和国刚刚成立不久，递交第一次入党申请书时，他对党说：要为共产主义奋斗终生！在黄河规划委员会时，又一次申请入党，向党表示：甘把自己的一生，贡献给黄河的伟大事业！如今，在党的诞生的日子里，五十岁刚刚出头的他，却要走了。

在三门峡，戴着“右派”沉重帽子的温济中，肩上扛着超负荷钢筋氧气瓶在工地上奔跑；在刘家峡，顶着“摘右派”帽子的老温，在峡底建筑地下厂房，三天三夜不睡觉，灌浇一米高的拱顶混凝土。不管怎样，他能为黄河的事业出点力，心里是踏实的，快慰的。劳动，赐给了他一副强壮的体魄。

事业是一个金色的梦。每当他进入梦境，他总能听到黄河那汹涌澎湃的涛声。如今，他要走了，他远眺见不到的黄河，再也忍不住心中涌起的辛酸，泪水扑簌簌滚了下来。

(三) 三门峡轶事

——曾记得：

1962年，温济中摘去了右派帽子，从坝二分局调回三门峡工程局技术处工作。隆冬的一天，北京水电部突然来了个长途电话，要找温济中。老温赶到电话机旁，气喘吁吁地拿起了电话听筒。

“你是温济中吗？”北京部里一位同志的声音。

“是呀，我是温济中。”老温纳闷：我这个“右派”，部里有啥事会找到自己的头上来呢？——凶多吉少。

“温工，那年三门峡混凝土系统的工程设计……”

由于过分紧张，老温没有听清下面的说话，急促地问道：“混凝土系统……出什么问题了吗？”如出了半点差错，那顶放在一边的帽子，是随时可以重新戴到自己头上来的。老温此时头上已冒出汗珠。

“没有问题。部里要了解一下那年混凝土系统究竟是谁设计的？我们考虑要付工程造价3%的设计费给苏联。”

3%可不是一个小数目，总有几十万或几百万！温济中急了，说：“这工程是我们中国人自己设计的，苏方没画一张图，为什么要给他们设计费？”

说来话长。

20世纪50年代中期，温济中和10多位技术人员，勘察完了三门峡至西安的十几条河流后，一面给苏方提供详细资料(三门峡水电站工程，由中国提供资料，苏联帮助设计)，一方面带领大家琢磨采料厂的设计方案。

这是一个热闹的春节。北京新侨饭店高朋满座，中、苏水电专家们正热烈地讨论三门峡施工方案。温济中对混凝土系统的工程设计，竟一口气提出了大约 80 条意见。

1956 年 8 月,苏联专家组来北京。专家组有莫斯科、古比雪夫、列宁格勒、伏尔加——顿河等地的水电、地质总工程师们组成,一共有十五六位著名专家。

一个星期天,翻译急急忙忙到单身宿舍把温济中叫出去,说:苏联专家要见你。温济中知道,苏联人一定是冲着 80 条意见而来的。果然,一进会议室,专家们就接二连三地向他发起了"进攻"。

对他们提出的所有问题,温济中一一对答如流。

两个多小时过去了。

一位苏联专家带总结性的口吻发问:"我们苏联设计的,你们为什么不采用?"

另一位苏联专家站了起来,问:"你们把采料厂放在离坝 50 公里的地方,运费要增加多少?"

温济中反问:"您把采料厂放在坝头上,施工围墙让洪水淹没了怎么办?"专家说:"可以在开工前把砂砾运到高坡上去嘛。"

温济中说:"要把 500 万方砂石运到高坡上,再从高坡往下倒,运一次,运费要多少呢?在我们中国 0—50 公里是一个运输价,我们把采料厂正好放在 50 公里处,是不增加运费的。"

那位专家缺少第一手材料,无以对答。

温济中又问:"坝头上的砂石质量您调查过么?"

苏联专家摇摇头。

温济中代他问答:"坝头上的砂石质量不太好。我们是经过 10 多条河流的勘察,反复比较,最后才选定灵宝涧河的。那正是 50 公里处。"

……会议室里鸦雀无声,"权威"们被征服了。

1957 年 4 月,在三门峡,中国张铁铮、汪胡桢、段芳芝、康敏、温济中和苏联施工总工程师柯洛廖夫,组长库滋涅佐夫等又会谈采料场问题,苏方终于同意中国的意见。于是三门峡混凝土系统的工程设计，皆由中国自己来做了。苏方请温济中去莫斯科设计，温济中没有去。

4 月底，苏联专家工作组一下飞机，就要找中国一位非常熟练的混凝土专家。翻译找了几位工程师，都不是。最后在笔记本中寻出“汪”、“王”、“温”(译音)等人，才确定是温济中。他们问三门峡采料、拌和工作开展得怎样？答道：拌和楼已从梅山、捷克运来了，水泥缸也由北京设计院设计好了，灵宝已经开采。他们非常高兴，翘着大拇指，赞扬不已。

三门峡混凝土系统组组长温济中和大家一起，出图 500 张以上，计算书百余份，至 1958 年，较快较好地完成了这项设计的全部任务。

这段工程轶事，一时传为佳话。

(四) 心中的坝

温济中 8 岁的时候，跟一个远亲定了亲。当时，由于家里被国民党反动派迫害，旧社会又讲封建迷信，这样做，据说是为了消灾。1952 年，温济中离了婚。此刻，退休了的老温，自然无依无靠，到哪儿去安身呢？

在贵德河东公社监督劳动时，温济中认识了一个 17 岁的藏族孤儿南国。

南国经常替老温洗衣担水，老温则手把手教南国学文化和水电工地的业务。友情的种子，在黄河之水的浇灌下绽开了花朵，藏汉结成了情同父子的一家。

温济中决定到南国那儿去落户。南国上山买回了一些边角木料，又搞了石块、土坯。温济中自己设计，建造了两间土房。想不到这个 1939 年毕业于上海大公高级工业学校、专攻土木工程的老知识分子，现在却不得不营建自己的“栖身之窝”！温济中对这个家，最为满意的是：柴门一推，就是滔滔的黄河，向上可以远眺松巴峡的峦影，朝下能够望着龙羊峡的峡顶，即使关上柴门松扉，也还能听到黄河哗哗的深情的呼唤声。

靠山吃山，靠水吃水。挨近这条黄河，哪能揽不着黄河的活儿呢？温济中义务帮助搞了贵德全县的水利规划，在高宏岩出力建立了一个小水电站，还到贵南茫拉水电站协助搞设计……

然而，这些小小的"水电"活儿，好比是涓细的溪水，而温济中又像是久旱的裂土，水过地皮湿，甚至水过地皮还湿不了呢。现在温济中这堆干裂的泥土，在渴望着，真感到焦辣辣的难受。起先，他栖身偏僻小村，放牛看书，避免了那种令人"心惊肉跳"的处境，感到自己已经不存在于这个世界了。可是，当他慢慢察觉，自己这个活动着的人，又明明是生存在这个社会之中时，他空虚、惆怅，茫然不知所措。他想黄河，想得心慌，想得流泪！难道，就忍看这壮志未酬的一生随着那寂寞的岁月空自流去了么？……

有一次，他得知有辆卡车要沿着黄河上游行驶到巴仓农场去，就恳求司机带他去"玩"一趟。司机答应了。傍晚，卡车行至拉乙亥。夕阳如血，金色的黄河已近在咫尺。正好司机停车在这儿吃饭，温济中便下车来，一口气跑了十多里地，到了拉干峡。拉干峡再上，那就是野狐峡了(那些梯级，就是 1966 年自己向邓总书记汇报过的地方)。他仰望自天而来的黄河水，不禁百感交集，信手写了一首词：

拉干峡(菩萨蛮)

东风大地绿贵南，垂柳摇和鸣拉干。石壁耸相对，长木河中推。两岸共对语，黄河奈难渡。一旦来英雄，百丈高坝耸。

温济中返身快步小跑，爬上了汽车。车到巴仓已是半夜了。司机理解老人的心，没说一句埋怨话。

人生一种执拗的追求，往往流露在痴情之中。在海南藏族自治州恰卜恰镇的街道上，有一天，发生了这样的事情：

“你不是钱汝泰吗?”温济中凝神地望着钱总工程师。

“你是……”钱总伸出手来握住了前面这位蓬头垢面、上了年纪的“老乡”。

“我是温济中,你不认得了? 三门峡的温济中呀!”

“对,对! 黄河规划委员会的温济中,三门峡的温济中,刘家峡的温济中!”钱汝泰总工程师“温济中”叫个不停,两个“老黄河”热泪盈盈地抱成了一团,“老温哪,这几年你受苦了……”

温济中从钱汝泰嘴里得知中央决定龙羊峡要上马的喜讯,他的心激动得怦怦跳起来了……

我们要建的是黄河上游第一梯级的水电站——主坝高 178 米,是国内最高的大坝! 水库容量 247 亿立方米,是国内最大的水库! 总装机 128 万千瓦,年均发电量近 60 亿度,这将会给我们的人民共和国带来多大的力量与光明呀!

黄河呀,我的母亲! 这个老头像孩子那样,把钱总的手死死拉住不放,好像在苦苦哀求:你把我带到黄河母亲的怀抱里去吧……

从此以后,温济中三天两头搭便车赶往茶拉山。

人家刚勘察完峡谷的水情性质,他就尾随在后,独自到那儿好一阵琢磨;待人家开会研究坝址方案,他就钻到“老黄河”们家里,高谈自己的意见。没有饭菜票,起先他到朋友那儿混几顿,后来干脆带上自己烙的“困锅”(当地一种干粮)充饥;别人回家休息了,他挤到工人的帐篷里,暂时合合眼……

是的,黄河需要温济中,温济中离开了黄河简直不能活! 无论何时何地,他逢人便说黄河,唠唠叨叨没个完,久而久之,有的人见了这位“烦老右”,不免生厌,那些“左”派们更是冷眼相待。温济中想:我是黄河的儿子,你就是冲着我的耳朵吼叫,我也不会走的。

他自己倒真的吼过一回。那时,党的三中全会的阳光已经普照大地,温济中正办理调往四局龙羊峡水电站的手续。这时三门峡水电站来了一个电报,询问温济中现在何处,省水电局回电说:温在青海。温济中得知后,冲着发电报的同志大声吼道:“糟糕,糟糕!为什么要告诉他们我在青海?!”那同志弄得莫名其妙,说:“糟糕什么呀?三门峡党委是为了改正你的右派问题打听你下落的呀?”“嗨,坏在你的手里了!我不去三门峡。那里没我的事。你现在赶紧给我办调龙羊峡的手续。什么右派不右派的,我根本不在乎。”

1979年4月,温济中终于正式加入了龙羊峡水电站建设的行列。6月,水电总局干部处写信给青海水电局征询温济中可否调北京工作,他连连婉谢,才作罢论。

(五)最后一炮

温济中经常这样说:“我们的设计要有无产阶级的胸怀,要坚持唯物主义辩证法,要符合中国的国情。”这个“炮筒子”一碰到与自己说的这些标准不符合的时候,就不论对象,立即“开炮”。当然,他打的“炮”也不一定全对,知道错了,那就立即把“炮”口对准自己……

他正式在龙羊峡任职后,第一件工作就想着做砂石料过黄河的设计,有同志提出大钢管送砼过河,有同志则建议采用半圆钢管过河,温济中采用大渡槽过河,争得不可开交……

党委扩大会开会研究截流工程和上游围堰的设计,他对着初步设计开了一“炮”:“龙羊峡是46个梯级之首,是国定一级工程,现在施工防洪标准太低,围堰应当提高为20年洪水设计,50年校核。”有同志反对。水电总局工作组来了,他板起了面孔,又一次提出了自己的意见,经过反复讨论,采纳了,最后在会议纪要上写上了这个决定,他才放心地笑了。

如此等等。唉,这真是个倔老头子。

现在可不是在讨论什么设计方案的时候。1979年12月29日,这是龙羊峡历史上值得纪念的一天。再过3分钟就是15点,这里,马上要点燃峡谷截流工程的“最后一炮”了。

导流隧洞位于峡谷右岸，长 661 米，阔 15 米，高 16 米，经过勇士们七百几十个日日夜夜的拼搏，现在已经完全竣工，进口尚围有约 2 500 方岩石的岩坎，需要放最后一炮炸碎，倾倒于峡口，抢筑戗堤，截住黄河急流，牵着“黄龙”的鼻子从导流洞改道。这“最后一炮”对截流工程是至为关键的。所谓最后一炮，其实并非一炮，是几十次毫秒爆破的总和(炮孔、炮位、药量、导线等的设计)，是一次复杂性的爆破。温济中提议让青年工程师李其友具体设计，自己协助指导，一丝不苟精心修改了 7 次，北京还派专家前来审定。

峡谷两岸，早已准备好了一二百个 15 吨重的四面体，好几十个 20 吨重的“大石串”，万一有些差错，形成最大落差，最大流速，就准备“斗洪”。

“截流”真是壮观哪！我国葛洲坝“截流”时，就有党政领导，中外专家来宾，约万余人登上礼台观“战”。地处边远的龙羊峡，虽然来不了这么多的贵客，那茶拉山的山头上却也挤得水泄不通。有的老乡是从百余里外骑着马，天不亮就赶到这儿来的。

最后一炮快要响了。温济中的心扑通扑通直跳。

16 点整，震天撼地一声巨响，龙羊峡冒起弥天的烟雾……岩坎被炸除，分流在 70%以上，剩留岩坎不足两米，那些“四面体”和“大石串”吓“呆”了，根本不需要挪动它们。短短的 5 个小时工夫，戗堤顺利合拢。

“最后一炮”是水电行业中专门名词。在开发黄河水利资源的伟大事业中，这“最后一炮”对温济中来说，却又是新的开端……

(六) 黄 河 情

“龙羊水电站工程，进入主体工程基坑开挖的 1981 年 9 月上旬，遭受约等于 0.5%和 P 量约等于 0.33%的洪水威胁。经这次抗洪抢险，避免了历来黄河发生百年一遇洪水就将遇到的灾害。由于施工导流隧洞，上游围堰的安全，在远远超过设计标准的情况下，仍正常运行，保证了兰州市的安全，保卫了包兰铁路正常通行。这是龙羊峡抗洪抢险在技术上发挥求实精神的胜利。”温济中在《龙羊峡施工防洪设计的几个问题》那篇论文开头是这样写的。

温济中从1942年参与岷江川西水电勘察算起，至今40年，由他亲手描绘、指导修改的图纸（和各种计算）不下数千份，他都无不求实。但当这次“龙头”乱舞，汹涌的洪水，日夜猛涨，有增无减，灾难刹时都会降临的时候，老人失去理智的控制：黄河呀黄河，若我跳下能够堵住，我温济中就……

人们要驯服黄河，而黄河不断挑战、考验着人们。

那条桀骜不驯的黄龙，被锁在龙羊峡不久，1981年10月26日晚上，党支部就温济中同志入党问题召开大会。

“温济中同志，你坐下慢慢说。”支部书记拉了拉老温的衣袖。

温济中没有动弹。他眼眶微微湿润，记忆的闸门无声地打开了……

记得12岁时，有一天，一个不相识的叔叔突然来到他家，他是来找他哥哥的（温的哥哥是被国民党追捕的地下党员，逃往外地了）。温济中小脑瓜一转，认定站在他面前的是个好人，可能也是像他哥哥一样的共产党员。于是他悄悄拿来了一块银元（他的压岁钱），塞到那位叔叔的手里。这是孩子向党交出的一颗纯洁的心。

学生时代他攻读“土木”。学“土木”就是要学盖房子的本领。学“土木”虽然很有气派，旧社会里却哪有他报国之门？开始他在旧交通部乐西公路当技术员（据说，这是一条战备公路），见到的是贪官的手，民工的泪，阴霾的天，泥泞的路……1942—1948年，整整6年时间，他在大渡河、马边河、铜街子、沙湾、紫坪铺一带搞水电站。工程就像老牛拖车，百无聊赖中温济中竟学会了搓麻将。有时实在憋不住了，去问上峰，回答是：“哈哈，你真是个书呆子，工程时间拖得越长越好嘛，反正少不了你半个铜子。”当他手里摸着那一块块光溜溜的骨牌，喊什么“中风”、“发财”的时候，温济中心中真有说不出的苦楚——中国呀，中国，你何时才能兴旺发达呢？

天亮了，解放了！1949 年，温济中参加了军管会苏南行署水利局抢险防洪大队的工作。

大队长是位解放军，他的官也不小，是地委书记。地委书记的手，拉着温济中的手，日日夜夜在长江两岸奔波，从常熟到江阴，从太仓到上海，走了足足半个月，脚底板都走起了泡。饿了吃口干粮，渴了捧起老乡递过来的热茶。那是一个如火如荼年代啊！“那时，我就渴望能加入共产党……”温济中激动地说。

“坐下说吧，温总。”

老人却站得更直了，这是他一生最庄严的时刻呀。

“……我没有家庭儿女的牵挂，我只有最后晚年的生命和我 30 年来追求、信仰共产主义的心，贡献给党支配，全心全意为人民服务到最后一次呼吸。”

他讲完了。老人僵直的身子，不时地左右转动着，他要听清楚同志们对他的意见和要求。因为他只有右耳还管用。

在被“专政”的日子里，几个戴红袖章的人，把温济中拉到工地一角。

“说！你是不是国民党？”一阵拳打脚踢。

“不是。”

“反动透顶的老右派！快交待！”又是一阵脚踢拳打。

“我没有加入过任何反动组织，我连想也没想过。”

“那你想什么？”

“……我想，真的，我想加入共产党！”

“啪！”猛地一个巴掌，打在温济中的脸上。从此，老人的左耳失去了听觉……

温济中在慢步，滚滚的黄河奔流在他脚下。他驻足遥望长空，啊，又一队大雁正飞向龙羊来……

万里黄河第一湖——扎陵湖

“GAUSS”——高仕扬

（一）

夏树屏关闭了会客室里的电视机，没有一点睡意，走进书房，扭亮了写字台旁的台灯，那盆青翠欲滴、红果累累的“珊瑚珠”跃入眼帘。这里暖气放得适中，犹似春天一般。夏树屏脱去了一件外衣，开始认真地翻阅起那一大叠信件来。

夏树屏的丈夫高仕扬，是中国科学院青海盐湖研究所的副研究员，前几天，随着中国盐湖地下水考察团去澳大利亚访问了。临走的时候，老高要妻子对这些来信代劳处理。

这是一封来自美国××大学向高仕扬求取论文的信。信是用中文写的——

高先生：

中国国内有关海洋化学研究发展方面虽有显著的进步，但因海外较少见诸报道，故其发展情况，一般人士不甚明了。本人目前正收集此方面之资料，准备在国际知名之杂志上发表《中国海洋化学概况》一文，并且准备将有关文献及作者资料以计算机分类处理后印成专集，以供海内外人士参考。先生对此方面之大作，本人尚缺[见卡片：(1)高等分校化学学报 3141、1982。(2)化学学报 41(3)257]。为免沧海遗珠及为求国际人士早日对先生之研究及对国内海洋化学概况有全盘明解起见，务请尽速给予赐寄一份！为荷。耑(专)此，顺颂台绥！

又一封来自美国×××的信。信中的英文译成中文，摘要大意是：

高仕扬教授：

我很遗憾，没有能直接听到你在那次会上宣读发表的那篇精湛的论文(1982年9月于中国南京召开的有几十个国家参加的中国化学五十周年纪念会。《柴达木盐湖化学》)后来拜读，印象是深刻的。希望以后能和你取得联系，在高分子、橡胶化学、计算等方面进行合作。

夏树屏略一迟疑，接着，又打开了落款是日本姬路市日中友好协会会长，中国少数民族、中国文化文学研究所所长福田一郎的信：

尊敬的高仕扬副研究员

您好！

我冒昧地给您寄去这封信，请原谅。使我非常高兴地写这封信的原因是：因为我读了1983年7月27日《人民日报》上刊登的《盐湖需要我，我需要盐湖》、《边远民族地区科学技术工作者英雄谱》的报道和记事后，感到十分敬佩……我愿和您建立友好的联系……

看到这儿，夏树屏的眼前仿佛浮现起3个多月前，高仕扬在北京参加少数民族地区先进科技工作者代表座谈会的情景。她随手又从抽屉里取出一张照片。这是党和国家领导人和代表们的合影。她的脑海里，各种报纸叠印起来：《人民日报》、《工人日报》、《文汇报》、《北京日报》……上面都报道了高仕扬的先进事迹，有的还登了他的大幅工作照片。《光明日报》发了题为《人生最重要是精神》的社论,社论中提到高仕扬:“在青海研究盐湖,已近三十载。……这种把个人和事业融为一体的感情,正代表了广大边远地区科技工作者的心愿。在一个具有强烈事业心的科技工作者看来,生活的舒适,并不是幸福的全部含义,而碌碌无为,精神空虚才是最大的痛苦。这,就是他们的幸福观。我们每个人都应当树立这样的幸福观……”

夏树屏的手,下意识地从笔筒里取了一支红铅笔,在另一封寄自莫斯科中国驻苏联大使馆老魏的信上,在下列的字句下勾画起来:

“到莫斯科后,只能看‘晚’报,8 月 4 日才看到 7 月 27 日的《人民日报》。‘盐湖需要我,我需要盐湖’这个标题,好像高斯的声音一样,把我吸引住了,这句话高斯不知对我说了多少遍,所以看到这个标题我立即意识到这是高斯。戴上近视镜后才看清了内容,往事一一涌到眼前……大家都向前看,我感到这不仅是你们的光荣,也是我们的,是川大化学系的光荣。”

夏树屏的眼圈有些湿润了。这一对由新中国自己培养的科学技术人员,30 余个春秋,遇到风风雨雨,在坎坷的人生道路上坚实地向前走着,他们留下的每一个脚印,能不引起思索和留恋吗?夏树屏索性不睡觉了。她翻开一份北京座谈会上高仕扬发言提纲的草稿,看着看着,泪水慢慢涌出……

“我 30 多年的亲身经历,使我深深感到,没有党的正确领导,没有党的正确方针政策,没有党的培养教育,就没有我的今天。我的知识是人民哺育的结果,我应该把人民给我的知识通过自己劳动加工,成为人民需要的产品还给人民。……今天,我在盐湖研究工作中取得了一点成绩,我还应该感谢我的老师(原北京化学所所长柳大纲教授)和多年同舟共济的战友们,感谢我爱人对我工作的支持……”

哦!“感谢我爱人对我工作的支持”。她重复地看着这一句话,许久许久,夏树屏闭上了眼睛,放下眼镜,不由自主地轻轻喊出:GAUSS——高仕扬……

（二）

1943年，中国的大半壁河山，在日本帝国主义者的铁蹄下呻吟。抗日的熊熊烈火在中华民族亿万儿女的胸中燃烧。天府之国的成都平原上空，不时盘旋着侵略者的飞机。被烧焦倒塌的木屋，焦臭的气味，趴在妈妈尸体上嚎哭的儿童……初中时代的高仕扬，对这些惨状，铭刻在心，孕育着“读书救国”的思想……

这是一个学习成绩出众的学生，小学没有读完，跳半级进入了初中，初中没有读完，又跳半级考入高中；进入四川大学，他仍然是高中没有读完，以优异的考分跳级被录取的。

青年高仕扬的屁股就是坐得住。往往是这样，连星期天也不跑动，早晨开始捧着一本书直到天黑，吃中午饭，一只手拨拉着饭菜，嘴巴在动，另一只扶着饭碗的手，用肘子压着那书的角，眼睛盯住书，一动也不会动。

还是在高仕扬快要结束高中学校生活的时候。有一天，同学来找他，房间里没有一点声响。他正在里面看书。

“高斯！你在看什么呀？”“GAUSS”这个绰号或许就在那时给他取的，后来沿用到了大学里。

“有关‘盐’的书。”高仕扬请同学伸出手来，他在手心上写了一个繁体“鹽”字。

“你在研究盐呀。”

“盐。盐的学问真大！盐在我国古代是官营、官办、官管，‘盐’，犯人取卤，利用在地面上修成的三步盐田，日晒而得，人人必需……”

同伴被高仕扬这一番十分有趣的“盐”的开场白吸引住了。

“全世界的每一个人都知道我国的三大发明，一指南针，二印刷术，三火药。火药是什么？是硫磺，碳粉，再加 KNO_3。由此可见，钾盐也是我国最早发现，而且应该说是第一个找到了它的卓越的用处。”

“高斯，你高中毕业准备考大学吗？”

“要考。”

“学什么？”

“我想报考四川大学化学系。”

“高斯，我预祝你将来成为一个中国的无机盐大科学家！”

1949年秋，高仕扬考上了四川大学化学系。成都解放前的半个月，学校休课，高仕扬回到乡下。刚一解放他就去当地小学代课，参加征粮工作，稍有积蓄便回川大复学。

高仕扬与夏树屏是同班同学，平时虽然经常在一起，但彼此除见面点点头之外，相互连名字都不太清楚。夏树屏第一次半开玩笑地叫了一声“高斯”，是在实验室门外的过道里。有项叫苦味酸的合成实验，把全班同学难住了。站在实验室角落里的高仕扬走到老师跟前说：“我来试试看。”接着，高仕扬以敏捷的思路、熟练的动作，准确无误地做成了这项实验，博得了全体同学和老师的称赞。在走出实验室的大门时，“窄路相逢”，高仕扬和夏树屏日光相碰。夏树屏竟大声地叫了一声：“高斯，你真行！”

时光流逝。在临近毕业时，这两个专攻化学的大学生开始“恋爱”了。

谁也没有主动找谁。又是一次在通向宿舍的过道上“窄路相逢”。时间是多么的短暂，语言是多么的简要，可内容又是多么丰富！

“夏树屏。”

“唔，高仕扬。”

“夏树屏，你分配到哪儿去了？”

“去上海复旦大学当研究生，还是搞化学。你呢？”

“去东北，分到科学院长春应用化学研究所了。”

“这很好。”

“真是，太好了。”

过了整整 3 年,夏树屏已从上海复旦分配到天津南开大学任教。高仕扬则从长春调到北京中国科学院化学研究所,参加柳大纲教授领导的盐湖组的工作,不久,首批赴青藏高原进行盐湖实地考察。

在天津南开的夏树屏突然接到一封来自柴达木盆地的情书:"树屏,我希望你能成为我终身的伴侣。我们志同道合,我们结合吧,这样对祖国的盐湖事业有利。"落款是仕扬。

钠元素和氯元素结合在一起成为食盐,它的味道是咸的;硼元素和氧元素结合在一起,成为硼酸盐,它的味道是酸的;锂元素和氯元素结合在一起,成为锂盐,它的味道是涩的;有一种叫镁盐(俗称"盐卤"),味道是苦的,《白毛女》中杨白劳,就是喝了这东西,结束了悲惨的生命。……还有不少叫什么盐的东西,到底是什么滋味,当然不知道,正待人们去认识它们。现在,高仕扬和夏树屏一提起"盐",两人的心里却都是甜滋滋的。1959 年春节前夕,他们结婚了。

婚后的第三天,高仕扬因工作需要,要离开天津。谁也阻拦不了,新娘子也不例外。狠心肠的高仕扬呀,说走,真的就走了,留给夏树屏的只是两个故事和一本书:在察尔汉盐湖,他们第一次拣到了一块光卤石,一个钾肥厂正在兴建;在柴旦湖的湖底,破天荒地发现了硼盐,一个化工厂已经生产硼砂了。还有那本书,就是刚刚出版的《可爱的柴达木》。

(三)

可爱的柴达木——

不久前,就在这间书房里,一个洪亮的声音在回荡着,高仕扬正对几位即将成为他的研究生的年轻人谈话:

"《可爱的柴达木》这本书,我劝你们有空读一读。唔,不,一定抽空读一读。这是 20 年前,柴达木工委出版的,它通俗易懂,文字简洁,生动地介绍了那里的许多资源,把柴达木盆地誉为聚宝盆。大家不要以为这是一本小小的小册子……”(现在,高仕扬已经从书架里抽出了这本书,高高地握在手中)。

“这书的分量可不轻呀,许许多多的宝贝确确实实是聚集在这个盆地里了,但是谁是真正的识宝人?谁是勇敢的取宝者?……为了中华民族的振兴,为了我们年轻的人民共和国昌盛富强,在这片20多万平方公里的戈壁滩上,开拓者留下的坚实脚印,现在回过头去看看,它的颜色是……红的,沙土里渗透着鲜红鲜红的血!……”

“我不是吓唬你们,他们中间的确有同志献出了生命,为数当然是极少极少。但是,我敢这样认为,他们的绝大多数,不,是全部,是把心血洒在了这片土地上的……”

年轻人被“高斯”紧紧吸引住了。

“柴达木这个名字是从蒙古语翻译过来的,就是盐泽的意思。盐湖资源是这个‘聚宝盆’丰富宝藏中一颗最光亮的明珠!”

谈话是多么的激动!

近30年来,高仕扬的生命是和盐湖紧密连接在一起的。有位作家这样说:“你想拿出有生命力的作品吗?那就请你用生命去写吧!”科学这东西恐怕也是这样。

青海盐湖研究所本来没有招收研究生的任务。高仕扬是这个研究所学术委员会副主任,承担了中科院“盐卤硼酸盐化学研究”重点课题的科研,他还担任了青海省化学学会副理事长、西宁市少年化学爱好者协会顾问,又是中国科学院化学学科规划小组成员、国家科委化学组无机分组成员。他的工作时间实在太紧张了,从清晨五六点起床,一直忙到深更半夜,天天如此。他恨不得把自己的脑子分成几个来使用,希望给时光加点什么“化学的东西”延伸若干倍。但是,无论如何,他要带研究生,他请求组织让他招研究生。这是他延续自己生命的最好办法。

他到青少年中去作报告,普及科学知识,并大声疾呼:将来谁愿意当他的研究生,先给他打招呼,孩子们被“高斯”吸引住了,闹闹嚷嚷要到柴达木盐湖去办夏令营。后来,老师答应他们到盐湖研究所足足参观了一整天。高仕扬在一位朋友那儿作客,巧遇青海省教育厅一位少数民族副厅长,他就抓住不放,一定要让他物色几个少数民族大学生来报考他的研究生。

高仕扬继续在讲他的"盐湖经"。

1958 年 9 月,中科院盐湖考察队随大柴旦地质队一起进藏。在世界屋脊进行盐湖的考察,这是有史以来的第一次。这里地势险峻、空气稀薄(大气中的氧比内地缺少 30%—40%),紫外线强,走一趟至少要脱一层皮(皮肤由红变花,由花变黑,然后脱落更换)。这儿人烟稀少,他们每到一处,首先是拾牛粪生火,搭帐篷。有时离开大本营,当天赶不回来,夜间就找个挡风的山沟当"团长"(团缩在一起取暖)。天天吃的是煮不熟的米饭和蒸不熟的馒头(当时没有高压锅,由于气压低,水在 80℃就达到沸点了),罐头食品是主要的食物,偶尔吃一顿泡过的干菜和粉条,就是最新鲜的佳肴了。1958 年,西藏发生叛乱前夕,他们还遭到武装匪徒的袭击。开拓者们是把自己的生命置之度外在这里进行考察工作的。11 月下旬,离开班戈盐湖返回柴达木时,经过 5 300 米的唐古拉山,在卡车车篷里,把所有衣服都穿上,把所有的被子都裹上,人还像"冰棍"一样。到大柴旦时,高仕扬风湿性神经性关节炎发作,几乎全身瘫痪,不能坐,也不能睡。那时卡车就是最好的野外交通工具,高仕扬站不能站,躺不能躺,只好趴在车上,经过几天几夜的长途颠簸,忍受着难以忍受的痛楚,经西宁由专人护送回北京。

"这恐怕是上帝的安排,凡是地球上有盐湖的地方,都是那个'鬼'样子。所以,立志想搞盐,你就准备和这个'鬼'缠在一起,你倘若吃不了这份苦,趁早跟我说,你打铺盖回去,我也不勉强,我不收这样的研究生。"

高仕扬接着缓和了他的语气:

"当然,我说的这份苦,是现在回想起来体会出来的。当时在盐湖上工作,看到无边无际的盐,啊呀呀,这不是白花花的银子吗?我们没有一个人不高兴得双脚直跳的。”

“喂，你吃过‘冰镇’馒头没有？这馒头经过天然冰冻，像石头一样，吃的时候，嘴先送一点暖气，化开一点，吃一点，味道可香哩。20世纪80年代科学发达了，据传，欧美现在流行着一种说法，食物经过冰冻处理后，再食用，可以避免得癌症。听说，北京现在买电冰箱的人可多哩，我研究盐化学，也做过许多次冰冻处理的实验，可对食物冰冻后，究竟能发生什么化学变化，没有经过实践，没有发言权。不过，我想，你们要是真能多吃点我说的那种‘冰镇’馒头，如今，头脑定能清醒，身体定能健康，思想定能进步。”

大家笑了。

夏树屏在隔壁的房间里翻阅书报，思想早被“高斯”吸引过去了，听到这里，也“噗嗤”一下笑出了声。

（四）

“你别跟我嬉皮笑脸来这一套。你怎么这样不爱惜自己的身体？”

“……树屏，你看，我这不是好好的么。”

夏树屏接到北京打来的电报，说高仕扬在大柴旦盐湖又复发了关节炎，现在住进了北京海淀医院。她急急忙忙从天津赶到北京，顾不得买些水果罐头，就闯进了医院，直奔住院部。

打从1959年那次高仕扬进藏考察得病，经过治疗恢复健康后，医生曾警告过老高，这种病已引起了风湿性心脏病，要他千万注意，而且说，今后不宜到高原去工作。可是老高却对组织进行了“封锁”，又若无其事地到青藏高原去了。夏树屏对这事，当然是知道的，但要阻挡老高去盐湖，根本办不到。于是她想了个两全其美的办法：让他当“候鸟”。在柴达木入冬之前回北京，春暖花开以后再进盆地。可是，这“候鸟”总是不知四季，不准时迁徙……

1963年冬，一天，高仕扬挎了一个新照相机，高高兴兴地走进了天津南开大学,探亲来了。

夫妻见面,互相算了"经济账"。

高仕扬说:"我把所有的工资除填饱了肚子外,全部买了有关盐化学的科技书,还买了一架诺尔克照相机,300 多元。"

"买这么贵的照相机干什么?"

"野外现场实物,必须拍摄下来,那些资料太重要了。"

夏树屏再没有说话,对花钱买书、买照相机也再没有提出什么非议,她又从另一个角度想开问题了:

听说,青海柴达木驼毛又便宜又好,你不能买一些吗?给你的妻子做一件驼毛背心!听说西宁的毛线也是物美价廉,你不能买几斤,给你的爱人……这足以说明,你心中没有我夏树屏!

知识分子的感情往往容易冲动。冲动的感情,使得这一对夫妻竟做出近乎荒唐的事来了。

这一天晚上,你一句,我一语,调门越来越高,内容越来越……到天快亮的时候,两人竟决定,一上班就到法院办离婚手续!

天津八里台的街道上,高仕扬和夏树屏肩并肩不出声,气呼呼地向前走着。不一会,高仕扬加快了步伐,把夏树屏拉得老远老远。一会儿,夏树屏小跑起来,追上了高仕扬,昂起头走到了他的前头。夏树屏的感情再也收不住了,停下了步,靠着马路旁的电线杆,掩面哭泣起来。她在等待自己的"冤家"一起进法院。等呀等呀,高仕扬没有赶上来。原来,老高在这时已调转了屁股,逃之夭夭了。

高仕扬回到北京化学研究所,一头扎在宿舍床铺被窝里,几天没有好好吃饭。他没有哭。他的理智克服了自己可笑的感情。他认真地检查了自己的思想,检查了对家庭应负的责任。他感到对不起自己的妻子。但是,天哪,自己对夏树屏的爱情,明明是忠诚的,怎么能说心中没有她呢……

高仕扬再也无心去翻阅那些有关盐化学的书籍了。但他确信书会给人以智慧和力量。听人家说,《红楼梦》是部好书,是部充满爱情悲欢的好书(他从上学到现在,从来不买一本文艺作品),唉,我这个“书呆子”为什么不买一部《红楼梦》读读呢?认认真真地学习一番,或许它会给我和夏树屏以重归于好的良方妙策。

老高到新华书店买了一部《红楼梦》,回宿舍立刻翻阅了起来。他每读一回,就写“心得”,随后再把“心得”化成“检讨”,寄给夏树屏。夏树屏看了这一封封“检讨书”,又气又好笑,最后气消了,只留下了笑。

高仕扬接到了夏树屏的来信。心里踏实了。他把《红楼梦》送给了同宿舍的同事,从书架上挑了几本化学书,又进大柴旦盐湖去了。

(五)

1965年,中国科学院化学研究所盐湖组和化工部盐湖化工研究所合并,正式成立了中国科学院青海盐湖研究所,建所于青海省西宁市古城台。

高仕扬没有向领导提出任何要求和意见,心甘情愿扎根到高原。至此,他的“候鸟”生活结束了。

北京开往西宁的火车在飞快向西,它穿过了无数的山洞逐渐登高,来到了海拔2 300米的古城西宁。

火车在进站的时候,渐渐放慢了速度,夏树屏透过车窗在寻找高仕扬的身影。“哦,高斯,我到你身边来了,我们一起研究盐湖,我们永远也不分离了……”

夏树屏下车后仍没有看到高仕扬。她在站台上停了一会,心想,仕扬一定会像“磁场”一样,飞跑到自己身边来迎接的。结果,却事与愿违。她顿时感到长途跋涉的疲劳,拖着沉重的步子向车站出口处走去。她看见高举的一块大木牌,木牌上白纸黑字写着“夏、树、屏”。啊呀呀,这个书呆子,接妻子还有这样接法的!当她欣喜地走近木牌时,她惊异了,不是他!举木牌的同志上前问她:“你是夏树屏同志吧?”

“是的。”

“你爱人高仕扬同志让我们代他来接你，他在野外赶不回来。”

“唔……”

“一路辛苦了，请上车吧。”

来到古城台，高仕扬的同事给夏树屏送去了宿舍的钥匙。夏树屏打开房门，一股凉气袭来。书报杂物堆得乱七八糟。哪像个“家”呀。这一次，夏树屏倒全然没有生老高的气，更没有发什么火，只是埋怨自己太不了解西宁这地方的气候了。她之所以此时感到浑身阵阵寒冷，完全是因为穿了一条裙子的缘故。

十多天后，高仕扬匆匆从大柴旦赶回。说明他这一阵和同志们正紧张地搞一种试验，天天从大肯大坂山下拉冰，搞硼酸盐的冰冻实验。

“请树屏原谅我没能到车站去迎接你。”

夏树屏低下了头：“你永远是一颗冰冻的心……”

高仕扬喃喃地：“我感谢你对盐湖工作的支持。”

（六）

夏树屏下班回来，走进房间，吓了一跳。只见高仕扬抱头躺在沙发里，那副黑边眼睛掉落在地板上。

“仕扬，你不舒服吗？”

“……”

“是不是，关节炎又犯了？”

“……”

夏树屏走近高仕扬，伸手摸了摸他的额头，发现湿乎乎的。他在流泪……

“究竟发生了什么事呀？！”急性子的夏树屏大声问高仕扬。

高仕扬这才哭出了声，哭声中迸出了这样几个字：“为什么没有我……”

一个堂堂50岁出头的男子汉，高级知识分子，竟像孩子一样痛哭流涕，这真是少见呀。打从夏树屏在学生时代认识这位“高斯”起，到婚后 20 多年中，从未见过他掉泪。

他全身关节痛时，站不直，躺不平，只能趴着的时候，夏树屏看了暗暗地淌泪，高仕扬却咬紧牙关忍着；闹“离婚”的那些日子里，她伤心地不知哭了多少回，高仕扬只是沉默不语，更没有哭；在那“史无前例”的日子里，高仕扬被关进“牛棚”，那些戴红袖章的人，冲进他的家里，翻箱倒柜，逼他交出“罪证”（关于盐湖研究的笔记和科研资料），他把眼泪往肚里吞，决不流露半点儿悲伤。今天到底为什么伤心呢？

顽疾缠身，不适宜在高原工作，他完全有理由可以提出留在气候比较温和的地方，做他应该做的工作，他没有提过这样的意见，高仕扬坚定地不改变自己的方向，到大柴旦盐湖去；夫妻两地分居，竟闹到“离婚”的地步；他也可以请求组织予以照顾（当时天津方面也需要他这样的人才），他也没有这样设想过。高仕扬毫不动摇地认定了一个目标，研究大柴旦盐湖。动乱的岁月，他白天劳动，晚上仍坚持阅读业务书籍和外文资料，他把体力劳动当成对脑力劳动的一种休息，把脑力劳动视为体力劳动的间歇，延长他的生命。高仕扬要为我国青藏高原发现的新类型盐湖的研究工作，打开一条道路，急求迅速、正确地揭示大柴旦盐湖的奥秘，早日为祖国所用。真的，他为大柴旦盐湖而活着，没有了大柴旦盐湖的工作，他就没法活！

高仕扬的情感稍微平静了一点，他告诉夏树屏：关于开展大柴旦盐湖湖水综合利用的中间试验，省上正式批下来了，决定立即上马，并抽调各路人马成立了攻关组，经费已经拨下，5 年共投资 300 万元……但是，工作班子里面，竟然没有他，他——高仕扬！

房间里的空气像凝固了一样。

高仕扬和夏树屏此时不约而同地在追索着一些往事：

粉碎“四人帮”以后，“三中”全会的阳光普照，迎来了科学的春天。在最近 5 年时间里，组织上为高仕扬主持的盐溶液化学研究小组，添置了国产最新的仪器，还进口了两套价值 40 万元以上的设备，新近，又批准了高仕扬提出的盐卤硼酸盐化学这一科研，列为中科院重点课题，拨了32万元的专用经费……

1979年春，中共青海省委召开科教人员座谈会（省委领导同志谭启龙、梁步庭都参加，张国声省长主持了这次座谈会），高仕扬由盐湖所党委推荐，以专家的身份（当时他仅是盐湖所的助理研究员）出席会议。他在会上作了《开发柴达木盐湖资源大有可为》的长篇发言，大声疾呼：在大柴旦盐湖建立实验基地，着手进行小规模的生产性研究工作。会后，有关领导同志还和他长时间地交换过意见，他们是支持高仕扬这个建设性意见的。在此以前，高仕扬曾提出要恢复大柴旦盐湖盐田日晒工艺的试验工作，在全所年终总结大会上，还多次受到表扬。

高仕扬从1955年开始到现在，一直从事盐湖科研工作，曾十几次进出柴达木盆地，并到西藏、新疆地区的盐湖调查，行踪遍及30多个湖泊，搜集整理了无数极为珍贵的科研资料，由他主要负责或和其他科技人员合作努力，取得了8项科研成果。他为填补我国的盐湖科研工作的空白和开发利用以硼、锂为主的盐湖资源已经作出了贡献，他正努力用自己的智慧和群众的力量在着手解决国内外的硼酸盐化学方面尚未解决的难题，摸索着试图走出一条新的路子来。那么，有什么道理，不让高仕扬在这条自己探索的已经看到希望的新路上，继续铺筑、开拓呢……

高仕扬大吼起来：“不在大柴旦搞，我到新疆去！我到西藏去！”

“……到新疆，到西藏去？”

“盐湖！那里也有盐湖！”

夏树屏的声音也提高了：“我，不是早就向组织提出，老有所归，内调去四川成都，回故乡天府之国，那里不少科研单位都向我们在招手！盐湖所就是不放人！这一回，我铁了心，坚决了！”

原来，组织上善意的照顾把他激怒了、刺伤了。所党委在召开扩大会议讨论这项工程时，有些同志认为高仕扬兼职较多，肩上的担子太重，健康状况不佳，建议这一项繁重的中间试验任务不要给他了。他就为这哭的。

党委委员们十分了解高仕扬。李书记最后拍板:我们一定要爱护珍惜知识分子这种可贵的积极性!报请省委,任命高仕扬同志为大柴旦盐湖湖水综合利用中间试验攻关组的组长。

这个非同小可的重点项目,当年1月正式批准。2月,高仕扬等同志搞出了详尽的实施补充方案。3月,他和大家一起,一头就扎进了大柴旦这个茫茫无边的盐湖里。

回西宁后,他向妻子郑重提出:你如"老有所归",真的要回故乡四川,我也再不阻挡你,要走你走,我是不走的,坚决不走的。

夏树屏没有作回答,淡淡笑了一下。这事至今谁也没有再提过。微笑结束了这"老有所归"的争论。

(七)

夏树屏的眼神此时凝聚在那盆红珠点点的"珊瑚珠"盆景上。她的回忆仍在继续着……

那是不久前高仕扬出访考察澳大利亚前的几个不平常的夜晚:

夜深了。

床上,铺放着一张澳大利亚地图。他已经整整看了3个小时,这时才卷起了地图,到隔壁书房去,急急书写着什么。夏树屏好奇地随丈夫走进书房。看到高仕扬写的是:

访问澳大利亚的计划——澳大利亚有丰富的天然盐湖资源,在澳大利亚的昆士兰州、维多利亚州、南澳大利亚州和西澳大利亚州都有许多盐湖。如果有机会,我们想去访问南澳大利亚的托仑湖、眼睛湖、尕德莱湖和澳大利亚的莫可莱湖和柯万湖,同时想了解有关这些盐湖的地质、水文地质和气象条件……

夜深了。

书房里，高仕扬和他的研究生陈志刚在激烈议论。

陈志刚在高仕扬的指导下计划撰写《共结硼酸镁盐》的论文。在这项实验中碰上了"拦路虎"。这是一个崭新的课题，从中或许可能发现一种新的化合物。现在，高仕扬正在指示他的学生，下一步如何进展，制定十个步骤……

"哟，两点了，老师，宿舍的大门关了……"

"不要紧，咱们继续谈……你在我这儿睡好了。"

于是，陈志刚在高老师家睡了一夜。

夜深了。

高仕扬让夏树屏先去休息。自己在会客室里踱步……

"喂，你昨天整整一个星期天，走来走去，今天，还是不停地走……到底在想什么呀？……"

"对不起，你别打扰我。"

次日一大早，高仕扬急匆匆去找李书记。双手递交了一份入党申请书。

明天，高仕扬就要飞往北京，准备出国了。夏树屏趁老高试穿出国服装的空隙，向丈夫提出："我们在香港有熟人，你通过他们借些外汇（这是合法的），买一台彩色电视机回来。……听见没有？"

"听见了。树屏，不过……我不搞这些名堂。我是去考察科学的。再说，借钱买彩色电视机让人听了笑话，还真以为我们多穷呢。其实，我们才是真正的大富翁，光大柴旦盐湖，就够……"真是，他三句不离大柴旦盐湖。

夏树屏这时该处理摊在她面前的那些来信了。她看着信中那些英文，有个别字意思不太准，随手翻开了英汉字典。正巧，在G字部有这样一个字：

“GAUSS”

“高斯”——磁场强度的单位,电磁单位。“强吸引力”。

夏树屏在四川大学实验室门口第一次叫“高斯”以前,她当然知道同学们之所以给高仕扬起这个绰号的由来。此刻,她好像才真正明白,这“GAUSS”用在高仕扬身上的深刻含义了。

“GAUSS”——高仕扬!

在地壳新隆起地带

一切物体在没有受到外力作用的时候，总保持匀速直线运动状态或静止状态。

要改变物体的运动状态，就必须对它加力。力是物体对物体的作用，力是使物体产生加速度的原因。

——牛顿第一运动定律

43 岁的宋瑞祥，是 1982 年 4 月调到青海省地质局任职的。上任

长江源头——格拉丹东

不到10天，他就爬雪山涉荒漠，在一年多时间里行程一万多公里，把青海省所有的地质队在勘探或开采的重要矿区，有远景的矿点，统统调查了一遍。

后来他给地质矿产部写了一篇《开展柴达木盆地及其周边地区的第二轮矿产普查工作》的报告。

这份报告，引起了部里的重视(全文刊于1982年7月26日出版的《地质工作研究》)，并转发全国地质部门和有关单位。此后，地质矿产部就开创地质工作新局面提出在全国范围内开展第二轮普查的问题进行了广泛的讨论。

西方资产阶级报刊的新闻记者在评述我们的国家干部在“十年动乱”以后，存在一种“一看、二慢、三通过”的工作作风，这显然是十分片面的。当宋瑞祥刚刚提出开展第二轮普查工作的时候，周围与他一起共事的同志，对此也无可非议，因为这毕竟是“纸上谈兵”。但是，当这位年纪不大的指挥官，真刀真枪要上马出阵的时候，的确有那么一些好心人吼叫了起来：且慢！别操之过急！不过宋瑞祥并不听而生畏，仍然“一意孤行”。

现在，第二轮普查在柴达木盆地已经取得了可观的成果。那还有什么可以说三道四的呢。

“人活着是不能只图安逸的，需要有分担国家民族命运的义务和责任感。这种把个人和国家融于一体的伟大的责任感会产生一种神奇的力量，会搅动我们某些队伍的沉闷空气，会唤起千万地质工作者去开拓未来、艰苦创业的壮志豪情。”宋瑞祥同志这样说着。

北去的列车，“呜，呜”地叫了两声。宋瑞祥的爱人急速帮独生女儿文玲将一个旅行挎包(这是一个特殊的“媒介物”)塞进车厢窗口，一边焦急地催促着：“快叫一声爸爸呀！火车要开啦……”宋瑞祥向送行者频频挥手，在一片“再见”的告别声中，始终没有能听到“爸爸”这两个亲切的字眼儿。列车缓慢地移动着，他瞥见:十七岁的文玲的一双大眼睛凝望着自己,眼眶里晶莹的泪水在往外涌……

1981 年 8 月,地质矿产部指名湖南省地质局副局长宋瑞祥同志,随孙大光部长率领的工作组到东北三省考察地质工作。宋瑞祥从东北回部后,就开创地质工作新局面,提出了八个方面的建议。过了十几天,部里决定调这位年方 41 岁的地质工程师去青海工作。

宋瑞祥要去大西北了。在他生活的小河里,将激起多少波澜? 暂且从刚才他的妻子和女儿送别时的情景,追述昨天晚上他家里发生的琐事……

“远看是个要饭的,近看是个勘探的。”有人用这样的话来形容地质野外工作者的外貌,他们长年跋涉野外,儿子误将爸爸叫叔叔,女儿怕羞干脆连叔叔也叫不出口。这样的事情,经常听到。但 17 年了,文玲从未叫老宋一声爸爸,确实少见。

宋瑞祥每当爱人嘀咕埋怨这方面的事时,总是笑呵呵地说着那句老话:“山山水水是地质队员的家么,你想想看,要是我们给国家找出个矿,那……”宋瑞祥,17 岁从南京地质学校毕业后分配到湖南工作。1958 年担任地质组长时,竟和大家一起找到了一个湖南省最大的磷矿。他 19 岁加入共产党,还出席了省群英大会。1966 年晋升为工程师。1980 年,地质矿产部工作组来湖南调查,当时还是地矿处副处长的宋瑞祥,作了一次汇报。他对湖南全境 21 万平方公里的土地,数十个矿带,几百处矿区、矿点,以及其地质环境、资源远景、供需要求、薄弱环节,乃至今后如何调整部署等,了如指掌,汇报得有条不紊,清爽明白。在座的同志,都为之震惊。“哦! 这真是一张地质矿产资源的活地图呵”。不过 4 个月,刚刚 40 岁的宋瑞祥被破格提升为湖南省地质局副局长。

老宋婚后 20 年,把自己的家当成临时“客栈”,而地质局和野外却成了他的家。年轻副局长的妻子,对这样的生活,日子久了,也习惯了，想着这些，心中有时还涌起一种无以名状的自豪感。

昨天晚上，宋大嫂情绪有点反常，她帮助丈夫把最后一个旅行挎包整理好，塞进了为他远行新买的一支中华牙膏（往常出门，他常忘带这些东西），对着伏在桌子上的宋瑞祥说："瑞祥，你说怎么办？"

宋瑞祥一门心思在做着一桩事。他手里不停地翻着厚厚的记录本，凝望着桌上一本翻到了的"青海省"中国地图。他用红铅笔填写各种各样的记号，那个"○"是地质队队部，那个"△"表明搞什么矿……他没注意到妻子的问话。

宋大嫂紧逼一步："还没有到任，已在做青海省的工作了！翻啥'阎王簿'，看了就生气！"

被妻子斥之为"阎王簿"的那本东西，其实是一份十分宝贵的"情报"，这是他前些日子在北京刚弄到手的。在决定调宋瑞祥去青海时，孙大光同志约他谈一次话，这才奉命到了北京，可是当他赶到地质矿产部时，部长正巧有急事到东海去了。走在时间前面的人，最痛苦莫过于等待了。第二天，老宋打听到部里有一位高级工程师朱凯，20 世纪 50 年代曾在青海柴达木工作过，这天中午就要去广东出差。他连奔带跑赶到老朱家，把朱截住，问这问那，差一点耽误了老朱上飞机。接着，他又打听到地矿司总工程师陈鑫同志也在青海奋战过，又喜出望外地登门拜访，把陈总肚子里的一本"青海地质经"全部取了过来。他甩掉了"等待"，高兴极了，竟在北京找到了 20 多个调查对象。他那本厚厚的记录本，密密麻麻地记满了"青海情况"。

他的思绪正漫游在青海湖畔，妻子打断了他的"探索"：

"喂！你别装聋作哑，文玲是不是你的亲生女儿，她的事你倒是管不管？"

宋文玲高中毕业后没考上大学，待业在家。宋大嫂几次催丈夫，让他发挥一点"权力"，走走门道，给她找一个合适的工作。宋瑞祥除了对那些矿山坑道的门，是朝南朝北，路远路近，走多少公里能到达什么矿点外，其他的门道确是一无所知。他不装聋作哑又怎么办？

“你这个当爸爸的可以拍拍屁股就远走高飞，事情只得由我这个在招待所里当服务员的妈妈……”

说到工作，宋大嫂从没有拖过丈夫的后腿。多少年来，她一人支撑着这个家庭。这次瑞祥调青海，她曾经要求他迟走几天，好为自己亲爱的待业青年的出路奔走奔走，可是，他竟没有答应。她真的生气了。宋大嫂昨晚就是在这种气恼中度过的。而宋瑞祥桌上那盏似微微嘻笑的台灯，也亮到了深夜一点半钟……

1982年4月7日，宋瑞祥迈着轻捷的步子，第一次跨进了青海省地质局的大门。他没有发表什么“就职宣言”，悄悄地大概用了一个星期的时间，翻阅了从青海建立地质队到最近的几十万字资料和全省地质矿产图件。吃光了这些“粮食”后(地矿处供给的)，老宋笑嘻嘻地开口了：“同志，有人说地矿处是地质工作的窗口，这话不假，我这几天，光趴在窗口看，‘馋’极了……”十六日，宋瑞祥约了两位地质行家，向高原纵深地区进发……

青海，这块举世瞩目的崛起的高原，海拔平均3 000公尺以上，大气里的氧，比内地缺少约20%以上。越野车颠簸着，好比一只催人昏睡的摇篮。在车内，宋瑞祥冲着两位同行者，指天划地，问这问那……老宋不时在笔记本上记着什么。突然，他让司机停下车，下车敲打起石头来，用放大镜仔细察看，还用舌头品尝哩……一个新的矿藏世界，难道不就在脚下？

柴达木盆地西北最边缘有片鸟也飞不过的“无人区”，叫做大浪滩。春夏之际，湘江两岸，桃花春风，柳丝轻摇，这里却是狂沙怒吼，一片灰黄世界。宋瑞祥和勇敢的开拓者们用衣服裹住头颅，背顶着沙石，一寸一寸艰难地在这片戈壁滩上蠕动着。几个小时过去了，当他们踏上盐壳锋利的“刀山”时，万里晴空竟连一丝浮云也没有，气温高达40℃，火伞高张，烤得人头晕眼花，干裂的嘴唇开始出血，但他们还是前进！

夜晚回营，帐篷像一只小舟在大沙浪里摇晃。他们顾不得掸去身上的沙土，铺开地质图，立即商讨布井的位置，恨不得一孔就能揭穿现代盐壳的奥秘。宋瑞祥靠在行军床上，白天与大自然搏斗的情景，很快就在脑海里消逝。此时，他想的是：钾肥与粮食生产的重要关系，这里成矿条件如此的优越，将来，风沙怒吼的大浪滩能换来麦浪稻涛翻滚的大粮海……他朦朦胧胧才合上了眼。

宋瑞祥来到祁连山，攀登 4 500 多公尺的玉石沟。这时祖国南疆正是红枫满山，天高气爽的金秋季节，而这里已是银装素裹的隆冬了。第一次在雪线以上踏勘的宋瑞祥，胸中像塞进了一块石头，心慌气憋，脸色发白，冷汗从额头不断地沁出。同志们见了这般模样，都劝他不要再登高了："高山反应，严重缺氧，会危及生命的！"宋瑞祥定了定神，连连摇手……他继续向上爬去，和大家一起采集超基性岩标本，观察研究铬铁矿床的形成。

老宋的脑子里忽然闪过一个念头：年龄真是不饶人呀！当今我们局(队)领导班子的状况，平均年龄太大了，要改变是无疑的。但是，青海高原又有它的特殊性，要求更加年轻化，否则是无法上第一线指挥战斗的。

在湖南只骑过一回马的宋瑞祥，现在却像草原上慓悍的骑手那样，在青海南端达卡夏曲河险峻的河谷间自如地迂回着。这里的冬天来得早，漫天的鹅毛大雪，在迎接我们这位新来的"客人"。同伴们把皮衣裹得紧紧的，连勒住马缰绳的那双手都缩进袖筒里去了。宋瑞祥与众不同，他只穿了一件绒衣。他不怕冷吗？不是。这样，他那身子可以在马背上稍为灵活自如一些。

"宋局长，你当心！"叶工程师心想，这位新来的领导，来青海不到一年时间，西面跑到了柴达木尽头茫崖戈壁，东边登上了拉脊山的山脊，北面步入靠近河西走廊的当金山口，南面……八千公里风雪狂沙，把省内所有的野外地质队，重要矿区和有远景的矿点，统统走了一遍，心里确实敬佩。不过，今天竟执意要到仅五六个队员的小小踏勘组去，未免也有点太“那个”了。

“老叶！你要小心呀！”宋瑞祥大声回应着。

叶工擦了擦眼镜片上的“白花”，透过雪烟看着摇晃在马背上的“雪人”：“你不冻吗？”老叶自己浑身感到透骨的冰凉，宋局长呀，你非要亲手摸一摸这夏曲河床，我不反对，难道你不能等大雪停了以后再走吗？现在倒好，快冻成冰棍啦。

宋瑞祥知道叶工的心思，临行之前，他俩有过一场小小的“争议”。同志呀，你受苦了，请原谅我吧：这条河谷，不是说可能淌着黄金吗？黄金是直接的硬通货呀。开采手段简便，投资少，若是找到，汽车（甚至马队）一拉就跑。寻找稀贵金属，在青海高原人烟稀少，交通不便的特定条件下，有着特殊的意义呀！美国的加利福尼亚州，不就是开采金矿致富的吗？干我们地质这一行的，经济效益是至关重要的！老宋回答道：“冷，还好。我心里火热火热的。不是说，鸟为食死，人为金亡么，哈哈……”

一年之计在于春。1983 年 3 月，局召开了全省地质战线先进工作者表彰大会。有大批知识分子受奖。占受奖个人总数的 51.8%。工人、知识分子胸前都戴着大红花，肩并肩地坐在一起。看到这种情景，大家心里乐呵呵的。不过，偶尔我们也能听到这样的俏皮话：“如今是知识分子向阳花，工人群众苦菜花。”宋瑞祥是个易动感情、十分“外向”的人，当听到上述这种话时，他却沉默了。难道沉默不是感情激动的另一种强烈反映么？

乐都第二水文队有个 20 世纪 50 年代大学毕业生叫梁振瀛，1974 年因水文地质资料问题以“重大破坏事故罪”准备逮捕他，神经受了刺激而错乱。这个“疯子”清晨在马路上跑步乞讨，晚间独宿陋室。梁振瀛每隔一星期总要写一份申诉书向上级申诉自己的冤屈。宋瑞祥看了这些申诉书，心里阵阵隐痛。他赶到现场，通过梁的女儿拉线，想和“疯子”见见面，可是梁振瀛坚决拒绝“接待”，宋瑞祥无奈，只得呆在窗口，用温和的目光代替语言和梁交谈。……斗室是阴暗的，玻璃窗残缺不全。烟筒烂了，褐黑色的床铺，散发着霉味。宋瑞祥眼圈湿润了。梁早在宋来青海之前，便经过上级调查后确定为必须平反的错案。后因种种原因，问题至今不得解决。宋瑞祥当场就把队的书记叫来，立即让解决“疯子”的吃饭、住宿等问题。回到局里，开了一次党组会，给梁振瀛彻底平了反。

格尔木第一水文队副队长兼主任工程师张勇，曾向党组织多次提出入党申请，现在已经50岁出头的人了。

“……同志，入党是件终身大事，要经得住任何考验，长期的考验……”张勇听到的是这样的答复。

宋瑞祥了解这一情况后，利用去格尔木的机会，亲自找老张谈话，向群众了解。

老宋心潮翻滚起来：考验，考验，是不是入了党就再不需要考验了?！像他自己这样的共产党员，现在倒真是面临着一个新的问题，一次严峻的考验哩！问题的根本是这位同志目前是不是具备了入党的条件？要相信广大党员群众！后来，支部大会经过认真讨论，张勇终于入了党。

一天，宋瑞祥从祁连山回来，发现有几个工程师关起办公室门嘁嘁喳喳不知在干啥，他轻轻敲门进去，原来这几位同志在欣赏一幅艺术品。

“这横匾里的六只仙鹤真是栩栩如生呀！”他凑到同志们中间一起赞美起来。

“唔，是呀，我们是送给王……”一位同志说漏了嘴。

“噢，王总今年六十大寿了吧？你们为什么不告诉我呀?”宋瑞祥说着，且细细地回味起他们这种反常的神态来。

“这祝寿送礼……”

“哈哈,我搭一份。”

宋副局长被王总请到家去了。他热情地和这位党外高级知识分子碰起了杯,喜笑颜开,他俩的心贴得更紧了。

过去任八队副队长的仇水旺同志,最近被提拔当青海省地质局的副局长了。这件事勾起了老杨书记对宋瑞祥一段火辣辣的回忆。

仇水旺,共产党员,39岁,是北京地质学院探矿工程系六八级的毕业生。他年富力强,专业知识丰富,工作精干。在八队有这样的得力助手,老杨真是从心里喜欢。

一天黄昏,宋瑞祥驱车赶往八队,当夜就找老杨谈话,传达局党组抽调小仇去格尔木一探矿队的决定。八队,500多名职工,3台钻机;一探矿队,1 000多名职工,14台钻机。这无疑是给小仇压重担子。一心为八队工作着想的杨书记,听到这个决定,真像被砍了一条胳膊一样:

“你们党组太不顾全大局了,这是拆东墙补西墙!我有意见!”

“有意见,你可以提。可人必须调,在限期内去报到!”

“调走仇水旺,那明年八队的任务你给我减下来。”老杨这样说。

“任务一点也不能减,我们还希望八队能超,能多找到几个重要的矿。”老宋这样回答。

“好!那我辞职……”

宋瑞祥慢慢地从上衣口袋里掏出一本中国共产党章程,翻到第36页指着“党的下级组织必须坚决执行上级组织的决定”说:“国有国法,党有党规。同志呀,我们都是共产党员,你看看这个吧。”说罢,径自睡觉去了。

老杨那天晚上,到深夜两点还没合眼,他想了很多很多……

次日清晨,宋瑞祥又要赶路了,老杨对老宋说:“仇水旺同志我同意调走了……”宋瑞祥高兴地握住了他的手,“想通了就好”。却不知,杨的另一只手慢慢地从口袋里掏出了一张纸,老宋接过一看,原来真是一份“辞职申请书”。

宋瑞祥大笑起来:“……想不到你这个工人出身的还咬文嚼字呀,下不了台不好意思是不是?啃,你这笔字还真够漂亮的……”

老杨也咧开嘴巴笑了。

不知从哪一年才兴起的事,地质局机关大院内,搭起了一个又一个鸡窝。“五讲四美”活动中,宋瑞祥号召大家拆掉这些棚棚架架……几个月过去了,这里鸡儿的啼叫声,仍然不绝。难哪!因为,这鸡窝是搭在职工自己的家门口的,宋瑞祥真想动手去拆掉它。老宋呀老宋,你真要把这儿搞得“鸡犬不宁”吗?

20世纪50年代勘探的锡铁山铅锌矿,仅用了两年零10个月时间,就提交了一个大型铅锌矿床勘探报告,成本每吨铅锌金属为2.83元;而70年代勘探赛什塘中型铜矿,花了大约12年时间,直接勘探成本每吨铜金属为20多元。两项一对比,宋瑞祥很快就发现问题的症结在哪里了:

据调查统计,职工的探亲假期一年中竟达四五月之久,有的甚至在半年以上。地质工作是一项探索性的工作,有个超前服务的问题,分析测试,资料整理,综合研究,指导未来的工作,另外,冬训也是必不可少的。现在,这么多人都回了家,这怎么工作呀。老宋迫不及待地找来了有关同志,请他们迅速调查兄弟单位的探亲假情况。回答是:一般仅两个月。他征求了局机关不少人的意见,大家面面相觑。这是近几年来的“老习惯”了。还有人规劝老宋:探亲假涉及职工每家每户的切身利益,务必千万慎重,太猛了,会惹出大乱子的!宋瑞祥眨巴着眼睛,自言自语道:“突破口,突破口!看准了就得豁出命来往里冲!”

在局党组会上,宋瑞祥终于把这个问题严肃地提了出来。他拟定了一个新方案:法定的一个月探亲假一天也不少,另外,报请上级批准照顾高原缺氧,再加30天,但这一个月的工资,发70%。

老宋在提出这个方案之前,考虑是十分周到的,且反复斟酌过的:

"这探亲假涉及职工每家每户的切身利益,要慎重呀。"

"现在这个现状,家的利益多了,国的利益糟啦!吃亏的到头来,还是群众自己。"

"这是老'习惯'啦,别太猛了,慢慢来,放上3个月假试试看吧。"

"病在自己身上,哪个病人愿意慢慢治的呢?!"还有……

这是一个触及"懒"、"私"两根神经的方案。勇于创业的人,是不怕触及这两根神经的,而要创出一个新局面来,非触动这两根神经不可!

党组会上,讨论是热烈的……

当这些"问号"一出现,宋瑞祥同志都用事先准备好的"惊叹号"解答了。探亲假新规定经过反复讨论,最后终于通过了。他慢慢地站立起来:"如果闯下了'大祸',祸根是我,我负完全责任,不过,现在已成决议,我们一班人,坐得正,站得直,出于公心,再大的困难也要坚持!"

宋瑞祥从祁连小八宝地质分队离开,越野车后面响起了一阵敲打饭盆的声音,西瓜皮向空中抛去,"嗷——"有人用怪叫和脏话来"欢送"这位新局长。他们想干什么呀?无非是对新探亲假规定不满。

小八宝这场"风波",有人主张为了维护局长的个人尊严,悄悄地不予"扩散",不了了之算了。宋瑞祥不然,回到大队部,主动点破了这个问题,抓住这个典型,召开了一个大会,他讲整顿要敢于碰硬,讲什么是工人阶级的利益,讲改革中要如何加强思想政治工作。八宝,八宝说不定真有八样宝哩!现在就看哪个眼尖的能看到,哪个手巧的能拿到……要是真的找出了个重要矿!……少几天在家抱小宝宝,又算得了什么呀?……大家笑了。

宋瑞祥到了格尔木,时值11月,传说某队已放假走人了。宋局长(此时他已被任命为青海省地质局局长,兼党组书记)泰然自若,用长途电话了解指挥。其实这些均系谣传,为的是试探"局座"的心,那些分队的职工谁也没有离开自己的岗位。

漂亮的五层宿舍大楼在省地质局大院里平地盖起。它的一侧，有一排两层待修的破旧房屋，这里住着单身汉和零散的家属，我们的宋局长就住在里面的阴面房间里。

一个星期天。

宋瑞祥孜孜不倦地在学习英语，他背熟了若干单词后，又顺手翻开了一本泰国的钾盐矿资料，悉心在研究那里光卤石的赋存条件。此后，又慢慢地拆开了妻子从长沙寄给他的信，信中有这样一段话："……我听人家说，你一到青海，就做了一件大蠢事，你把群众都得罪光了……要是真的把大家都冻死在山上，那是人命关天的事呀。"这阵风居然远吹到了湘江边上呢。唉，你不了解情况，冬天我们是都收队了，不过，我们的队部住房大部分还都是破屋、帐篷，同志们的生活，是要比内地艰苦得多，相信过不了多久，情况一定会慢慢地好起来的。女儿文玲也在信中夹了一页纸：它的开头，"亲爱的爸爸"几个字特别醒目；她现在已考上了电大，工作最近也有了着落。她听说西宁这个高原古城很美，让爸爸回信时说说到底是个什么模样。老宋对这点很是为难，因为他在西宁的日子里，除了穿过地质局门前那条马路，到对面百货商店买过一两回中华牙膏和肥皂一类的东西外，其他很少顾及。

1983年春节一过，90%以上的职工，都按期归队了。当他们听到宋局长前不久上京开会，为今年职工住房等基建投资，与部领导苦争硬磨，甚至不惜戴上"伸手派"的帽子，终于增加200多万元经费时，脑子都闪忽了一下；后来，还了解到他趁会后空隙转道长沙，只度了15天的探亲假，大年初二就离开家门，挤上火车，坐了硬板座急匆匆赶回局的情况，心里确实佩服了。

宋瑞祥同志在中央党校学习了一段时间后，将要回青海了。1985年4月27日，在北京飞往兰州的客机上，他俯瞰着祖国的万水千山，又在凝神地苦苦思索：地球的表壳为什么会隆起？亿万年地质史演变发展，岩浆在如何挤斗呢？如今，在这片高原上，为中华地质工作的新崛起奋斗拼搏，将要付出多少力量呵……

南八仙雅丹地貌

怀　抱

(一) 姑娘的心

一艘巨轮在“千岛国”——印度尼西亚曲曲弯弯的海域里缓慢地行驶着，它从三宝陇港到了雅加达港……在离开这个国家之后，轮船驶入无边的太平洋时，顿时感觉到它的速度飞快了起来。海鸥低空翱翔，从伫立在甲板上扎红绸发结的姑娘身边掠过，18岁的陈基娘，轻轻地吐了一口气：哦，飞吧，飞吧！向北，向北！快快飞向那北斗升起的地方……

1954年，一个炎热的夏天。海轮经过几天几夜的航行，终于在一个清晨抵达香港。旅客们纷纷上岸。黑洞洞一片模糊的楼房，它的顶上挂着英国的米字旗。听说，深圳桥的那边就是中华人民共和国的大陆了。一帮拿着棍棒的巡捕，像赶什么似的(啊，姑娘想起来了：这不是在赶“猪猡”吗?)把他们赶过了哨卡。过了那座桥，刚刚天亮，一眼就看见了迎风招展的五星红旗。陈基娘双脚并拢，肃然立正，深深地弯腰90度，连连鞠了3个躬。祖国亲人解放军拉住了她的手说：“欢迎，欢迎！你们辛苦了……”话还没有说完，陈基娘已是热泪满面，呜呜地哭了起来……

“笨猪!”这句口头禅，在发达的资本主义国家里，似乎是对黄皮肤的华人特有的一种称呼。陈基娘的心灵里，从小被刻上的一个耻辱的烙印，至今没有磨灭：在异国他乡经常像“猪猡”一样被赶来赶去。父亲为了养活一家七八口人，经商卖杂货，从文池兰搬到日惹，从日惹又到三宝陇,从三宝陇又搬家……陈基娘当然就跟着到东到西。

她永远忘不了目睹的一幕惨景:就在木拉比活火山口附近的山林里,一群野孩子窜到树林里去玩耍,她第一个发现被刺刀挑开肚皮的叔叔和阿姨的尸体横躺着。基娘疯一样地逃奔回家,一头扑在外祖母的怀里。世上发生的一切,那瞬间被柔和温暖的怀抱所隔绝,但凶残的触角像射线一样,从不间断地向幼小的心灵刺来,简直无法阻挡。

为什么?为什么?在日惹上初中的姑娘,渐渐感觉到因为没有生活在祖国母亲真正的怀抱之中。

姑娘倔强起来了:她参加了进步华侨青年组织。学生会主席被当局逮捕了,她和大家一起,冒着生命危险,上街抗议游行;又跟同学们搞募捐活动,欢送一批批华侨回归祖国。她已经不是一个野孩子了。她知道祖国人民在共产党领导下,推翻了帝国主义、封建主义、官僚资本主义三座大山。人民当家作主,搞生产、闹建设、男女平等……她瞒着父母偷偷地加入了"回国同学会",立下了回国的誓愿。

父亲是出于爱护女儿(因为她参加的活动,难免有被抓去坐牢的危险),还是舍不得骨肉分离?老人知道这事后,坚决阻拦。"中国人多,也不稀罕你们回去!""留下来可让你上大学,只要经常见面就行了。""要么就别上大学了。你大姐以前也闹着要回国参加抗日,我就采用这办法,干脆不上学,还可以帮家忙。"

陈基娘说理也不行,撒娇也无用,终于采用了不吃饭的办法,对付严厉、可怜的老父亲。她绝食了。绝食到第三天,基娘不能起床,父亲勉强答应了女儿的要求,但提出了两个条件:第一,等冬天再回国;第二,从现在起在家不去上学,不准参加一切社会活动,不许与同学来往。聪明的姑娘识破了父亲的"缓兵之计",自己也提出了条件:白天在家帮忙,晚上请老师来补课。于是,她利用补课机会联系老师和同学,又通过一位老师巧妙地向父亲活动,不久又重新上了学。

陈基娘加快了回国日程的安排。在华侨同学的帮助下,买了一张票价最低廉的底层地铺船票,登上了开往香港的海轮。

姑娘真的要远走高飞了。无奈的父亲、母亲拖着小弟慌慌忙忙赶到三宝陇码头，脸上没有一丝笑容的亲人给姑娘送了一笔“嫁妆”：衣服、杂物、自行车、照相机等；父亲还专为她付钱，换了一张床位票；当母亲抖抖索索的手，将一条黄澄澄的金项链，塞到女儿手里时，陈基娘也有点心酸了……

这位华侨姑娘很快从祖国的南方大门广州，到了即将东流入海的长江之滨南京，被保送进了南京师院附中，当高三插班生。毕业后，她考上了北京地质学院，在一片“社会主义好”的欢歌声中，来到了伟大祖国的首都北京。

对于心田里似乎早已熟识，但在现实中却是完全陌生的祖国生活，陈基娘每时每刻、一举一动，都要有一个适应的过程。吃饭用筷子不习惯，解手用“手纸”不习惯，不能天天洗澡不习惯。有一次，还是去参观游览哩，往返大约只走了 10 来里路，就觉得脚步不协调，脚掌还起了泡。难怪她不习惯，姑娘在海外，一里地也要骑自行车，远路是有包车的。

陈基娘毕竟已经生活在祖国母亲的怀抱之中，周围有个强大的集体温暖着她的心，而自身发出的无比力量的源泉，来自她心中已经竖立起来的缀有五颗星星的红旗。

这位华侨姑娘被动听的政治报告吸引住了。那些足以使人激动得掉眼泪的“忆苦思甜”，还有悲壮的革命战斗故事，使她对神圣、庄严的祖国更加热爱、万般神往。最初，陈基娘在操场上听大报告，最怕有小蚂蚁爬到身上来，坐立不安，有时还惊叫起来。现在，开这种大会，和同学们一样都盘腿坐在草地上，一坐就是三四个钟头。这个在印尼中爪哇岛长大，围着水稻田里那几个人也不能抱合的大榕树，嘻嘻哈哈“捉迷藏”的野小孩，现在变得这样的恬静、善思、有觉悟。

她为了增强自己跑路的能力，每天天不亮坚持长跑锻炼。有一次野外实习，走了几十里路，回来时，累得饭也不想吃了，但当踏进驻地，同志们早把洗脸水打好，饭菜摆在院子里的桌子上。那个老炊事员不时地在上面扇扇子赶苍蝇，一边慰问，一边招手……陈基娘受到感动，愉快地吃了饭。又有一回，到野外，她和几个女同学住在社员家，晚上睡炕时都感到烧炕的气味又浓又闷气，卫生条件差，陈基娘直想呕吐，忽地，她一下爬上了炕，贴近老大娘睡下了，同学们互相争夺，都要靠着老大娘睡。这一夜，大家都做了一个甜滋滋的好梦。最烦心的是语言不通（当时，她只能结结巴巴说一点汉语），语言基础差，一上课脑子就发痛，学习成绩不好，感到丢人，她哭了起来。她请求组织上分配一个不动脑子、不说话的工作。共青团书记为此不知跟她谈了多少回心（陈基娘那时已入了团），她又鼓起了勇气，每天晚上总是第一个进教室自习，同学们总要陪她到深夜，帮助她把所有功课都弄懂，才一起回宿舍。

学院路——首都八大学院所在地。北京地质学院的隔壁是航空学院，附近是钢铁学院、石油学院，还有医学院，等等。这一大片土地上充满着浓烈的书卷味。1960 年，60 届毕业生，他们的谈吐声，他们的脚步声，他们的歌声，是这团空气中最活跃的气流。他们不久将要离开学校，像开闸的流水一样，奔腾流淌到祖国的四面八方，去滋润每一块泥土。“到边疆去，到艰苦的地方去，到祖国最需要的地方去……”像洪涛一样咆哮。陈基娘就是这洪涛中的一滴水，也在随波激荡。

此刻，从印度尼西亚寄来了一封信，信是她爸爸亲笔写的。他们打算回祖国来了，将当面商议女儿毕业后怎样生活的事。大学生陈基娘真是喜出望外、欢欣万分。又过了不几天，银行通知她，让她去取一笔从印尼汇来的钱，共有人民币 4 200 元。盼望、期待，几个月过去后直到临近毕业，基娘始终没能见到远隔重洋的亲人到来。

一张“毕业分配表格”放在陈基娘的面前。本来，准备跟父母亲当面商量后，再填写志愿的，现在，她该怎样下笔呢？在印尼的父亲寄来这么一大笔钱。是让她出国旅游？还是要女儿回印尼探亲？

……

陈基娘紧紧握住了手中的笔，重重地在表格上填写 3 个志愿：西藏、新疆、青海。

(二) 在这块土地上

1960 年金秋季节，陈基娘来到了被人们称为“世界屋脊”的青藏高原。此时，她的背脊已经能够靠着高高的昆仑山，听到象征祖国母亲黄河的呼唤了。

陈基娘从无数次同志们投来的微笑的眼神中，发现自己好像变成了一个了不起的英雄人物，一种自豪感油然而生。但是，这种感觉很快就减退，甚至消失了。是不是由于自己身上有某种“特殊”而受到大家这样的褒奖呢？她对着镜子看了看自己，一身地质勘探队员的打扮，风雪皮帽把她早已剪得短短的头发盖藏得严严实实，皮肤是黑黝黝的，已经有了粗糙的感觉。现在，基娘姑娘还要细细听一听自己的脚步声，那双踩在冰雪地里的大头登山皮鞋发出“咔嚓、咔嚓”的声响，她确信自己是一个标准的地质队员了。眼前的路是什么路？是旷野，是山峦，是沟壑，反正不叫路！陈基娘确确实实和所有的开拓者一样，在踏勘着一条前人所没有走过的路。

不是说，“艰苦为荣”吗？要是这“艰苦”里面掺杂有别的因素，那陈基娘决不愿意接受这份“光荣”。她很快发现自己，确有与众不同的方面。她背上有一样东西，一个沉重的包袱。父亲不是从国外给她寄来了 4 200 元人民币？还有离别时，妈妈塞给她的那条金项链。陈基娘找党组织和领导，说明这事。她要组织接受这份“财产”，捐献给暂时有困难的祖国。当时，国家正处在三年经济困难时期。

这是从未有人走过的路。陈基娘打起背包，坐上大卡车，风尘仆仆来到冰天雪地的山区。白天爬山探矿，不知不觉一走就是几十公里。饿了啃块冰球似的馒头，渴了喝口透心凉的泉水，或嚼点冰雪。晚上住在山坳的帐篷里，风呼啸，雪纷飞，气温已是零下二十几度，被头上结了一层冰霜。有一次，分路单独上山，天黑了，伸手不见五指，远处,绿油油的闪着可怕的光点,这是什么东西?陈基娘紧握地质锤,把尖头对准前方……狼,是狼!陈基娘迂回前进,直到深夜两点,才赶回驻地。

这是从未有人走过的路。陈基娘在这块土地上,已经能很熟练地和大家一起,选择地形、“安营扎寨”,拾牛粪、点篝火了。每到一处,帐篷搭好后,男队员们总要先扔几块图板给她,让她选择一块地盘,隔出一个小角落(这是姑娘的天地),而陈基娘常把这“小天地”安在靠近帐篷门口的地方。晚间,当大家已经呼呼入睡,陈基娘在梦中似乎听到过狼的脚步声呢。清晨起床,大家发现堆放在帐篷门外的干牛肉被啃去了一大块,这才证实她夜里听到那“嗖嗖嗖”的声响,确是狼群的奔跑声。队伍做完工作要撤离了,一个个探槽的井架也都拆除了。细心的陈基娘发现有一个井的素描漏绘了,就独自一人上山。井壁没有了脚手架,是难以上下的。她撑开双手双脚,攀着滑下井去,在井底贪婪地工作起来。恶狼大概以为这是猎人设下的“陷阱”,远远地避着它,不敢接近。

仍是从未有人走过的路。陈基娘本来就身体瘦小,由于野外生活的艰苦,越来越不行了。积劳成疾,她患了慢性胃病和慢性阑尾炎。当领导发现并派人把她从山上接下来时,阑尾溃烂,即将穿孔。啊,她带病不声不吭坚持工作已经多日了。身体康复后,组织上照顾她,调她到室内搞岩矿鉴定工作。陈基娘为了使显微镜下的细微观察和野外的宏观考察结合起来,把地质图幅搞得更准确些,她坚决要求跟随地质队去海拔四五千米的柴达木盆地南缘的鄂拉山区勘察。华侨姑娘第一次骑上了骆驼。为了搞清鄂拉山区的地质年代、岩体构造和矿藏分布,绘制一幅幅地质图,勘探队员们在高山峻岭里转个没完。一天晚上,天色已暗,又没有月亮,陈基娘和另外两个队员掏出地形图,用手电查找宿营地的方位,对准目标在山沟里疾跑,几个小时还看不到宿营地帐篷火光,他们真有点心慌了。一位队员主张在山沟里找个避风的地方当“团长”(团缩着露宿)。陈基娘说:“当‘团长’没啥,恐怕……”另一位队员插话:“恐怕什么?”陈基娘回答:“‘团长’升级就当‘师(尸)长’呀,狼在夜间是往往出没在山沟之中的,我们必须立即登高!”

人们听到“登高”,或许会想起意大利大诗人但丁的《神曲》里,有这样的诗句:还有一只“母狼”,她的瘦削/愈显得她有着无边的欲望/她的容貌之恐怖/使我的心变得这么沉重/我竟失去了登陡的希望。勘探者陈基娘和她的同伴们遇到狼,可没有“失去了登陡的希望”,在那沉寂荒凉的山冈上,他们在登高,不断地登高……

(三) 母亲,你莫悲伤

1962年,快到元旦了。父亲写来了信:他说明了上次未回祖国的原因。这一次是叫女儿马上出国的。

陈基娘认真地考虑了父亲好心的规劝后,决定写回信。为了尊重国外过圣诞节的习惯,买了一张贺年片,在背后给父亲写着:祝贺新年愉快,女儿在工作、学习,待有机会再回。

父亲失望的眼睛,久久注视着“待有机会再回”的中国字。老人突然清醒了,女儿在祖国的怀抱里,是温暖的,是舒适的,一切是那样称心如意的。他也由此而快慰、放心了。

陈基娘的身上,揣着一只指方向的罗盘,一个放大镜,手里举着一把可以支撑着爬山的地质锤,她在探索祖国的天究竟有多高、祖国的地究竟有多厚。这两年国家暂时遇到困难,尽管肚皮经常是空落落的,但她的心里是踏实的。

上山的第一任务是找矿,还有一桩艰巨的任务是找吃的。她和大家一起挖苦苦菜,拾地边土豆。晚上收工回营,还背回一捆柴禾。烤土豆是非常好吃的,连剩下的皮也舍不得丢掉,它和苦苦菜加数量不多的青稞粉拌成糊糊,味道可香了。最好的美味佳肴要算是乌鸦的肉了。他们在天黑的时候,就钻到树林里去,爬树掏乌鸦窝,捉乌鸦,宰了当肉吃。这样的生活难道不艰苦吗？陈基娘在回国不久，盘腿坐在草地上听那些政治报告的时候，就听到过关于红军两万五千里长征，爬雪山过草地的故事。陈基娘的心里一直装着这惊人的、奇迹般的英雄史诗，她为自己能亲身参加、体验这样的一种艰苦生活而深感自豪。

困难时期，国家照顾华侨，她本来可以凭证购买一些一般人买不到的东西。但陈基娘认为，自己只有减轻国家负担的义务，没有加重国家负担的权利，一直没有去领取侨汇证。有一次她到火车站送人，回来时肚子饿得咕咕叫，她怕饿了胃痛，就掏出一元钱向卖饼的老乡走去，但觉得不对头，不该买，走开了。她又想，这时自由市场开放了，别人也买，自己买一个吃没啥。于是又走近了老乡，当第二次掏出钱时，又想起粮食是统购物资，不能私自自由买卖(当时是这样规定的)，于是她便决心忍饿不买了。

1964年，陈基娘被选为西宁市人民代表。1965年8月，她光荣地出席了地质部在济南召开的学习毛主席著作积极分子会议，被评为全国地质部门六个“尖子”之一。1966年，她被推选为青海省赴京国庆观礼代表，在天安门城楼上受到毛主席、周总理、朱委员长等党和国家领导人的亲切接见。天空中高高飘扬着五星红旗。呵！无数的红旗汇成了海洋。祖国呵母亲！陈基娘全身的热血沸腾起来了……

回到青海，“文化大革命”已波及高原。这里成了一片“红海洋”。使人莫解的是，一个真正热爱社会主义祖国、一心一意为祖国的富强忘我劳动的人，一夜之间，竟变成了祖国的罪人。陈基娘受到了心灵难以忍受的“冲击”。

陈基娘忧心忡忡，迷惑不解。但她坚信：乌云不会总是遮住太阳。她抱着即使被打成“反革命”也决不离开祖国的决心，坚守自己的工作岗位。那些口号喊得震天响的会议，除非通知她必须参加外，她都不参加；上街游行、刷大标语、批“走资派”，那些疯了似的行动，她视而不见，不去沾边。在受“审”的日子里，起先，满肚子的委屈没处倾吐，一见到毛主席、周总理的画像，就忍不住失声痛哭；后来，眼泪也淌干了，陈基娘变成了一块无声的“铁”。

天空下着雨。陈基娘在工作室里专心致志地搞岩矿鉴定,目不转睛地看着地质力学理论的书籍,动手制作着许许多多的岩矿标本。整个房间里是寂静的,只是从屋檐上流下的雨水发出滴答滴答的声响……

(四)女儿的“天职”

中国共产党十一届三中全会阳光普照。祖国社会主义大厦的屋檐下,飞来了莺燕,又一个春天来到了。

1980年,陈基娘英姿飒爽,她以省政协常委的身份,列席了青海省五届人大三次会议,在会上针对青海省资源优势,提出了矿产开发和综合利用的建议,博得了大会热烈的鼓掌;她是全国侨联委员,连任两届青海省侨联主席的职务,她在大会上号召归国华侨,积极投身“四化”,为振兴中华、建设祖国添砖加瓦。陈基娘同志20年来的心愿终于实现了,她光荣地加入了中国共产党。前不久,出席了第五次全国妇女代表大会和青海省六届人代大会,并被推选为省人大的常务委员。

下班后,陈基娘提着一大包待整理的地质资料回到宿舍。爱人张龙泉(也是一位地质工程师)习惯地知道,今晚她又要加班了。陈基娘本职工作任务繁重,还要参加许多社会活动,不在深夜加班是无法如期完成这一大堆公务的。她“荒诞”地把参加社会活动当成是一种“私事”,一定要在8小时以外,将花费了的时间补偿回来。她对待“公”与“私”是这样的分明:那次陈基娘去济南开会,往返差旅费100多元,她就没有到财务科去报销。她想:这次开会是组织给自己学习求进步的机会,这笔钱不应由组织负担。想到这里,张龙泉不禁笑了起来。

“妈妈,这道算术题我不会做,你教教我好吗?”东东撒娇地拉扯起妈妈来。

张龙泉连忙将教孩子做算术的事揽了过来:“妈妈在描图,不要打扰她,来,我教你。”

“爸爸,我长大了也描图,描很多很多的图。”

“乖孩子,哪一天妈妈星期天有时间,一定教你。”陈基娘是在哄骗孩子,她哪有一个星期天是有空闲时间的呀。

陈基娘已经是3个孩子的妈妈了。夫妻双双都是地质工作者,长年累月在野外奔波,丛岭沟壑是他们的“家”。他俩为了祖国这个大“家”,很少顾及自己这个小“家”。东东身上穿的毛衣毛裤,还是同事陈姨给打的。这个孩子也真是,7岁还尿床,爸爸妈妈都出野外了,好心的老于同志,晚上就搬过来哄东东一起睡,半夜定时唤醒孩子上厕所。现在,张龙泉看见孩子的衣服破了,他体谅基娘,心疼孩子,笨手粗指地穿针引线,给孩子补起了衣服……

深夜两点了。陈基娘收拾桌上已经完工的地质图,这才上床休息。高度紧张、兴奋了十几个小时的陈基娘的神经,让它松弛缓解下来,得需要一段时间。陈基娘闭起双眼,却无法立即入睡,她在检点着自己走过的历程……

风雪狂沙,高山戈壁。陈基娘扎根祖国青藏高原,已经整整23个春秋。刚从学校毕业不久,在一个地质分队,她带领一支小分队在老爷山上勘探磷矿。根据以往群众报矿,这里有含磷矿露头。经过她和大家打眼放炮,取样鉴定,认为磷矿品位低,无开采价值,就大胆地提出了否定意见。1962年,她负责在互助土族自治县小石湾地区布钻机、探煤矿,终于在这里找到了有开采价值的煤矿。此后的几年中,她调区域地质测量队工作,和同志们一起,踏上了高寒缺氧的“世界屋脊”搞1∶20万区调,制作了“都兰幅”,填补了祖国这个地区的地质空白。多少个日日夜夜,在实验室的显微镜下,由她过目分析鉴定的数以千计的岩矿标样,为开拓青海提供了坚实的地质依据。归国华侨、女工程师陈基娘被人们誉为“地质工作的眼睛”。

一大早,她急匆匆去上班,和大家一起整理那些数量、名目繁多的地质图件。这“53科研项目”是全国地质工作的重点。这项基础地质工作,又将为祖国的岩石地质研究揭开新的篇章。由她担任副组长的这一科研项目,迄今为止,已整整搞了3个年头。在3年的时间里,从青海东部到海北祁连山,从祁连山到海西昆仑山口,又从昆仑山进入柴达木盆地的大柴旦,从锡铁山又到乌兰,再到共和,他们还进入了玉树地区……在祖国遥远的地方,行程超过了两万五千里!

祁连雪山

在太平洋南面的那个地方,陈基娘的亲人在思念着她。前些日子,在北京工作的堂妹突然给她来了一封信,说叔叔将从印尼到香港,让基娘去香港探亲一个月。陈基娘的双亲已经去世,不在人间了,现在叔叔是她长辈中的唯一亲人了。“人非草木”,陈基娘渴望和已有20多年未见面的亲人聚会,可是,想到祖国“53科研项目”正“快马加鞭”地进行,真是没法“下鞍”呀!陈基娘回信堂妹,表示遗憾:实因工作离不开去不了,明年有空再去探望叔叔吧。前不久,当陈基娘要去烟台参加××地质会议时,香港又来信了:叔叔告诉基娘一个好消息,她的弟弟将去美国,路过香港,逗留3天,切望基娘于指定日期去香港会面。在20多年前,基娘的弟弟在雅加达码头,挥着小手向姐姐告别,那时才刚刚5岁。长时间不见,她真想念弟弟啊!

陈基娘捏着指头在算完成工作量需要的日程和到香港探亲必要的时间,算来算去,决定在烟台开完会后,乘飞机直飞广州,让已在香港的亲人,到广州来大家畅叙。这个探亲计划,包括来回路程5天时间。如基娘去香港,时间势必拖长——超过自定的“极限”,影响工作了。

烟台会毕,即飞广州。在预定的日子里,从早晨到晚上,等候了所有的从香港飞广州的四趟班机,却没有见到亲人的踪影。是自己把会面的日期弄错了?还是弟弟改变了启程的日子?还有什么意外的原因呢?这些猜测无法肯定。不过,此时叔叔在香港埋怨(老人甚至捣着手杖大发脾气),责怪基娘无情,恐怕是肯定无疑的。老人怎么也不能理解,中华人民共和国一个普普通通的干部陈基娘,她的工作竟如此的紧张,连抽几天时间到香港来,也没有可能。

青海省地质矿产局二楼大会议室里,挂着一幅幅地质图件,图上一块块涂着颜色:有红的,有蓝的,有黄的,还有嫩绿的……地质专家们在对“53科研项目”部分成果进行验收。人们急切地要询问,这批成果将对祖国“四化”建设起到何等重要作用,回答只能是:无可奉告。因为,它目前还带有一定程度的保密性。有人赞美陈基娘用汗水和心血描绘了眼前那一幅幅美丽的图画,给祖国的山河增添了无限的光彩。陈基娘也没有回答,她心里在默默地想:为了祖国母亲而工作,不过是儿女应尽的“天职”。

附录

有关评论

中国西部报告文学的新崛起

黄　钢*

正像是青藏高原那一片举世瞩目的崛起地带一样,《李南山报告文学选》的出版,显示和标志着中国西部报告文学的新崛起。

是什么理由,使得我们作出这一估计呢?

没有高山就显不出平原。海洋的漫延衬托出广阔的陆地。在阴暗的凹谷之前,屹立着坚强的崖石。只有风浪之中飞旋的雄鹰,展示出它那真正自由的意志。

那么,在文学领域的长途跋涉或者说是长期的竞赛中,究竟是哪一种飞翔的翅膀,才能够被称为是"更自由地扇动文学的翅膀"①,在进行合乎规律地鼓动,并且能够真正到达预期的彼岸呢?

如果说,要显示"中国文学的丰富性",那就要看是哪一种类型的

---

* 黄钢:著名的报告文学家,政论家和剧作家,我国杰出的新闻工作者。先后担任过中央电影局艺术处副处长,中国电影家协会党组成员、书记处书记,《人民日报》国际评论员、特约记者,国际政治学院新闻系教授,中国国际报告文学研究会常务会长,中国国际文化传播中心理事长等职务。

① "更自由地扇动文学的翅膀"——这是《人民文学》1987年1、2月合刊号以"本刊编辑部"名义发表的"编者的话"。人民文学编辑部表示:"本刊这期隆重地把他们极富个性的力作推向读者的视野。"而事实证明,正像是1987年2月20日《人民文学》当众所"检讨"的这些所谓的"力作"中,包括后来承认是"肆意歪曲西藏地区的风貌","丑化藏族同胞的形象","内容污秽、格调低下的所谓'探索性'作品";而这些也曾经被当作是"严肃而成熟的力作,提供充分的版面"。在此次检讨之前,《更自由地扇动文学的翅膀》"编者的话",还曾经确信,该刊有可能"展示中国文学的丰富性已达到何等斑斓的地步"。

丰富性。在这方面,《人民文学》1、2 月合刊号,已经作出了它自己很好的证明。

任何事物的存在与发展,都是有它的规律的。任何一次起飞,任何一次突破,都不会是突然的,从天而降的。而任何一个文学流派所自称的“丰富”与色泽“斑斓”,都是有它自己必然的思想属性与历史根源的。这已经是被当代中国文学现象又一次充分证明了的事实和规律。

中国西部的报告文学,也有它自己发生——存在——发展的规律。

以参与和反映近现代斗争为己任的报告文学,从范长江先生率先注视了《中国的西北角》起,已经走过半个世纪的长途了。在这一险峻奇拔和十分开阔的地带进行多兵种的进军中,我们还不得不承认:同我国记者范长江(抗战后参加了中国共产党)协同进军甚至更早一些深入陕北苏区腹地进行采访的埃德加·斯诺,这位情长谊深的美国朋友,实是一位勇敢的先锋,此后,他所写作的《红星照耀着中国》,实际上照耀到全世界,也照亮了全球中国问题观察家的眼睛。稍后于埃德加·斯诺,以 1936 年底划线同期进入陕北的美国朋友还有:记者海伦·福斯特·斯诺与艾格妮丝·史沫特莱——她们两位是埃德加·斯诺进入陕北苏区的后续部队,这两位女作家在报道中国红军方面的报告文学所发射的远程炮火,也是非常之准确,对于全世界的震动力,也是十分惊人的。

在以上抗战前的同一时期,丁玲同志就是这样的一位女先锋:“昨天文小姐,今日武将军。”1936 年 11 月毛泽东同志写给丁玲的诗词,描绘了“壁上红旗飘落照,西风漫卷孤城”时到达陕北保安的丁玲。“保安人物一时新”,毛泽东这首当年通过军用电台传出的词句写道——“洞中开宴会(按指窑洞中),招待出牢人。纤笔一枝谁与似:三千毛瑟精兵,阵图开向陇山东。”果然,丁玲抗战前到陕北、随军开进陇东后,其精彩的报告文学短篇《彭德怀速写》(此文不到千字)等,确实胜似“三千毛瑟精兵”。

延安时期的中国作家们，他们首先是以自己的革命行动来作为作品的先声，然后再落实到文字上，撰写出抗战以后的解放区报告文学史。而以丁玲为首的报告文学突击队，就是这样在战斗之中来开篇的。这时期（不仅是延安的，还有所有敌后根据地）的报告文学，首先在“中国的西北角”呈现出一片群星灿烂的图景：它们以高度燃烧着的热情，直接反映出火红的斗争。如果说这时期，解放区（从延安启动的）报告文学有什么重要的特征，那么，历史事实是这样说明的：写作者在反映（共产党和八路军）这一片新世界的同时，作家们首先也正在改造着自己旧有的世界观，以便于作家自己同这些新人们一块儿同步前进。这不能不说是从“中国的西北角”更新了的报告文学新篇章的独特的内涵。这种独特的涵意，在中国其他地方是没有，或者可以说是罕见的。

现在，不是有人争先恐后地说，文学要“寻根”吗？西部文学的“根”在何处？

“根”在人民群众之中。

“根”在革命传统之中。

如果背离了人民群众，离开了革命传统的继承发扬，来空谈“寻根”与“创新”，那不过是无根之木、无源之水，顶多也只能走到 1987 年《人民文学》1、2 月合刊号所谓的“力作”那样，不过是在人民群众头上浇上一盆污水罢了，哪里还有什么“尽可能满足尽量多层次的中国读者的审美需求”可说呢？①

（一）写尽了对于社会主义的一片深情

是的，我们毫不讳言：我们的评论就从这里写起。

究竟是什么因素，养育出李南山这一系列对社会主义怀有深深

① 参见《更自由地扇动文学的翅膀》。

“痴情”的报告文学作品呢？

是什么因素，促使这些作品，形成了色彩上的五彩缤纷，使它具有引人不倦的魅力呢？

组成李南山作品的重要因素是什么？是青海多夜雨的天气？多雷暴的季节？多冰雹的寒风？多霜冻的田野？多风沙的草原？……还是现今被人反复称颂不止的无限柔情？

不是，不是，都不是。

李南山首先是把他所衷心报道的人物，不可分离地写进了亿万年以来风沙迷漫的青藏大高原之中。在他的作品里，缺少的是那种夜雨潇湘的抒情；更多的是贯穿了那种投身于开发大西北的豪情和壮志：永远也不衰败的对党的事业的忠诚！——这里是一篇篇伟大时代的投影。

他是怎样捕捉住这一群群伟大的投影、怎样反射出这一串又一串伟大的豪情的呢？

他，通常，是把他所反映的普通的（又是具有崇高情感与理想的人），放进极端尖锐而不利的矛盾处境中去观察；就是说，李南山从不回避人物命运方面（也就是我国当代现实生活中）固有的矛盾。

我们可以从一些很细微的细节，看李南山的作品带给我们的报道的气氛。他在写一名投奔青海的上海青年在得知“支援大西北”开始报名的电话后这样写道：

> 小伙子以百米冲刺的速度，从广东路连连穿过六条马路，跑到北京东路去报名，原想夺魁占个先，谁知报名的名次已经挨到了第二百名以后了……

这写的是如火如荼的1952年，在上海，在《列车西去》一文中一个次要的人物。对我们年轻的共和国来说，那时期，真可谓是火红的年代。文章内通过写到的人物，援引了马克思曾经说过的话：“最先朝气蓬勃地投入新生活的人，他们的命运是令人羡慕的。”作者李南山，他充分意识到自己写作的任务，就是朴素无华也就是真实准确地描绘这些从祖国的江南、从舒适的上海、从桃红柳绿的湘江两岸去投奔荒漠的大西北的各种年龄的热情爱国者：他们当中有的人是放弃了同妙龄少女议定了婚期的支边者，有的人是一听到召唤就远远地离开桃花春风江南雨的工程师……而他们要去的地方，就是遥远的戈壁滩，就是风吹草低才能见牛羊这样一片有待开发的处女地。尽管有人在文学作品里可以把这里视为迷离神幻的仙境，但实际上，这海拔平均高出3 000公尺以上的高原地区，大气之中，比内地却是缺氧20%以上……

李南山在这部报告文学中所选取的这一批题材，可以概括为一句，就是：具有凌云壮志的人，如何克服摆在他们面前的严重困难，各式各样的困难。生活上难以适应、与骨肉亲人难以再晤的困难（《怀抱》中的印尼归侨陈基娘）；在生命垂危的关头，死神敲门时还坚持工作的困难（《播种者》中的共产党员程秀山）；随时面临瘟疫细菌感染的死亡危险、20多个年头在冷僻的试验门类里克服自己文化基础薄弱而攀登科学高峰的困难（《在跳蚤世界》）；受着错划右派的冤屈和无家无伴的孤独，以黄河为自己的终身情侣，战胜了“鬼也不来的地方”的困难（《雁落龙羊》）……如此种种非同小可的困难，在李南山的笔下，思想和意境都不一般：作品中的人物不但没有被这些困难所折杀、所压服，更没有像那些存心“否定社会主义制度、主张资本主义制度”的“作家”那样，借困难来丑化中国当代现实生活，用“讲真人真事”的方式（其实是大量塞进了“虚构”），来反对党的领导、歪曲社会主义道路。

什么是李南山的基调呢？李南山的基调又是从何而来的呢？这基调也不是从天而降的。

我们的这位作者，他对待现实，有一种严峻的眼光和客观的尺度——这是报告文学工作者很重要的品格和前提。这品格，使他不至于停滞在单纯地反映或描摹现实生活中的对立物即那些巨大的困难本身而止步。对李南山来说，对他更重要的，是他看到了现实生活主人公克服困难的无比坚强的拼搏精神和那种非凡的革命意志。这是他着力去描绘并希望在他的读者中传播、推广和企望它们在现实生活中茁壮生长的中心。正是由于这一点(这是很重要的一个基本点)给李南山的笔触处处带来了明亮的生机。它们给人这样的感觉:现实中尽管存在着不公、不正、不幸与不平,甚至还存在着领导工作中一时的错误,甚至生活中还不缺少黑暗和消极面。但是,社会主义社会的无限生机,终归是有力量克服这一切的;而在所有一切克服困难的内在力量中,主要是由于主人公怀抱着坚定理想所支配的清醒的认识,这认识来源于对待社会主义的忠诚。

李南山对《雁落龙羊》的主人公这样写道:

人生一种执拗的追求,往往流露在痴情之中。

啊,这是何等可宝贵的对党对人民对祖国壮丽事业和对待社会主义的一片深情!可以说:《李南山报告文学选》中的其他篇章,也都像《雁落龙羊》一样,真正是写尽了他的主人公们对待社会主义的一片"痴情",如同《雁落龙羊》中老水电工程师把终身"贡献给(整治)黄河的伟大事业"那样可爱的"痴情"!

(二) 写出了共同性格中特定的这一个

正因为报道者本人在写作思想上有这种智慧理论的指导,所以,明明是描绘困难当头、难关重重的李南山报告文学,即令是作品中人物处于辛酸的境地,作者也从生活中找到了一片希望的窗口;李南山好像是在无形之中提醒他的读者:当你在布满了荆棘的道路上行走时,别忘了那洒落在前景中的阳光。

《雁落龙羊》中的老水电工程师在被迫退休,被剥夺了工作的权利,发放到更边远的地方去落户时,想不到,在他自己堆砌的柴门小屋的近旁,却得到了另一种精神上的慰藉:因为他的这个旧时结构的孤独的土屋,离他心爱的黄河更近了——

温济中对这个家,最为满意的是:柴门一推,就是滔滔的黄河,向上可以远眺松巴峡的峦影,朝下能够望着龙羊峡的峡顶,即使关上柴门松扉,也还能隐约听到黄河哗哗的深情的呼唤声。

——这就同那些着重渲染十年伤痕的"伤痕文学"大异其趣。无论是李南山描绘的受到一时委屈的主人公的心境和最隐秘的内心情绪,以及他们眼中的自然景物,都是和那些专事发挥颓伤与无望的作品,完全不同。

甚至在李南山对作品中有悲剧遭遇人物周围景物的描写,都充满了一种乐观、昂扬的情调。请看,在作者笔下,真是景色如画——

你看,峡口向西,群山退缩,一汪天地,河水如镜,偶尔打起了几个旋涡,多像少女脸庞盈盈微笑的酒窝……

——作者就是用这样情深意浓之笔,写出了主人公终身爱恋的黄河。在此以后,李南山竟信手写出:"事业是一个金色的梦,每当他进入梦境,总能听到黄河汹涌澎湃的涛声。如今,他要走了。他远眺见不到的黄河,再也忍不住心中涌起的辛酸,泪水扑簌簌滚了下来,偷偷地掩面哭泣。"——一个男子汉大丈夫为了他所热爱的自然对象(这是祖国山河的一个组成部分)而掩面哭泣,这种场面,你见过吗? 李南山带我们走近他这些"痴情"人儿的身前了。

多篇文章中如此绝句,不能一一列举。这样出色的文笔,在《在跳蚤世界》和写归侨姑娘的《怀抱》,还有写科研者夫妻的《"GAUSS"——高仕扬》、写养貂姑娘的《小生命的光泽》等篇中,屡有显现。

"一个当今我们这个伟大时代的勇士!"李南山报道中是这样宣布

了一个人的名字:一个普通的劳动者,一个中等专科学校读了两年的“知识分子”,一个中国研究蚤类的土专家。以下是李南山对这位“保证”在任何条件下都能“吃苦”的“土专家”工作上粗略的统计——这位名叫吴文贞的人,他的工作,是在青海省地方病防治研究所,承担在荒滩草山上捕捉或杀灭旱獭,在旱獭的皮毛上捉跳蚤,以便把跳蚤送交有关组织作分类研究——

> 3 年多的时间里,捕捉杀灭旱獭大约 2 800 只以上。这些獭尸和附着在它们上面蠕动着的跳蚤,都是靠贴着吴文贞脖子后面的肩背,一袋一袋背回来的。尽管人的鼻子长在脑袋前面,却是“全方位自动采样”。挨得太近了,呕心呀!獭尸发出的那种难闻的腥臭味,近在咫尺。那些跳蚤,放到显微镜下面一看,张牙舞爪,实在怕人,再放在高倍电子显微镜下,奇形怪状,五颜六色难以计数的细菌……吴文贞脑袋后面当然没有长眼睛,但心里实实在在是有数的。

吴文贞是怎样对待在研究细菌工作中,可能由于细菌的感染而随时形成对自己生命的威胁呢?有人或许认为:吴文贞对于这项极端敏感性工作的无畏,是由于他的无知。而实际上,吴文贞对蚤类细菌的传播是知之甚多的。他完全知道:“蚤类是传播鼠疫的重要媒介昆虫。”1910—1911 年从俄国贝加尔一带旱獭中发出的感染,由此引起肺鼠疫经满洲里流传到齐齐哈尔,历时 7 个多月;1945 年,日本侵略军(日军投降前夕)在哈尔滨所设的细菌工厂引起该地区鼠疫流行;1952 年初,美军侵略朝鲜战争中,美国侵略军把带有鼠疫的小动物,投掷在我国黑龙江甘南县,企图造成鼠疫的流行。因此,吴文贞力图调查清楚蚤类区系的组成,实在具有战备的意义;尽管他个人承担这项望而生畏的工作时,潜藏着很大的风险,他也在所不惜。

为了这是神圣的(不论是多么肮脏费力和艰苦的)任务,吴文贞废寝忘餐，节衣缩食，从很低的生活费中还省下一切开支，从事钻研，努力掌握除青海以外邻近省的蚤类乃至全国、全世界蚤类的文字资料；当人们知道这位被称为‘跳蚤谜’的人，实际上已经掌握了一整套英国博物馆1—5卷《蚤目搜集目录》的时候，不禁大吃一惊。

李南山对这位在青海荒原上给全国跳蚤“立户口簿”的人，写尽了他的辛苦和辛酸劳累，归纳起来也就是一句话，就是说：这是伟大祖国伟大的党所哺育的、在中华大地上成长起来的、千万个普通英雄儿女所共有的性格。但不同的是，吴文贞“拥有一个‘跳蚤世界’”！

（三）写进了主人公丰富的内心世界

由于刻画了在青藏高原进行盐湖考察工作近30年的科学家高仕扬而获得成功的《“GAUSS”——高仕扬》，把“GAUSS”（高斯）这个词——磁场强度单位，电磁单位，“强吸引力”——同高仕扬这个姓名联系和等同起来，这是一个很确切的形象化的比喻，也足见作者风格之一斑。

对这一位抛家舍情，一直醉迷于柴达木盐湖化学研究的高仕扬来说，“这种把个人和事业融为一体的感情，正代表了广大边远地区科技工作者的心愿。在一个具有强烈事业心的科研工作者看来，生活的舒适，并不是幸福的全部含义，而碌碌无为，精神空虚才是最大的痛苦。这，就是他们的幸福观”。

这是该篇报道中所援引的光明日报社论《人生最重要的是精神》中提到高仕扬时所宣扬的幸福观。

高仕扬对他带领的一大批青年助手们宣称：（青海开拓者）“在这片20多万平方公里的戈壁滩上”，“留下的坚实的脚印”，“它的颜色是……是红的”，“是把心血洒在了这片土地上的”……

高仕扬本人，就是用这种血染土地的崇高标准在要求自己。

为了献身盐湖，家不得归，几乎闹到夫妻要离婚的地步；甚至还被妻子怀疑他是否“永远是一颗冰凉的心”。实际不是。在自己的行踪遍及青藏与新疆30多个湖泊，十几次出入柴达木盆地之后，为了继续争取进行开拓性考察，高仕扬几乎同那里有心要照顾他兼职多、年岁大和健康状况的党委领导吵闹起来了……

好吧，他就下了决心跟爱人摊牌了：“你真的要回故乡四川，我也再不阻挡你”，——他对那不久前转到青海的家庭伴侣说——“要走你走，我是不走的，坚决不走的。”

“高斯”的爱人“夏树屏没有作回答，淡淡笑了一下”。李南山给这段大西北抒情的交响曲这么一个淡淡的诗意的结尾：妻子同丈夫实际是心贴心呵，她哪里会同这一块“强吸引力”的吸铁石意愿相违呢！

“高斯”(GAUSS)呀高仕扬——全篇贯穿的，就是高斯她那火一样的终身伴侣，在想念她那远方的心中人的甜美的插曲。

李南山惯于描写，或者说是擅长于描写的，就是这种将积极分担国家民族命运的使命感和责任感，同个人的幸福观融为一体的伟大的自觉革命者：描绘他们之间结为终身伴侣的神奇的力量，崇高的感情生活；其壮丽之处，李南山却处之以平淡，其感人至深，却显得朴素无华。

就这样，他写出了艰苦创业的壮志豪情，开拓者本人丰富的内心世界。不论是岗位有何差别，职业有何不同，李南山都把这一批批英雄人物内心的奥秘揭示在我们面前。

就这样，《小生命的光泽》里的养貂姑娘，竟可以为了一个刚刚出生的小仔貂的夭亡而放声大哭——那真是痛哭不已呵！祖国《怀抱》里的归国华侨姑娘陈基娘，最初返回国内时，她在操场上听大报告，坐在草地上还怕有小蚂蚁爬到身上来。曾几何时，就在这风雪卷狂沙的高山、戈壁的恶劣天气环境中，她竟然锻炼成一个只身一人爬丛岭沟壑走荒山野谷，在缺氧的狼窝中登高露宿的女地质队员了……

李南山歌颂这样性格这样的人：一方面是从遥远的外地来青海的各种各样的一批又一批的支援者和拓荒者，另一方面是在大西北的环境中土生土长，但同样也是在这世界屋脊上经受了严峻的考验，经过了8级以上大风的检验，在雪暴、沙暴骤起和冰雪、冰雹之中考验过来的青年人，如《五道梁上的眼睛》所写的女青年气象员戴惠萍和《明光闪亮的楼房》(公路食宿站)普通的女服务员，以及《“金钟”声声》里养植花草的老农艺师等，都是李南山绝不会放过的采访与报道对象。

就这样，李南山就从认识上和感情上缩短了我们同这些英雄人物的距离，把我们同那些跟黄河激浪洪峰进行过拼死搏斗、锁住龙头的英雄们拉得靠近了，把我们带领到柴达木盆地、西北的边缘那片连鸟也飞不过去的“无人区”，同那些探究地下奥秘的人们放在一起，倾听他们为祖国分忧出力的揪心的烦恼，然后再想想自己……

李南山所写的，都涉及了(或来源于)一个沸腾的伟大时代。通过这位报告文学创作工作者激荡于内心而又客观表达于作品的文笔，使得他所感染、他所敬佩的人物跃然于纸上，从而使那个火热的年代，那些火红的跳动的心，复燃在读者面前，成为我们“反思”(人们不是很愿意这么说吗)的镜子，衡量真理的标杆。

当你冷静地读完《李南山报告文学选》以后，如果掩卷沉思：还能够复燃起我们共和国初建时期那个火红的年代里集体献身于边疆的热情吗？——

> 31年前的那火红的日子，1952年国庆节傍晚，他带领123名上海金融职工，第一次踏上祖国这块可爱的地方——青海省。(《列车西去》)

如果作者自己或连自己的亲属都没有这样的切身的行动和体会，李南山是决不可能以貌似平淡(实者深情)的语句，来回顾始终沸腾在作者心胸之间的火红的岁月和那个时期黄金般宝贵的青春步伐的。那是一个在今天来说几乎成为人们十分珍视、梦寐难忘的神奇的时代。光荣的任务，艰苦的奔驰，人人献出青春的宝贵的时代气氛，这一切都是作者亲历亲见和亲身实践过的。“血管里流出来的都是血，水管里流出的就是水”。这也就是报告文学家李南山同志成功篇章的来由和秘密。

(四)忠实贯彻《讲话》精神的无名花

如果说,上述的许多篇章,以《列车西去》为代表,是对那个人们永难忘怀的年代,提供了概括的全景,响彻着激昂的高音,那么,发表于十年内乱结束后的《播种者》,却是一册特异的篇章:它是记载了一个模范地执行了毛泽东《在延安文艺座谈会上的讲话》方针的优秀文艺工作者程秀山同志光彩伟大一生的墓志铭。

程秀山是什么人呢?一个只上了两年小学的学徒工,抗战后到延安,在延安鲁迅艺术文学院的窑洞面前听过毛泽东同志的文艺讲话,此后就把听这次讲话的笔记始终带在身边,并以这份《讲话》作为自己一切行动的准则。

全国解放,程秀山来青海担任文教领导工作,真正体现了“俯首甘为孺子牛”的精神。他十分重视发掘和保护、整理少数民族民间史诗,十分热忱地抢救少数民族散落在民间的绘画艺术作品;不但如此,他还以自己深入藏族生活的许多素材积累,以自己的全部创作经验,无条件地去协助藏族文艺青年的写作;无论自己在病中或在挨整靠边站时,这种孜孜不倦助人为乐的精神,从未稍减。

对程秀山进行生离死别的最后考验,终于到来了。左肺肿瘤已经很大,必须回上海诊治。在此之前,妻子多少次劝说他离开这缺氧的青海,返回故乡宜兴去休养,但程秀山宁肯留在自身经风雨的高原青海,也不愿回到那温暖的江南水乡。“他可以没有江南,但不能没有青海”。这就是可敬可爱的程秀山同志临死以前浓缩了的全部世界观。因为建设一个社会主义现代化的青海,这目标就像磁石一样,永远牢牢地吸引着他。

1982年元月初的某一天,程秀山在上海医院进行了左肺全切除。

不多日子以后,经过供氧,程秀山缓解过来了。临终前程秀山偷偷地在病房里挣扎起来,偷偷地为了交待青海文艺工作而写作,又被护士发现了,又遭到理所当然的斥责——

你,屡次输氧,屡次偷偷写作!
你真不要命啦!
老干部嘛,怎么对自己生命这样不负责任!?

生命?这对程秀山来说,好像是一个完全新的问题,好像这问题从来也没有听说过。

生命?作者是这样写的——

生命?——程秀山从来不曾想过。他1938年参加革命工作,1940年入党,战争年代,面对敌人,他只晓得冲;和平建设时期,面对工作上的矛盾和困难,他也只晓得奋力向前。其他一切,他全"忽略"了,"生命"两字,他感到陌生,他茫然不知该怎么回答。

作者把这个哲学课题再发挥下去——

生命的本身充满着辩证法,辩证法给程秀山的生命增添着活力。共产党员程秀山,现在自己举起了另一把锋利的'刀子'在解剖自己的灵魂。

——这里说的是,程秀山在临终前严格地进行自我批评,对自己进行了毫不容情的一分为二的分析。程秀山想到:"改造客观世界的同时,改造自己的主观世界。这是多么艰巨复杂而又具体呀!他联系到过去的工作,检查反省自己以往领导文艺工作的得失……"值得宽慰的是:首先,他也回顾了自己,能从一个学徒工成长到今天;其次,

“程秀山一贯以自己是位高原文艺战士而自豪，即使受委屈，也以能在青海受委屈而自慰。他的幸福、欢乐、痛苦和希望全部深埋在青海的泥土里”。因此，他对护士的回答是：请求写下去，“今天，我的文章，说什么也得写完！”“为什么？”程秀山说：“青海只有我一个人在延安听过毛主席的讲话。”程秀山边说边哭：“你们原谅我，这最后的一回，写完了，我保证安心休息。”

现在，这位感人至深的程秀山，早已安心“休息”在地下了。这篇催人泪下的杰出的报告文学（由李南山、李蔚、陈宗立 3 人合作），已经成为传播和发扬这位文化“播种者”精神的血泪书，存留在人间，引起我们的思索。作者们把程秀山，比作为洁白的马蹄莲。其实，他是一朵在文化战线上永放霞光的无名花。

《人民文学》1987 年 1、2 月号的《编者的话》一开头就这样写道：“我们的国家在‘双轮马车’上疾驰。一个轮子叫改革，一个轮子叫开放。新时期的文学从这‘双轮马车’上起飞，已经锻炼出了一双矫健的翅膀。”（《更自由地扇动文学的翅膀》）

人们通过 1、2 月合刊号和我国的现实生活，已经可以看见：对于三中全会的完整方针来说，上面所引的“编者的话”，这是一种多么片面的提法；对于我国人民文学的发展来说，又是怎么样的“一双矫健的翅膀”？它究竟在飞向何方？

《李南山报告文学选》，对作者本人的文学长途来说，不过是遥远进军中的起步。对于我国当前的报告文学战线，却因为它的内容富有其人民性，作者的创作思想和方向继承了《在延安文艺座谈会上的讲话》的传统；对于光荣的中国西部报告文学来说，有着它的继承性，以及它那与崇高的内容紧密相适应的动人的艺术性，故可以称之为中国西部报告文学的新崛起，而无愧色。看来，必须要有健康的双翼，才能起飞；否则，独脚的，甚至是跛腿的轮子，怎能自诩为“矫健的翅膀”呢？

长篇报告文学《公仆的职责》读后感

黄　钢

《公仆的职责》，是李南山用较长篇幅来反映当代改革生活中杰出领导人的有力的尝试。

什么样的领导人，才是当前新时期中的杰出领导者呢？

人民评价他们的标准是很清楚的：一方面坚持改革、开放、搞活，同时要坚持党的四项基本原则；这是正确、全面理解和贯彻党的三中全会方针的完整的标准；当然，也是评价人民的公仆的完整的标准。

这样一个完整的标准，对于我们评价我国报告文学在现阶段的发展，对于评价和观察我国人民文学（如果它真正是属于人民的文学）的发展，都是有帮助的，都具有无可动摇的指导意义。

《人民文学》1987 年 1、2 月号的《编者的话》一开头就这样写道："我们的国家在'双轮马车'上疾驰。一个轮子叫改革，一个轮子叫开放。新时期的文学从这'双轮马车'上起飞，已经锻炼出了一双矫健的翅膀。"（《更自由地扇动文学的翅膀》）

人们通过 1、2 月合刊号和我国的现实生活，已经可以看见：对于三中全会的完整方针来说，上面所引的"编者的话"，是一种多么片面的提法；对于我国人民文学的发展来说，又是怎么样的"一双矫健的翅膀"！它究竟在飞向何方？

既然人们从各个不同角度来评价干部，评价现实生活，那么，都必然会有不同的争论；对于评价干部表现了不同尺度的文学作品包括报告文学作品，也一定会有不同的评价。正像是《更自由地扇动文学的翅膀》把自己的独轮马车看成是“双轮马车”一样——谁能够逃脱历史和实践对它的无情检验呢？

本文写到这里，我想不用我们来复述《公仆的职责》这一长篇报道中丰富、生动和正确的内容了。我只想引用一节列宁式的政治活动家的阐述，作为我们评价《公仆的职责》时的参考——

> 选举人，人民，应当要求自己的代表们始终胜任自己的任务；要求他们在自己的工作中不堕落为政治上的庸人；要求他们始终不愧为列宁式的政治活动家；要求他们始终成为列宁那样明朗和确定的活动家（鼓掌）；要求他们像列宁那样在战斗中无所畏惧和对人民的敌人毫不留情（鼓掌）；要求他们在事情开始复杂化、当地平线上出现某种危险的时候，毫不惊慌失措，毫无任何类似惊慌失措的迹象，要求他们像列宁那样没有任何类似惊慌失措的迹象（鼓掌）；要求他们在解决复杂问题，需要周密认清环境，需要全面地确定方针、全面地考虑事情的正反方面的时候，也能像列宁那样英明和从容（鼓掌）；要求他们像列宁那样诚实和正直（鼓掌）；要求他们像列宁那样热爱自己的人民（鼓掌）。①

从《公仆的职责》中，读者自己可以看见，可以判断，这篇报告文学作品所报道的人物，是否符合选举人推选的标准；特别是，他是否与群众发生广泛的联系，而且还经常巩固这种联系；是否善于倾听群众的呼声和了解他们的迫切需要；是否具有向群众学习的决心；是否够条件把具有中国特色的社会主义现代化的事业，即努力促成社会主义物质文明与社会主义精神文明双丰收的事业进行到底。

---

① 〔注〕引自中共中央马克思恩格斯列宁斯大林著作编译局编译《斯大林文集（1934—1962年）》，第163—164页。

来自世界屋脊的报告

田　源*

在我的案头放着一摞李南山同志写的报告文学集文稿，这是一本经过出版社编辑同志在他创作的西部报告文学作品中精心挑选出来的佳作集。

从这些文稿的字里行间，我闻到了一股浓郁的青海高原泥土味和绚丽花朵的芳香，听到了在这片土地上奋战搏斗的人们的呼喊和强有力的脚步声，见到了正如作者在《列车西去》开头所写的开拓者的高大形象："他们，在生活的大道上迅跑，远去，默默地远去，越来越小，渐渐消失。只有沿着那些依稀可辨的脚印。迎头赶去的时候，你可以看到：他们的身影越来越大，比你想象的要高大得多……"

这本西部报告文学的书名叫：《古盐湖》。其中的首篇即《古盐湖——中国西部企业家的思考》，写的是一部辉煌的察尔汗盐湖众英雄的创业史。面对南山同志关于创业英雄的特写，我这个在盐湖边奋战了近 20 年的昔日的柴达木人，倍感亲切，更加深刻地体会到：创业的历史是用血汗写成的，光荣的传统是靠奉献铸就的。30 多年来，在振兴青海，开发建设柴达木的伟大实践中，涌现出了无数可歌可泣的英雄事迹，涌现出了众多的志在高原、无私奉献的模范人物。正是他

---

* 田源：曾任青海省格尔木市市长、市委书记，海西州委副书记，青海省社科联主席，青海省委常委、宣传部部长，青海省政协常务副主席，陕西省政协副主席。现任陕西省决策咨询委员会副主任，大关中发展论坛组委会主任，陕西省城市经济文化研究会荣誉会长。

们的奉献牺牲，才使得没有生命的地方生命之树常青，从而形成了以艰苦创业、无私奉献、科学求实、团结奋斗为主旨的柴达木精神。在察尔汗，盐湖人30多年的艰苦创业、开拓进取和改革开放而形成的盐湖精神，青海钾肥厂确立的“扎根盐湖、艰苦创业、瞄准世界、争创一流”的企业精神，便是柴达木精神的一部分。1993年7月18日，江泽民总书记来到柴达木察尔汗盐湖视察，为青海钾肥厂题词：“艰苦奋斗铸盐魂，改革开放创新业。”这是对柴达木精神的充分肯定和赞扬，也是对盐湖人和奋斗在青海高原的广大建设者们的巨大鼓舞和鞭策！

这次江总书记在青海考察期间，曾多次说：在新的历史时期，广大干部和人民群众仍然强烈要求有一种强大的精神力量，作为我们民族的精神支柱，去凝聚、激励大家为实现祖国的社会主义现代化而努力奋斗。“有了扎根高原、艰苦奋斗、无私奉献的精神，并用这种精神武装广大干部和群众……什么新的事物新的业绩也可以创造，青海的改革开放、经济振兴和现代化事业就大有希望！”

新中国建立初期，李南山同志响应党的号召，从繁华的上海，自愿来到祖国的大西北青海。那时，他才20出头。他满腔热情，服务于青海建设事业，勤勤恳恳，踏踏实实地工作着。1955年，被选为全国青年社会主义建设积极分子，出席了在北京召开的盛会，受到了毛泽东等党和国家领导人的接见。建设青海的东风，像一股强大的暖流，更激发了这个青年火热的心。当时，他结识了第一批进入柴达木勘探的地质工作者，被这些英雄的开拓者的事迹所感动，决心要创作一个大型剧本。感谢生活给予作者的厚待，20世纪60年代，李南山被调到《大公报》当新闻记者，因此，他更有条件广泛接触社会，接近各种各样的人物。终于，在70年代他创作完成了大型话剧《高山尖兵》(由他主要执笔)。这个话剧的上演和出版，在全国引起了较大的反响。

在党的十一届三中全会以后，李南山的创作激情更加奔放，著有《心上的雪莲》电影文学剧本集和《大幕，大幕快拉开！》等多部舞台、广播剧。在报告文学的创作上，推出了系列性的众多优秀作品，出版了报告文学集，反映我国大西北的英雄面貌，反映青海省各条战线的英雄人物，在中国西部这块土地上，通过他辛勤艰苦的“笔耕”，向全国读者推荐了许多英雄人物的光辉形象，给人以希望，给人以鼓舞，为建设有中国特色的社会主义的大潮推波助澜，贡献自己的力量，堪称是 90 年代社会主义精神文明建设的积极分子。

李南山同志用自己的身心，去拥抱这块被称之为“世界屋脊”的宝地和战斗在那里的英勇的人们！他攀登高山，他跋涉湖泊，他奔走在无边的沙漠和茫茫草原上……想到这里，我不禁肃然起敬。

我衷心地祝愿这位长年扎根在青海高原各族人民群众中的报告文学家、剧作家，在党的阳光照耀下，在今后的创作生活中，写出更多、更好的作品来——我坚信会这样。

我 希 望

——《铸盐魂》序言

尹克升*

新中国建立以来，一批批有志之士响应党的号召，放弃优越的工作条件和生活环境，毅然奔赴柴达木盆地，在亘古以来荒无人烟的浩瀚戈壁上，用自己的聪明才智和勤劳的双手，创造出了一个又一个的人间奇迹。李南山同志在《铸盐魂》里歌颂的这些英雄人物，既是我们这个伟大时代的真实写照，也是青海社会主义建设和改革开放的一个缩影。我希望有更多的同志拿起笔来，热情讴歌青海的改革建设，热情讴歌青海高原人执著的追求和火热的生活！

艰苦奋斗、无私奉献，是共产党人世界观、价值观的重要体现，是我们党把马克思主义与中国革命实践相结合的过程中产生的革命精神。过去，我们靠这种精神，取得了社会主义革命和建设的伟大胜利；现在，我们要实现第二步战略目标和建立社会主义市场经济体制的宏伟蓝图，更需要坚持和弘扬这种精神。如果我们的干部群众都能自觉地坚持艰苦奋斗，无私奉献，那么，拜金主义、享乐主义、极端个人主义就失去了存在的基础，国家之富强，青海之振兴，就大有希望。青海自然条件差，经济发展落后，但资源十分丰富，是一个大有希望、尚待开发的战略地区，经过 40 多年的建设，特别是十几年的改革开放，开发

---

* 尹克升：原中共青海省委书记。

条件日臻成熟,这就为有志者施展抱负提供了广阔的天地。我们热切期望成千上万的有志之士在青海这块富饶的土地上施展才华,实现理想。同时,也殷切地期望在改革开放和建立社会主义市场经济体制的时代大潮中,涌现出更多更多的新型企业家。

啊，察尔汗盐湖

——读李南山《铸盐魂》

李若冰*

在柴达木盆地，潜伏着一个我国最大的海拔最高的宝湖。她就是我长久向往的察尔汗盐湖。

我惊叹察尔汗盐湖的博大富饶，我更惊叹她 40 年来奇迹般的巨变。

1954 年，以慕生忠将军为帅的青藏公路大军，在这里受阻困守不前，怎么才能穿过这个盐湖呢？他们奇思妙想地尝试着钻探开挖铲平，在盐盖上再统统浇铸盐水，一条 3 000 多米长的墨亮如镜的盐桥出现了！这就是赫赫有名的万丈盐桥，后来成为青海的一大景观。1957 年，我在这条盐桥行驶的时候，那种奇异舒心的感觉至今仍难忘怀。筑路工人们在这里创造了举世无双的奇迹！

1980 年，我有幸再次来到察尔汗盐湖，一个更令人惊异的奇迹出现了。铁道兵健儿在万丈盐桥旁边，竟然修筑着一条横跨盐湖的铁路。他们正在和盐湖液化地层作战，竟打入 56 000 多根卵石砾砂支柱，总进尺达 136 000 多米，等于钻透了 15 座珠穆朗玛峰！他们艰苦卓绝的行动，开创了铁路史上前所未有的先例，堪称是一大创举！

---

* 李若冰：中国当代著名作家，西部散文的代表人物，西部文学的拓荒者，“石油文学”奠基人之一。

察尔汗盐湖先后出现的奇迹，使我不能不赞叹人类为征服自然所发挥的无限的创造力。

时隔40年之后，即今年秋夏交接之际，我又一次来到察尔汗盐湖，一种极其奇特的景色使我迷惑了。在盐湖铁路的不远处，矗立起一座座白房子，像一群白蝴蝶似地飞落在盐湖上，等会只见两艘似游艇的船儿，在湖面奇妙地飘荡，等会儿又见一长溜白花花的盐山如同雪海长城般向前延伸。我疑惑莫解，呵，莫非这就是察尔汗钾肥厂？

是的，这便是我国最大的青海钾肥厂！

我兴奋地读了李南山的长篇报告文学《铸盐魂》，这才对察尔汗盐湖的潜能有所了解，才晓得要开发盐湖得付出多么大的代价。在这“天上无飞鸟，地上不长草”的盐滩上，在这荒芜干涸的无生命地带，要从盐湖中提取宝贝钾肥来，谈何容易！然而，奇迹在艰苦鏖战中显现了，奇迹在钾肥工人们的手中产生了！

李南山以敏锐的观察、犀利的笔锋，展现了为钾肥而战的一个个动人的场面，描绘了众多英雄前赴后继的风姿。那个在盐湖夜晚迷了路的挖掘机手刘圣荣，顶着零下30摄氏度的严寒，迎着突然袭来的风暴，匍匐在盐渍地上，久陷入卤水泥浆中，他的两条腿冰冻得麻木，双脚被卤水侵蚀得淌血，但是当他终于找到了心爱的挖掘机之后，却悠然自得地哼起了小曲！那个被察尔汗辉煌事业吸引而来的青年工艺专家夏同昶，在工程最困难时挺身而出，率领120条汉子，扑向盐田修建工地。他和搞化验的石树坤，为勘察达布逊湖的资源，冒险进入湖中，没想湖水暴涨，几乎淹没了矮个儿的夏同昶，而高个儿的石树坤却因“晕湖”突然倒在他的身上。在墨黑的夜晚，他俩一步步地在湖中挪动，黎明时分才被人发现！还有那个患腰椎病的厂党委副书记郭真，不听大夫的劝告，执意坚守岗位，以致病情恶化被送进医院时，他还口口声声说：“大不了去掉几根腰椎骨！给我腰上裹一个钢圈，我可以回去的！”其实，这位全国化工战线的劳动模范，经过医生诊断已患晚期骨癌。他在“我舍不得离开盐湖”的呼唤声中过世了。何等悲壮，何等动人魂魄！

李南山饱含深情地写出这些叱咤风云的人物，再现了钾肥工程艰巨的程度，而意在让人们思考这样的道理：建设中国特色社会主义，在改革开放的今天，仍然需要发扬奉献精神和牺牲精神。在中国西部这样一个独特的地域，弘扬艰苦创业精神，有其历史的因素、传统的因素，也有地域环境的因素，因此，在这里奋斗的一代接一代创业者向往高尚的精神寄托，寻求崇高的人生境界。金钱在这里失去了魅力，显得无能而又苍白。

李南山在这篇报告文学里，还着重地塑造了两位气质不凡的企业家形象，这就是先后两位厂长李义杰和刘万宁。在这两位兴建钾肥厂领导者身上，共同体现了一种大无畏的奉献精神。他们身先士卒，尤其在工程最困难的关头，始终站在第一线，与职工同甘苦、共命运，显示了共产党员和群众血肉相连的本色。这是一种难得的高贵品质，也是社会主义企业家和资本主义企业家根本区别所在。

江泽民总书记 1993 年 7 月视察青海钾肥厂的时候，频频点头肯定了这种企业精神，并特为该厂题词：“艰苦奋斗铸盐魂，改革开放创新业。”

李南山紧紧围绕这一值得思考的话题，在他的作品里展现了李义杰、刘万宁和各种人物的风采，多层次地展示了不少动人心魄的场景。他没有回避描写艰苦，而是从艰苦中描绘出了中国西部企业家的胆略和气魄。中国西部和沿海地区比较起来，终究落后和封闭些，但是这正是一种强大的驱动力，驱动中国西部的企业家要更加奋发图强，在特殊的地域打出特殊的旗帜，才能使企业在艰苦环境中崛起。李南山通过他的作品向我们提供了一个榜样，这就是体现在李义杰、刘万宁身上那种艰苦创业和无私奉献的精神。

这是一篇分量很重而又很难做的文章，这里不仅需要占有大量真实的素材和进行细致的采访活动，同时还要一一理顺并从中提炼出一些哲理来，的确很不容易，而李南山却驾轻就熟地把它写出来了。我想,这与他(上海人)几十年扎根青海而对青海怀有一片痴情有很大关系,也与他个人气质和文学素养密不可分,因此才写出了这样具有强烈感染力的作品。虽然,不能说这篇报告文学已是尽善尽美,没有一点瑕疵可挑,但是仍然堪称是上乘之作。他在这篇作品里所显示的文学品格,是有目共睹的。李南山是一个卓有成就的报告文学作家,早已有许多佳作问世,并已结集出版多部。不过,我对他这个长篇报告文学有些偏爱罢了。

我惊叹察尔汗盐湖 40 年梦幻般的变迁,她不再是无生命的区域,而是生命力极为旺盛的举世瞩目的盐湖。而且,她雄厚的资源不仅有钾,还蕴藏有镁、锂、碘、铯、铷等稀有元素,等待人类去开发利用。我也赞赏李南山创作的《铸盐魂》。他的文学潜能也像察尔汗盐湖一般,我们有理由期待他写出更多更美的作品来。我祝贺他的成功!

李南山重访察尔汗钾肥厂

张裔炯*

翻开《仙海青鸟》这部书稿的报告文学部分目录页，长篇报告文学《铸盐魂》三个字一下跳入了我的眼帘，脑海里浮现起我在察尔汗盐湖城工作的一段往事——

我们熟悉的、热爱的西部报告文学作家、剧作家李南山同志又到盐湖城来蹲点采访了。这次南山是以《光明日报》特约记者的身份第二次来青海钾肥厂，为了续写《东方古盐湖》（已刊《中国作家》），计划一个月的时间。来厂的那天晚上，他一头就扎进了湖区职工的宿舍区，他向我提出了一个请求：由于白天大家工作繁忙，以后每天晚饭后安排采访，这肯定会影响职工的休息，请多多原谅！好在西部的太阳比北京要迟落两个小时…… 这位不喝酒、不抽烟、不敢饮浓茶的上了年纪的资深记者，好问健谈。有一次集体采访，被职工们拖住，竟谈到了凌晨两点。大家敬佩他，非常不好意思，他风趣地说：其实自己是很自私的。他有失眠的毛病，反正睡不着，不让大家睡真是罪该万死！有人笑着说：李记者呀，假如你不来，我们倒真会睡不着觉的。

南山同志约我采访，主要是探讨"扎根盐湖，艰苦创业，瞄准世界，争创一流"十六字"青钾"企业精神的问题。他开门见山地说："我了解了不少人，有同志对这十六字的前八个字不感兴趣，认为这是不合潮

---

* 张裔炯：中共中央统战部副部长。

流的提法，起不了鼓舞人心的作用。”问我的看法如何？当时，我曾激动地说：“扎根盐湖，艰苦创业这八个字，正切中中国西部的实际，这是精神支柱的中坚。西部腹地是一个独特的地区，弘扬爱国主义、艰苦创业有它的地域历史原因，这里的有志者一代一代献身创业，充满着强烈浓厚的环境氛围，不可避免地影响着人们的思维，这个优良传统固有的根没有断绝！正因为地域的艰苦，金钱的魅力就显得苍白和无力，人们更加渴望寻觅高贵的精神寄托，而这种寄托，组织上应该、必须充分地给予。”这次采访，我俩面对面大约进行了半天的时间，上半时“答记者问”，下半时，竟成“问记者答”了，我记得当时的感觉：这位记者与众不同，他的采访自我参与性很强，我好像听了老师一堂课，受益匪浅。

离别盐湖时，他将手稿给我看（就这一段有关“企业精神”的文字），我惊奇地发现，他把我说的话，竟记得原本原样，只字不漏，而他当时的高谈阔论，竟凝缩成了一句话：“……张裔炯下到‘生命湖’，仅仅高举了这一柄火把，照亮了大家向前急行军的道路。”南山同志说：他写报告文学真实是第一性的，绝对不会写假报告，他也竭力反对骗钱的“广告文学”。他的立场观点是鲜明的，这一条是毫不含糊的。

李南山同志在新中国刚刚建立不久，响应党的号召，建设大西北，从上海来到西宁，扎根青藏高原30多年，艰苦奋斗，辛勤“笔耕”，追求卓越……想到这里，我由衷地肃然起敬！

图书在版编目(CIP)数据

时代的呼唤:1979年后中国西部中长篇报告文学选集/李南山著.—上海:上海社会科学院出版社,2015

ISBN 978-7-5520-0821-0

Ⅰ.①时… Ⅱ.①李… Ⅲ.①报告文学-作品集-中国-当代 Ⅳ.①I25

中国版本图书馆CIP数据核字(2015)第069234号

时代的呼唤——1979年后中国西部中长篇报告文学选集

著　　者:李南山
责任编辑:熊　艳
封面设计:周清华
出版发行:上海社会科学院出版社
　　　　　上海淮海中路622弄7号　电话63875741　邮编200020
　　　　　http://www.sassp.org.cn　E-mail:sassp@sass.org.cn
照　　排:南京理工出版信息技术有限公司
印　　刷:上海新文印刷厂
开　　本:710×1010毫米　1/16开
印　　张:16.5
插　　页:2
字　　数:213千字
版　　次:2015年7月第1版　2015年7月第1次印刷

ISBN 978-7-5520-0821-0/I·153　　定价:40.00元